El caso Brown

El caso Brown

Walter Mosley

Traducción de
Ana Herrera

Rocaeditorial

Título original: *Bad Boy Brawly Brown*
© 2002 by Walter Mosley

Primera edición: octubre de 2005

© de la traducción: Ana Herrera
This edition published by arrangement with Little, Brown and Company (Inc.),
New York, New York, USA. All rights reserved.
© de esta edición: Roca Editorial de Libros, S.L.
Marquès de l'Argentera, 17. Pral. 1.ª
08003 Barcelona
correo@rocaeditorial.com
www.rocaeditorial.com

Impreso por Brosmac, S. L.
Carretera Villaviciosa - Móstoles, km. 1
Villaviciosa de Odón (Madrid)

ISBN: 84-96284-91-3
Depósito legal: M. 32.690-2005

Para Leroy Mosley

1

*E*l Ratón ha muerto. Estas palabras llevaban tres meses penetrando en mi cerebro cada mañana. «El Ratón ha muerto por mi culpa.»

Cuando me incorporé, Bonnie se dio la vuelta y suspiró en sueños. El cielo empezaba a asomar por la ventana de nuestro dormitorio.

La imagen de Raymond con los ojos abiertos y ciegos, caído y quieto en el jardín delantero de la casa de Etta Mae, todavía aparecía en mi mente. Me levanté de la cama y fui tambaleándome hasta el baño. Me dolían los pies todas las mañanas, como si me hubiese pasado la noche andando en busca de Etta Mae para preguntarle adónde se había llevado a Ray después de sacarlo del hospital.

—Entonces, ¿todavía estaba vivo? —le pregunté a una enfermera que había estado de guardia aquella noche.

—No —me aseguró ella, cansinamente—. No tenía pulso. La enfermera jefe iba a llamar al médico para que certificara la muerte cuando esa mujer loca le dio un golpe en la cabeza a Arnold con una bandeja de sutura y se llevó el cuerpo del señor Alexander al hombro.

Fui al salón y tiré del cordón para abrir la cortina. La rojiza luz del sol penetró a través de las hojas desgreñadas de las palmeras que había al final de nuestra manzana. No había llorado abiertamente por la muerte de Raymond, pero aquella luz hecha jirones proyectó un intenso dolor en mi mente.

Υ

Tardé casi media hora en vestirme. No encontraba dos calcetines que hiciesen juego, y ninguna camisa parecía del color adecuado. Cuando me estaba atando los zapatos, Bonnie se despertó.

—¿Qué estás haciendo, Easy? —me preguntó. Había nacido en la Guayana británica, pero su padre era de Martinica, de modo que bajo su inglés todavía resonaba la música del francés.

—Pues vestirme —dije.

—¿Y adónde vas?

—¿Adónde crees que voy a estas horas? A trabajar. —Estaba de mal humor por aquella luz roja que teñía el cielo lejano.

—Pero hoy es sábado, cariño.

—¿Cómo?

Bonnie se levantó de la cama y me abrazó. Su piel desnuda estaba tersa y caliente.

Yo me aparté de ella.

—¿Quieres desayunar algo? —le pregunté.

—Quizá un poco más tarde —dijo ella entonces—. No volví de Idlewild hasta las dos de la mañana. Y tengo que volver a salir hoy.

—Entonces, vete a la cama.

—¿Estás seguro? Quiero decir... ¿no querías hablar?

—No. No pasa nada. Es que soy tonto. Pensar que el sábado es día laborable. Joder.

—¿Estás bien?

—Sí, claro.

Bonnie tenía muy buen tipo. Y no se avergonzaba de que la vieran desnuda. Viendo cómo se arrebujaba bajo la colcha pensé en lo que sentía por ella. Si no hubiese estado tan triste, yo también habría vuelto con ella bajo las mantas.

ϒ

El perrillo amarillo de Feather, *Frenchie*, estaba escondido por ahí en algún sitio, y me gruñó cuando yo me puse a hacer salchichas y huevos. Era lo que más quería mi niña, así que me resignaba a su odio. Me culpaba de la muerte de Idabell Turner, su primera propietaria; yo, en cambio, me culpaba de la muerte de mi mejor amigo.

Estaba sentado desayunando, fumándome un Chesterfield y preguntándome si Etta Mae se habría mudado de nuevo a Houston. Todavía tenía amigos allí, en el barrio de Fifth Ward. Quizá si escribía a Lenora Circel y dejaba caer unas palabras sobre Etta... «Saluda a Etta de mi parte», o «Muchos recuerdos para Etta.» Si ella me contestaba, a lo mejor me enteraba de algo.

—Hola, papi.

La mano me tembló y cayeron casi cinco centímetros de ceniza del cigarrillo en los huevos.

Jesus estaba de pie ante mí.

—Ya te he dicho que no aparezcas así de repente, chico.

—He dicho hola —replicó.

Los huevos se habían echado a perder, pero de todos modos no tenía hambre. Y tampoco podía enfadarme con Jesus. Aunque fui yo quien lo trajo cuando era pequeño, la verdad es que fue él quien me adoptó a mí. Jesus se esforzaba mucho para que en casa todo funcionara a la perfección, y su amor por mí era más fuerte que la propia sangre.

—¿Qué vas a hacer hoy? —le pregunté.

—Pues nada. Ir por ahí.

—Siéntate —le dije.

Jesus no movió la silla antes de sentarse porque tenía espacio suficiente para introducirse ante la mesa. Nunca desperdiciaba un movimiento... o una palabra.

11

—Voy a dejar el instituto —dijo.

—¿Qué?

Sus ojos oscuros se clavaron en los míos. Tenía la piel suave, color canela, y el pelo lacio y negro de la gente que llevaba miles de años viviendo en el sudoeste.

—Sólo te falta un año y medio para graduarte —le dije—. Con el título podrás conseguir un trabajo. Y si sigues estudiando podrías obtener una beca para ir a UCLA.

Él me miró las manos.

—¿Por qué? —le pregunté.

—Pues no lo sé —dijo—. Sencillamente, es que no quiero volver. No quiero estar allí todo el tiempo.

—¿Crees que a mí me gusta ir a trabajar?

—Sí que te gusta —dijo—. Porque si no te gustara, lo dejarías.

Me di cuenta de que se había decidido, de que llevaba mucho tiempo pensando en esa decisión. Probablemente tenía preparados los documentos para que yo los firmara debajo de la cama.

Iba a decirle que no, que tenía que acabar al menos aquel curso. Pero entonces sonó el teléfono. Era un sonido estruendoso, sobre todo a las seis y media de la mañana.

Mientras yo iba dando traspiés hacia la encimera, Jesus se alejó en silencio con los pies descalzos.

—¿Sí?

—¿Easy? —Era una voz de hombre.

—¿John? ¿Eres tú?

—Tengo problemas y necesito que me hagas un favor —dijo John a toda prisa. Se notaba que había estado practicando, como Jesus.

Mi corazón se aceleró. El perrito amarillo sacó el morro por debajo del armario de la cocina.

No sé si fue oír la voz de un viejo amigo o la preocupación que se notaba en su tono lo que captó mi atención.

El caso es que de repente ya no me sentía abatido ni triste.

—¿Qué quieres, John?

—¿Por qué no vienes a verme a la obra, Easy? Quiero mirarte a los ojos cuando te diga lo que quiero.

—Ah —dije, pensando en nosotros dos, y en el hecho de que lo que tenía que contarme John era demasiado grave para discutirlo por teléfono—. Claro. En cuanto pueda, voy para allá.

Colgué notando una sensación vertiginosa que me rondaba las tripas. Notaba la sonrisa que adornaba mis labios.

—¿Quién era? —preguntó Bonnie. Estaba de pie en la puerta que daba al dormitorio, medio envuelta en un albornoz de toalla. Estaba más hermosa de lo que merecía cualquier hombre.

—John.

—¿El camarero?

—¿Tienes que salir hoy? —le pregunté.

—Lo siento. Pero después de este viaje, estaré libre una semana entera.

—No puedo esperar tanto.

La cogí entre mis brazos y la llevé de vuelta al dormitorio.

—Easy, ¿qué estás haciendo?

La arrojé en la cama y cerré la puerta que daba a la cocina. Me quité los pantalones y me eché encima de ella.

—Easy, pero ¿qué te ha picado?

La expresión de mi rostro era respuesta suficiente para cualquier excusa que ella hubiese podido poner, como los niños o que necesitaba dormir.

No podía explicar mi arrebato repentino de pasión. Lo único que sabía era que el perfume de aquella mujer, el sabor y la textura de su cuerpo en mi piel y mi lengua era algo que nunca jamás en mi vida había sentido. Fue como si aquella mañana descubriera el sexo por primera vez.

13

2

A las nueve en punto, Jesus, Feather, Bonnie y yo estábamos sentados a la mesa, desayunando. Jesus había hecho las tortitas con una masa preparada mientras nosotros estábamos todavía en la cama, demostrando una vez más que era un hijo mejor de lo que yo merecía.

—Las tortitas estaban deliciosas —le dijo Bonnie al chico.

—Voy a dejar el instituto —replicó él.

—¿Y si lo dejas se pondrá triste? —preguntó Feather, y soltó una risita.

Yo también me reí y Bonnie me dirigió una mirada severa.

—¿Cuándo lo has decidido? —preguntó Bonnie.

—No lo sé —respondió él—. Hace poco.

—¿Sabías esto, Easy?

—Me lo ha dicho esta mañana.

—¿Y qué piensas?

—Creo que tenemos que hablarlo.

Jesus eligió ese preciso momento para ponerse de pie y salir de la cocina. Era una demostración de ira muy rara por su parte. Yo quise detenerle, hacer que volviese a la mesa y discutir el tema de su educación. Pero todavía me sentía febril y aturdido. También yo quería salir corriendo de aquella habitación.

—¡Jesus! —gritó Bonnie. Pero él hizo como si no la oyera.

—¡Juice, espera! —chilló la pequeña Feather. Saltó de su silla y corrió hacia la puerta.

—Feather... —dije yo.

Ella se detuvo y se volvió en redondo. Tenía la carita redonda, pero no gordinflona, el pelo rubio y tupido, la piel clara y los rasgos negroides. Era hija de otro hombre, pero yo era el único padre que había conocido jamás.

—Hum... eh... —tartamudeó—. ¿Me puedo levantar?

—Ve —dije, y ella salió.

Frenchie corrió tras ella. La puerta mosquitera ya estaba cerrada, pero el perrillo la rascó hasta que consiguió abrirla de nuevo, y luego se echó a correr para alcanzar a su amita.

Cuando levanté la vista para mirar a Bonnie, vi que me estaba examinando como si yo fuera un marciano acabado de surgir de la Dimensión Desconocida.

—¿Pero qué narices te pasa, Easy?

—Ha saltado con eso esta mañana —le expliqué—. Conozco a Juice. Si le decimos que no por las buenas, no hará los deberes o incluso procurará meterse en líos para que lo expulsen.

—¿Así que es mejor dejar que eche su vida por la borda?

—Tengo que hablar con él, cariño. Tengo que averiguar qué problema tiene. A lo mejor conseguimos sacar algo.

Yo ya no sonreía, pero mis palabras tenían un tono despreocupado.

—No se trata sólo de Jesus. Estás muy raro esta mañana —dijo Bonnie.

—¿Raro? ¿Cuál fue la última vez que te hice sentir tan bien?

—Nunca me habías hecho sentir como hoy —dijo ella. Sus oscuros ojos estaban muy abiertos y llenos de preocupación. El perfil del rostro de Bonnie Shay contenía toda África. Aquellos ojos veían en mi interior cosas que yo apenas podía imaginar.

—Bueno, entonces, ¿de qué te quejas?

Ella se acercó a mí desde el otro lado de la mesa y entrelazó mis brazos con los suyos.

—¿Qué te pasa? —La pregunta adquirió más consistencia la segunda vez.

—Nada. Sólo que he decidido volver a la cama y hacerle el amor a mi mujer... eso es todo. —Intenté soltarme, pero ella era demasiado fuerte—. Y sé cómo tratar a mi hijo.

—¿Qué quería John?

—No lo sé. De verdad. Me ha dicho que necesitaba que le hiciera un favor y que vaya a verle a la obra. Probablemente se trate de un asunto de la construcción. Sé mucho más de eso que John.

—Me dijiste que apenas te había llamado el último año —dijo Bonnie.

Aflojó la presión de los brazos. Aproveché para desligarme.

—¿Y qué?

—¿No era eso lo que decías siempre? —me preguntó.

—¿De qué me hablas?

—Favores. ¿No decías que comerciabas con favores? ¿Que antes de tener un trabajo honrado ayudabas a gente que no podía acudir a las autoridades?

—Pero esto no es nada de eso —dije—. John es un viejo amigo, nada más.

—¿Y qué es eso de hacerme el amor tres veces esta mañana? ¿Por qué estás ahí sentado sonriendo mientras tu hijo te dice que va a dejar el instituto?

Oía las preguntas, pero no me afectaban en absoluto. Si hubiera pensado que ella me iba a dejar, la habría vuelto a llevar al dormitorio para la cuarta.

—Supongo que hacer el amor te revitaliza, ya sabes. Estas noches he estado muy cansado...

—Has estado triste, Easy. Triste por lo de tu amigo. No me importa que tengas que llorarle.

Aquello era demasiado. Me puse de pie esperando que el aire estuviese más fresco por encima de mi cabeza. En los pocos meses transcurridos desde la muerte de Raymond me había acercado más a Bonnie de lo que jamás había hecho con mujer alguna. Ella conocía mis sueños y los inmuebles que poseía, pero no podía hablarle de mi impotencia... mi incapacidad de salvar la vida del Ratón.

—Ya vale. Estoy bien. Es que estaba un poco confuso cuando me he despertado. Me he despistado un poco, nada más.

Bonnie se puso de pie, me acarició la cara con los dedos y luego meneó la cabeza lentamente y lanzó un suspiro. Era su forma de decir que un tonto es el peor enemigo de sí mismo.

—Estaré fuera tres o cuatro días —me dijo—. Depende de las escalas y del tiempo que haga.

—Ah, sí, vale.

—Ya te dije que tendría que salir durante unos días, de vez en cuando —insistió, dulcemente.

Bonnie y yo no llevábamos mucho tiempo juntos. Ella se había venido a vivir conmigo sólo una semana después de que muriera el Ratón, pero ya me encontraba vacío e insatisfecho cuando ella no estaba.

—Muy bien —le dije—. Pero no olvides dónde está tu hogar.

—Y tú no olvides quién te quiere —replicó.

3

$\mathcal{M}$e fui conduciendo mi nuevo Pontiac usado con todas las ventanillas bajadas y un cigarrillo Chesterfield entre los labios. En alguna parte, en lo más profundo de mi mente, se había encendido una alarma. Era la misma sensación de inquietud que uno tiene después de una pesadilla que no recuerda. La preocupación no tenía rostro, de modo que era más una sospecha que un miedo. Al mismo tiempo, me sentía feliz por estar encaminándome hacia los problemas de otra persona. La sensación de gozo superpuesta a la ansiedad me hizo sonreír. Era una sonrisa que representaba la costumbre de toda una vida de reírse del propio dolor.

La obra de John estaba en una calle sin pavimentar que todavía no tenía ni nombre. En el lugar donde habría tenido que encontrarse el nombre de la calle se veía un rótulo que rezaba: A229-B. John estaba construyendo seis casas, tres a cada lado de la calle. Formaba parte de una agrupación que había impulsado Jewelle MacDonald, la novia de mi agente inmobiliario, Mofass.

Mofass llevaba unos cuantos años muriéndose de enfisema. Los médicos le daban tres meses de vida cada seis meses, más o menos. Pero Jewelle le seguía manteniendo en forma, y había convertido las pocas casuchas que poseía en un auténtico imperio inmobiliario. Jewelle había conseguido reunir a seis o siete hombres de negocios de color para que invirtieran, junto con una empresa inmobiliaria del centro, en un par de edificios en construcción en Compton.

John estaba de pie delante de la primera de sus casas, en el lado norte de la calle. El sombrero de paja, la camiseta y los vaqueros no le pegaban nada. John era un hombre nocturno y había sido camarero desde que tenía dieciséis años y vivía en Texas. Era mucho más alto, fuerte y negro que yo, lo bastante feo como para resultar bello y silencioso como una piedra.

—Hola, John —dije, desde la ventanilla del coche. Mis neumáticos habían levantado una nubecilla de polvo rojo y amarillo que se quedó pegada al suelo.

—Easy.

Salí y le saludé con la cabeza. Era el único saludo que necesitábamos unos amigos como nosotros.

—La estructura parece bonita —dije, señalando la armazón de madera inacabada que tenía detrás.

—Sí, creo que quedará bien —dijo—. Todo está saliendo bastante bien. Mercury y Chapman trabajan bien.

John hizo un gesto y vi a los dos hombres que estaban al otro lado de la calle. Chapman estaba martilleando una viga cerca del tejado de una casa mientras Mercury empujaba una carretilla llena de escombros. Ambos hombres eran ex ladrones a los que yo había ayudado en mi antigua vida de hacedor de favores. Antes se ganaban la vida haciendo túneles para acceder a las empresas el día anterior al pago, cuando con toda certeza la caja fuerte estaba llena de efectivo.

Era una buena vida, y no eran codiciosos: con un par de trabajitos al año se conformaban. Pero un día decidieron dar un buen golpe y robar la nómina de unos astilleros en Redondo Beach. Aquella caja fuerte tenía demasiado dinero para ser sólo la nómina, y al cabo de una semana, hombres blancos con trajes baratos peinaban Watts preguntando por

19

el paradero de dos ladrones negros especializados en el robo de nóminas.

Cuando se dieron cuenta de su situación, Mercury acudió a mí.

—¿Cómo habéis podido ser tan estúpidos para meteros con los trabajadores de los muelles? —le pregunté. Chapman estaba tan asustado que ni siquiera quiso salir de casa de su madre.

—¿Cómo íbamos a saber que eran de la mafia, señor Rawlins?

—Por la forma en que te disparan a la nuca —le dije.

Mercury lanzó un gemido y me dio pena. Aunque hubiese sido un hombre blanco, albergaba pocas esperanzas acerca de su supervivencia.

Cuando llamé al enlace sindical del sindicato de los trabajadores del muelle, se rió de mí. Bueno, hasta que le dije que iba a acercarme por allí con Raymond Alexander, alias *el Ratón*. Hasta los criminales de la comunidad blanca habían oído hablar del Ratón.

La noche de la reunión me puse un mono de tela vaquera. La ropa de Mercury y de Chapman era tan vulgar que ni siquiera recuerdo de qué color era. Pero el Ratón llevaba un traje de gabardina de color amarillo claro. Era una buena pieza entonces, como siempre, pero en aquellos tiempos el Ratón no se cuestionaba a sí mismo, ni se preguntaba nada, en absoluto.

—Han cometido un error, Bob —le dijo el Ratón al hombre que se había presentado como señor Robert. Llevaba un abrigo muy largo y sombrero, y estaba de pie junto al Ratón, que ya era bajito de por sí y además estaba sentado.

—Eso no basta... —empezó a protestar el señor Robert con su acento gutural de la costa este.

Antes de que pudiese terminar, el Ratón se puso de pie de un salto, sacó su pistola del calibre cuarenta y uno de cañón largo, disparó al sombrero de Robert y se lo quitó limpiamente de la cabeza. Los dos hombres que permanecían de pie tras él hicieron ademán de coger sus armas, pero cambiaron de opinión cuando vieron el cañón humeante de la pistola del Ratón.

El señor Robert estaba en el suelo, palpándose en busca de sangre debajo del peluquín.

—Bueno, pues lo que te decía —continuó el Ratón—. Han cometido un error. No sabían que eras tú. No lo sabían. ¿Verdad, chicos?

—¡No, señor! —gritó Mercury como un soldado raso cuando pasan revista. Era un hombre grueso, con las mejillas tan redondas que su cabeza parecía una pera negra y brillante.

—Ajá —gruñó Chapman, el de piel más pálida, más bajito y más listo de los dos.

—Entonces... —El Ratón sonrió.

El enlace sindical y los tres matones, todos ellos hombres blancos, tenían los ojos clavados en él. Se notaba que tenían ganas de matarle. Cada uno de ellos pensaba que probablemente tenían más armas. Y cada uno de ellos sabía también que el primero en moverse moriría.

Yo me mordía la lengua porque no había esperado una pelea semejante. Me había llevado a Raymond para que hiciera bulto, no para que ejerciera ninguna violencia. ¿Por qué se enfurecían aquellos hombres, si nosotros queríamos devolverles su dinero? Junto con el seguro por la nómina, sacarían unos estupendos beneficios del trato.

—Lo único que queremos saber mis amigos y yo es a cuánto sube la comisión —dijo el Ratón.

—Debes de estar loco, negro —exclamó Robert.

El Ratón amartilló su pistola mientras preguntaba:

—¿Qué has dicho?

El matón miró directamente a los ojos del Ratón, color gris acero. Vio algo en ellos.

21

—El diez por ciento —murmuró.

El Ratón sonrió.

Salimos del almacén junto a la playa con 3.500 dólares en el bolsillo. El Ratón dio quinientos dólares a Mercury y otros tantos a Chapman, y se repartió el resto conmigo.

Los ladrones abandonaron su vida criminal aquel mismísimo día. Nunca había visto nada semejante. Normalmente, un ladrón nunca deja de ser un ladrón, aunque lo metan en la cárcel. Pero aquellos hombres echaron raíces e iniciaron una nueva vida. Se casaron con dos hermanas, Blesta y Jolie Ridgeway, y se pusieron a trabajar en la construcción.

Cuando supe que John estaba construyendo, se los presenté. Jewelle había organizado un grupo de trabajadores itinerantes que iban de una obra a otra de sus diferentes inversores. Pero todas las obras necesitaban un par de empleados permanentes para hacer los trabajos de detalle y preparar las obras mayores.

—... y además, cada casa será distinta —decía John—. Ladrillos, aluminio, madera y yeso. Con uno, dos y tres dormitorios.

—Odias todo esto, ¿verdad, John?

Una vieja dureza asomó entonces en el rostro del antiguo camarero, una expresión que de alguna manera, sin embargo, parecía hasta feliz.

—Sí, Easy. Aquí estoy, todo el día al sol. Maldita sea. Yo ya soy lo bastante negro de por sí.

—Entonces, ¿por qué lo haces, hombre? ¿Crees que vas a hacerte rico?

—Alva Torres —dijo.

No conocía bien a la novia de John. Ella no aprobaba a sus antiguos amigos, de modo que él había dejado de ver a la mayoría. Yo hablaba por teléfono con ella de vez en cuando, pero raramente nos veíamos.

Alva era alta y delgada, con una belleza pura, sin mácula, y dura... ese tipo de belleza extraída del dolor y el éxtasis de lo que significa ser negro en este país.

A Alva yo no le gustaba, pero yo lo aceptaba porque una vez vi sonreír a John cuando alguien mencionaba el nombre de ella.

—Quiere que me retire de la vida nocturna, y no puedo decirle que no —dijo John, mansamente.

—¿Y qué quieres de mí, pues? —le pregunté.

—¿Por qué no me llevas en coche hasta casa? Allí hablaremos mejor que aquí.

—Eh, señor Rawlins. —Me llamaba Mercury Hall. Cruzaba la empinada carretera de tierra, dando palmadas para sacudirse las manos como si fueran borradores de pizarra llenos de tiza.

—Mercury. —Le estreché la mano y sonreí—. Veo que todavía sigues jugando a ser un ciudadano honrado.

—Ah, sí —exclamó—. Sigo.

—¡Señor Rawlins! —gritaba Kenneth Chapman. Era un hombre de color ocre, muy delgado, con los rasgos anchos de nuestra raza. Su sonrisa era la más enorme que había visto yo en una boca humana.

—Hola, Chapman. No escatimes los clavos ahora.

Lanzó una risotada enorme.

—Vamos, Easy —dijo John.

Por el tono de su voz supe que lo que me iba a pedir John me costaría algunos sudores.

4

John y Alva vivían en un edificio de apartamentos en forma de caja junto a Santa Bárbara y Crenshaw. Los muros exteriores estaban estucados de blanco con trazos brillantes. Aquí y allá se veían agujeros de bala, pero eso era bastante normal. Aquella zona de Los Ángeles estaba llena de texanos. La mayoría de los texanos llevan armas. Y si uno lleva un arma, tarde o temprano la acaba disparando.

La escalera y los vestíbulos eran externos, de forma que el edificio de apartamentos parecía un motel barato. John y yo subimos hasta el tercer piso. Mientras él buscaba sus llaves, miré al otro lado de la calle. Tres pisos era una gran altura en L.A. en 1964. Veía todo el camino que llevaba hasta el centro: una sucesión de edificios de granito parecidos a mil decorados de películas que había visto.

Enfrente se encontraba un edificio de oficinas recién construido y todavía vacío junto a un solar lleno de coches usados. Aquello también me hizo sonreír. Siento debilidad por los coches usados. Son como viejos amigos, como miembros de la familia a los que quieres, aunque siempre acaban causándote problemas.

—Por aquí, Easy. —John había introducido la llave en la cerradura y abrió la hueca puerta de madera. Me hizo el gesto de que pasara y pasé.

La habitación era del tamaño de la cabina de un barco, apenas más ancha que alto era yo. Los muebles eran de bambú barato, con asientos de falso cuero azul, y las paredes, aunque tenían el lustre de la pintura, eran de un color indefinible.

Me senté en un reposapiés en forma de hamaca y observé al camarero convertido en constructor.

Él entró en lo que me pareció un armario y me dijo:

—¿Qué quieres tomar?

Era la pregunta que más le había oído hacer a John. Mi respuesta más común era «whisky», pero por entonces se habían terminado ya mis días de bebedor.

Me levanté para ver qué tipo de bar podía haber montado John en un armario, pero me encontré con una cocina en miniatura. Un fogón diminuto con dos quemadores encima de una nevera no mayor que una portátil. El fregadero no tenía escurridero ni estantes.

—¿Y a esto lo llaman cocina? —pregunté.

—Tuvimos que vender la casa y meter nuestras cosas en un guardamuebles —dijo, como si eso contestara de alguna manera a mi pregunta—. Para pagar la mano de obra y los gastos legales de los edificios.

—Mierda. —Estaba asombrado por la diminuta y atestada cocina.

—Hola, señor Rawlins. —No tuve que volverme para reconocer aquella voz.

—Alva...

No quiero dar una impresión equivocada de Alva Torres. Era una buena mujer, por lo que yo sabía. Simplemente, lo que pasaba es que ella no aprobaba mi antigua vida. Lo que algunos podrían llamar una economía de intercambio de favores ella lo veía como una serie de actividades criminales.

Me tendió la mano como bienvenida, y quizá como oferta de paz.

—¿Qué tal está? —le pregunté.

—¿Por qué no toma asiento? —replicó ella.

Volví a mi reposapiés.

—Bueno, ¿qué tal va, chicos? —les pregunté, todo lo amistosamente que pude.

La reacción fue incomodidad y silencio. Alva llevaba un traje pantalón gris que no le quedaba bien. Era una mujer que necesitaba colores vivos, líneas fluidas. Me miró como si les hubiera insultado con mi pregunta.

—Es una historia muy larga, Easy —dijo John—. Tiene que ver con Alva y su primer marido...

—John —dijo ella.

—¿Qué?

—No lo sé. No sé si esto está bien.

—Bueno —dijo John, dejando traslucir un ramalazo de su antigua dureza—. Decídete, pues. Easy ha venido a ofrecerme su ayuda, si le es posible, pero no puede hacer nada si no le cuentas lo que quieres.

26   Alva apretó sus largos dedos formando unos puños huesudos.

—¿Puedo confiar en usted, señor Rawlins?

La alarma que sonaba en mi cabeza, el aturdimiento, el viento que entraba por la ventanilla de mi coche... todo aquello volvió a acosarme al oír su pregunta.

—Pues no tengo ni idea —dije—. No sé qué es lo que necesita.

La tensión salió del largo cuerpo de Alva y ella se echó atrás apoyándose en un cojín cilíndrico azul. John la miraba con impotencia.

—Mi ex marido —empezó Alva—. Aldridge A. Brown. Cuidó a Brawly cuando era pequeño. Yo no podía. Un niño necesita un hombre que lo guíe. Bueno, si es que el hombre se queda.

Yo no sabía de qué demonios hablaba ella. Pero estaba haciendo un esfuerzo tan grande sólo para pronunciar aquellas palabras que decidí dejarlo por el momento.

—Aldridge quería ser un buen padre. Podría haber sido un buen marido, para alguna otra mujer, pero era... era... bueno, demasiado para nosotros.

Calló un momento y John fue a sentarse a su lado. Le puso una mano en el hombro y ella se acurrucó en su pecho.

—¿Está hablando de su hijo? —le pregunté.

—Brawly —dijo ella, afirmando con la cabeza.

—Estaba trabajando conmigo en la obra hasta hace un par de semanas —dijo John.

Alva derramó unas lágrimas silenciosas que rodaron por la camiseta sucia de John, como si ésta fuese de papel encerado.

El dolor de aquella mujer y su hombre compartiéndolo me conmovieron un momento. En aquel instante me vi a mí mismo, febril y ciego, deleitándome con el dolor de aquella buena gente. Pero la visión pasó, y durante largo tiempo olvidé incluso que la había tenido.

—¿Adónde ha ido?

La dura mirada de Alva era intimidatoria, pero yo no aparté la vista.

—Por eso necesitamos tu ayuda, Easy —dijo John—. Se ha ido y ella teme... bueno, nosotros tememos... que pueda tener problemas.

—¿Qué edad tiene Brawly? —pregunté.

—Veintitrés, pero es joven para su edad. —La ternura en su voz resultaba rara.

—¡Veintitrés! Pero ¿qué edad tiene usted?

—Lo tuve con dieciséis años. Aldridge tenía la misma edad que Brawly ahora.

—Perdóneme por preguntarlo, querida, pero no parece en absoluto que tenga treinta y nueve.

A pesar de su perfección dura como una piedra, un asomo de vanidad se abrió paso por una rendija. En los labios de la mujer aleteó una sonrisa que murió enseguida.

27

—¿Por qué creen que puede tener problemas? —pregunté—. Quiero decir que con veintitrés años, a lo mejor simplemente se está divirtiendo.

—No, Easy. No es de ese tipo de chicos —dijo John—. Le da muchas vueltas a las cosas. Le iba bien en el instituto, pero se metió en líos y tuvo que dejarlo. Ahora iba con malas compañías, y Alva estaba preocupada.

—Entonces, ¿queréis que lo encuentre?

Alva se incorporó. El dolor de su rostro casi hizo que apartara la vista.

—Sí —dijo—. Y quizá, de alguna forma, que nos ayude a conseguir que vuelva a casa.

—Haré lo que pueda. Desde luego.

—Ah —murmuró ella, y yo aparté la vista.

—¿A qué tipo de compañías te refieres? —le pregunté a John.

—Se llaman a sí mismos revolucionarios urbanos o algo parecido.

—¿Cómo?

—El Partido Revolucionario Urbano —dijo Alva. Estaba sentada muy tiesa. Cualquier asomo de debilidad había desaparecido—. También se hacen llamar los Primeros Hombres.

—¿Y quiénes son?

—Dicen que son luchadores por la libertad, pero lo único que buscan son líos —dijo ella—. Hablan mucho de la iglesia y de los derechos civiles, pero a la hora de la verdad, sólo quieren violencia y venganza.

—Probablemente son comunistas —añadió John.

—Dejó algunos panfletos que hicieron —intervino de nuevo Alva—. Se los traeré.

Desapareció por una puerta situada enfrente de aquélla por la que habíamos entrado John y yo.

—Tienes que hacerlo bien, Easy —me dijo él cuando ella hubo salido.

—¿Qué quieres decir?

—Brawly tiene que salir sano y salvo de esto.

—¿Y cómo te voy a prometer eso, si va por ahí con una panda de matones? Tú sabes muy bien que lo mejor es no buscarle siquiera. O consigue superarlo él mismo, o esto acabará con él. Es lo que pasa con todos los chicos negros.

Él sabía que yo tenía razón.

Alva volvió con cuatro o cinco panfletos de impresión barata apretados contra el pecho.

—Aquí están —dijo, sin hacer ademán alguno de tendérmelos.

—¿Puedo verlos? —le pregunté.

Ella se echó hacia atrás ligeramente. Al final John se los quitó.

—Toma —dijo, tendiéndome los arrugados panfletos.

—¿Qué quiere que haga, Alva? —le dije, fuerte y claro.

—Quiero que encuentre a Brawly.

—¿Y nada más? Si está con esa gente, usted o John podrían hacerlo solos.

—No, quiero que hable con él, Easy —dijo ella—. Si nos ve, se enfadará mucho más aún. Quiero saber si está bien, y quizá, si le escuchase a usted, podría...

—Averiguar dónde está es fácil —dije—. Pero lo que está haciendo y cómo lo hace, eso hay que mirarlo más de cerca. Echaré un vistazo, volveré aquí y les contaré lo que pienso. Si él está dispuesto a escucharme, quizá incluso le pueda traer a casa.

—Te pagaremos, Easy. —John levantó la mano como si se estuviera defendiendo de algún ataque.

—Invitadme a mí, a los niños y a Bonnie a comer algún día y me consideraré plenamente pagado.

John se echó a reír.

—El mismo de siempre, ¿eh, Easy?

—Si funciona, ¿por qué cambiarlo? —Me sentía cómodo

intercambiando frases con mi amigo—. Alva —dije entonces—. Necesito dos cosas más.

—¿Qué?

—Primero, necesito una foto de Brawly. Y luego quiero saber qué va a hacer su marido en este asunto.

—Nada —dijo ella—. Aldridge no tiene nada que ver con esto. ¿Por qué?

—No lo sé. Ha sido usted quien le ha mencionado. Usted y John.

—Lo ha dicho él. —Ella parecía una alumna culpable respondiendo a un profesor estricto—. Yo sólo quería hablar de Brawly.

—¿Cree que puede haber ido a casa de su padre?

—Jamás.

—Pero creo que dijo que era un buen padre... Que él educó a Brawly.

—Brawly huyó de Aldridge a los catorce años. Se fue a vivir con mi prima, que vivía en Riverside por entonces. Ocurrió algo entre él y su padre, y se escapó. No creo que se hayan visto desde entonces.

—¿Brawly vivía con su prima? ¿Y por qué no se vino a vivir con usted?

—Eso no tiene nada que ver, Easy —dijo John. Se acercó a Alva y la rodeó con sus brazos—. Es una historia muy antigua.

—Ajá. Ya veo. Bueno, si Brawly no se fue con su padre, ¿qué me dice de la prima?

—No —aseguró Alva.

—¿Qué?

—Que no está con ella.

—Perdóneme, señorita Torres, pero usted no sabe dónde está Brawly. Por eso me han llamado.

—Basta, Easy —me advirtió John—. Ya tienes los panfletos. Ya te hemos dicho dónde ha estado últimamente.

—¿Y si no está ahí? ¿Y si no le encuentro allí? ¿Y si ha

ido a ver a su prima y ha tenido algún problema? No podéis pedirme que haga esto y no contarme nada.

Alva volvió a salir de la habitación. Era posible que se hubiese enfadado, pero no me importaba.

—Easy, no tienes por qué saberlo todo —me dijo John—. Alva ha pasado una época muy mala, y esto de Brawly le afecta mucho. Sólo han estado juntos los últimos años.

—No puedo ayudaros si me dejáis las manos atadas desde el principio.

—A lo mejor no tenía que haberte llamado, pues. —Era una despedida.

Alva volvió.

—John —dijo—, él tiene razón. Si quiero que me ayude, tendré que darle lo que necesita.

Y mientras lo decía me tendió un trozo de papel roto y una antigua foto de un niño de seis o siete años. El niño llevaba el pelo muy corto. Era robusto y de rasgos duros, y eso hacía que pareciese pensativo a pesar de su sonrisa.

31

—¿Qué es esto?

—Una foto de Brawly y el número de teléfono y la dirección de Isolda Moore.

—¿Isolda Moore es su prima?

La idea le resultaba a Alva tan desagradable que sólo pudo asentir con la cabeza.

—Pensaba que había dicho que vivía en Riverside...

—Se trasladó a Los Ángeles hace unos años. Envió una postal a Brawly con su número de teléfono, pero él nunca la llamó.

—¿Y esto de la foto?

—¿Qué le pasa? —preguntó ella.

—Ha dicho que Brawly tiene veintitrés años.

—Es la única foto que tengo. Pero está igual. Ya lo verá.

—Tiene razón, Easy —dijo John—. Brawly tiene exactamente el mismo aspecto hoy en día. Sólo que mayor.

—¿Sabéis si hay algún lugar al que le guste ir para divertirse? —pregunté.

—A Brawly le gusta comer —dijo John—. Sólo tienes que buscar el sitio donde den más comida. Le gusta bastante Hambones. Está justo en la manzana de al lado de donde están esos matones.

—Encuéntrele y tráigalo, señor Rawlins —dijo Alva—. Ya sé que no he sido muy amable con usted, y que no tiene ningún motivo para querer ayudarme. Siento no haberle tratado bien antes, pero a partir de ahora mi puerta siempre estará abierta para usted.

Aquella puerta abierta significaba más que cualquier dinero que John pudiera ofrecerme. Como diría la gente del campo, valía su peso en oro. Si ella estaba dispuesta a pagar un precio tan alto, me preguntaba cuál podría ser el coste.

5

John y yo no intercambiamos ni diez palabras en el trayecto de vuelta a la obra. Él era un hombre reposado habitualmente, pero aquel silencio resultaba hosco y pesado. Tenía algo más en la cabeza. Pero fuera lo que fuese, no quería compartirlo conmigo.

Cuando ya me iba, le oí gritar órdenes a los antiguos ladrones.

Yo seguía ardiendo de fiebre. Por primera vez se me ocurrió que quizá tenía gripe o algo parecido. Bajé las tres manzanas de la calle de tierra hasta la primera calle asfaltada. Allí aparqué junto a la acera para recuperar el aliento. El aire de febrero era gélido, y el cielo seguía azul todavía. Yo estaba como un niño, tan emocionado que me resultaba difícil concentrarme en algo que no fueran mis propias sensaciones.

Tenía que tranquilizarme. Debía pensar. John me había llamado porque sabía que yo llevaba toda la vida entre gente desesperada. Era capaz de ver muy bien por dónde venían los golpes. Pero no vería nada si no conseguía relajarme.

Encendí un cigarrillo y di una calada. El humo enroscándose en torno al salpicadero del coche trajo consigo la fría resolución de la serpiente cuya figura simulaba.

El panfleto estaba ciclostilado con tinta de imprenta, doblado y grapado a mano. El Partido Revolucionario Urbano era un grupo cultural, decía, que pretendía la restitución y el reconocimiento de los constructores de nuestro mundo: los hombres y mujeres africanos. No creían en las «leyes de esclavos», es decir, leyes impuestas a los negros por hombres blancos, al igual que tampoco aceptaban el servicio militar obligatorio o el liderazgo político de los blancos. Rechazaban la idea de historia del hombre blanco, incluso la historia de Europa. Pero sobre todo parecían muy afectados por los impuestos aplicados a las necesidades y servicios sociales. «La distribución de la riqueza —explicaban las palabras emborronadas en tinta morada— tal como se aplica a nuestro trabajo, y los sueños que apenas nos atrevemos a imaginar, son deplorablemente inadecuados.»

Ya había leído antes ideas parecidas. Leí mucho, en mis tiempos. La mayor parte de lo que leía eran las ficciones y la historia del hombre blanco. Tenía debilidad por la historia.

Pasó un coche y aparcó mientras yo recordaba lo que había leído de la plebe en la antigua Roma. Dos portezuelas de coche se cerraron de golpe, una tras otra, pero yo estaba muy ocupado preguntándome si aquel pueblo antiguo y oprimido tendría algún tipo de panfleto o sería todo de viva voz...

Pero cuando oí «Sal del coche», me vi arrastrado súbitamente al presente.

Los policías se habían colocado junto a mi Pontiac. Uno de ellos tenía la mano en la cartuchera, y el otro había sacado totalmente la pistola. Mis manos se levantaron rápidamente como las alas de un ave no voladora cuando se asusta por un ruido súbito.

—Tranquilos, agentes —dije.

—Abra la puerta con la mano izquierda —ordenó el policía que tenía más cerca. Era joven... los dos lo eran, chicos pálidos con armas entre hombres que se mantenían con una dieta a base de panfletos y pobreza.

Hice lo que me ordenaban y salí del coche cuidadosamente, muy despacio. Mantuve las manos al nivel de los hombros.

La diferencia entre los policías era que uno de los dos tenía el pelo castaño y el otro negro. Ambos medían lo mismo que yo, algo más de metro ochenta. El policía del pelo negro miró la portezuela que había abierto mientras el otro trataba de hacerme dar la vuelta y empujarme hacia el coche. Y digo «trataba» porque aunque yo había cumplido ya los cuarenta y cuatro años, todavía era muy robusto.

Pero de todos modos me volví y puse las manos encima del techo. Él enfundó su pistola y se me acercó por detrás, metiendo las manos en mis bolsillos delanteros. Después de palpar mis muslos un momento, dio unos golpecitos a los bolsillos traseros. Me sentía como una mujer a la que meten mano. No era nada agradable. Pero lo peor era su aliento. Era tan rancio que sentí náuseas. Intenté respirar por la boca, pero aun así notaba la podredumbre que surgía de sus pulmones.

Cuando retrocedió, casi le di las gracias.

—Abra el maletero —dijo.

—¿Por qué?

—¿Cómo?

—Escuche, hombre. —La fiebre me asaltaba de nuevo—. Estaba ahí sentado sin hacer nada, leyendo el periódico. Había aparcado bien. ¿Por qué me tocan las pelotas?

Su única respuesta fue sacar la porra.

Una voz en el interior de mi cabeza me dijo «mátale» y sentí mucho frío en mi interior.

—La llave está en el contacto —expliqué.

El policía del pelo castaño entró y cogió la llave. Se movía con torpeza porque él también había sacado su porra.

Me hicieron mirar mientras abrían el maletero. Lo único que encontraron fue un neumático deshinchado que quería reparar y una caja llena de herramientas.

El policía del pelo negro cerró el maletero de golpe.

Su compañero dijo:

—Ha habido algunos robos y vandalismo en las obras que hay por aquí. Sólo estábamos vigilando.

Tomé nota mentalmente de preguntarle a Jewelle qué estaba pasando en realidad.

Cuando llegué a la casa de Isolda Moore, aparqué muy lejos del edificio a causa de aquellos policías. Estaba molesto conmigo mismo por no haber prestado suficiente atención. Si iba a volver a las calles, debía prepararme mucho mejor.

La prima de Alva vivía en la avenida Harcourt, cerca de Rimpau. Era uno de esos fantasiosos edificios de L.A. para gente trabajadora. De color azul claro y redondeado. En todo el edificio apenas si había una sola línea recta. Los aleros del tejado tenían forma de olas. Incluso los marcos de las ventanas eran irregulares y carecían de líneas rectas. La puerta delantera estaba enmarcada por una torrecilla de estuco blanco hasta la altura de la cintura.

Cuando abrí la puerta blanca, me pregunté si Isolda sería tan guapa como su prima. Quizá Brawly estuviera sentado a la mesa de su cocina, comiendo costillas y calentándole la cabeza con alguna pelea que hubiese tenido con Alva o con John.

Pero lo que me encontré fue un cadáver en la puerta de entrada al apartamento, con la mitad del cuerpo fuera y la otra mitad dentro.

Era un hombre grandote, especialmente en la cintura. Negro, con pantalones de trabajo azules y camisa azul que se le había arremangado hasta mitad de la espalda. Tenía la cabeza aplastada por detrás, y había profundas marcas sangrientas en su espalda, también de porra.

Parecía el cadáver de un león marino arrojado a la costa por la marea.

Docenas de filas de diminutas hormigas negras iban y volvían del cuerpo. Si hubiesen tenido tiempo suficiente, lo habrían consumido todo.

El correo del día sobresalía debajo de su barriga.

La compañía de muertos no me molesta demasiado después de haber estado en primera línea en la Segunda Guerra Mundial. He visto la muerte de todos los colores y sexos, de todos los tamaños y en todos los estados de descomposición. Por eso pude pasar por encima de aquella vida malograda y entrar en el oceánico hogar azul claro de Isolda.

Por los muebles volcados y las huellas sangrientas de pies y manos en paredes y suelo, era evidente que se había producido una pelea. Era una casa sobria, con suelos de pino y no demasiados muebles. Las paredes eran blancas, y en los muebles predominaba un horrible color violeta. La silla tapizada y el sofá estaban en su sitio. En la soleada cocina, un armarito había sido arrancado de la pared, y toda la cerámica y el cristal estaban hechos añicos en el suelo. Una buena dosis de sangre coagulada, como una salpicadura, manchaba el escurridero y caía hacia el fregadero.

Fui reconstruyendo la pelea desde su inicio en la cocina, luego a través del salón y desde la puerta de atrás hacia la delantera, donde el gordo había perdido al fin su carrera contra la muerte.

En la esquina del pequeño patio delantero vi el arma. Era un mazo para ablandar la carne. Un martillo de acero inoxidable cuya cabeza estaba formada por un cubo de diez centímetros de lado con unos dientes picudos para romper las fibras duras de la carne. El mazo estaba cubierto de sangre oscura.

Volví a la casa, al dormitorio de la mujer. Allí los colores eran blanco y rosa. La cama pulcramente hecha estaba cubierta con una colcha de raso y en la cabecera se amontonaban unas pequeñas almohadas acolchadas. La habitación pa-

37

recía tan inocente que, comparada con el desorden que reinaba en las demás partes de la casa, casi adoptaba un aire siniestro.

Había cuatro fotos pegadas con cinta adhesiva al espejo del tocador de Isolda. Una era la de un hombre robusto, quizá el cadáver, no podía estar seguro sin darle la vuelta. Las dos siguientes eran de Brawly con diez o doce años, y también ya de mayor. La última foto era de una mujer muy guapa de treinta y tantos años con bañador y riéndose con Brawly, que se quitaba el agua de los ojos. Esa foto se había tomado cerca del embarcadero de Santa Mónica.

En el cajón encontré un sobre rojo y negro lleno de fotos. La mayoría de ellas eran de la mujer que posaba con traje de baño de dos piezas. Parecía muy seductora. Lo raro era que las fotos se habían tomado en el interior, en una habitación que yo no había visto en aquella casa. En una foto estaba echada en una cama con las piernas separadas y la espalda arqueada. Ostentaba una sonrisa que podría haber convertido en un semental a un hombre de ochenta años.

Mientras miraba aquellas fotos oí cómo se cerraba la portezuela de un coche en algún lugar. Al principio fue sólo un sonido lejano, que carecía de significado para mí. Luego, por algún motivo, pensé en las fotografías en blanco y negro que había visto en alguna ocasión en un libro sobre la antigua Roma. Me pregunté por qué habría pensado en aquel momento en el Coliseo. Luego me volvieron a la mente los policías. Corrí hacia la puerta delantera y atisbé desde detrás de las cortinas violeta.

La visión de los cuatro policías me abatió durante un segundo. Si habían enviado dos coches patrulla significaba que alguien había visto el cuerpo y había llamado. Tenía esa sensación inevitable de rendición incondicional que me asalta a veces.

Pero pasó enseguida.

Huir era una verdadera locura, pero me dispuse a hacerlo con gran vigor. Me metí las fotos en el bolsillo y corrí hacia la puerta trasera de la cocina. Valiéndome del faldón de la camisa, abrí el picaporte. Al salir ya oía la voz de un hombre que decía: «Cuidado, Drake. Un hombre muerto».

Me agaché en el desnudo patio trasero y me dirigí hacia la verja. Después de saltar el obstáculo, me encaminé hacia la calle siguiente por el camino trasero del vecino. La mayoría de la gente de aquel barrio, hombres y mujeres, pasaba el día trabajando, de modo que no me preocupaba demasiado ser visto. Tiré las fotos a un cubo de la basura preparado para la recogida semanal por si los policías me detenían.

El único problema que tenía ahora era acercarme a mi coche sin ser visto. En otra ciudad habría sido fácil, pero no en Los Ángeles.

Di un gran rodeo y subí dos manzanas hacia Henry. Cuando llegué al edificio de Isolda, había cuatro coches de policía aparcados delante. Un coche patrulla que se aproximaba pasó a mi lado. Aminoraron la marcha y me observaron. Yo me volví y les miré y seguí andando.

Supongo que el reclamo de la acción les atraía. Un hombre muerto en la puerta de una casa entonces todavía era noticia.

Metí la llave en el contacto al cuarto intento, y, dentro de los límites de velocidad, pasé junto al ensueño color azul claro. Los policías, con sus oscuros uniformes, me recordaron a las hormigas que se ajetreaban en el cadáver que tenían a sus pies.

6

*D*esde el momento en que oí la voz de John esperaba problemas. Los buscaba. Pero el muerto me había serenado un tanto. No quería meterme hasta ese punto en los sufrimientos de otra persona. Tampoco quería que me usaran. Pero dudaba de que John y Alva me hubiesen mentido... al menos sobre el crimen.

Decidí no llamarles hasta haber visto a Brawly. Si le decía a Alva que había encontrado a un hombre muerto en lugar de a su hijo, no sabía adónde podría llevarla su imaginación. Así que iría al cuartel general del Partido Revolucionario Urbano con la esperanza de al menos ver al joven.

Pero primero tenía que comer. No había comido nada desde las tortitas de Juice, y el miedo siempre me abría el apetito.

Hambones era un local de cocina tradicional sureña en Hooper, no lejos de la dirección de la sede de los Primeros Hombres. Hacía mucho tiempo que no pasaba por allí porque servía a una clientela un poco dura, y yo llevaba unos cuantos años (con un solo y grave error) tratando de negar que había viajado jamás en tales compañías.

Sam Houston, orgulloso y negro hijo de Texas, era el propietario del local. Éste constaba de una sola habitación alargada con mesas pegadas a una de las paredes y una cocina en la parte de atrás. Si uno quería comer en el Hambones tenía que sentarse junto a su acompañante y mirar al hombre de cara.

Sam estaba de pie detrás del mostrador, que le llegaba a la cintura, al fondo del local. Detrás de él se encontraba la cocina, llena de miembros de su familia, sus cónyuges y algunos amigos.

—Hola, Sam —le saludé mientras me dirigía hacia él.

—¡Sabía que se la iban a llevar, Easy! —gritó. La voz de Sam sería un grito para cualquier hombre normal.

—¿Qué es lo que se han llevado?

—La Estrella de la India —dijo, con un tono satisfecho y engreído—. Los del Museo de Historia Natural de Nueva York. Lo sabía.

Para entonces ya había llegado junto a él. Su pomposa declaración me irritó.

—¿Que sabías qué?

—Sabía que tenían que robarnos una cosa así. No puedes tener ahí una joya que vale un millón de dólares para que la vea cualquier pelagatos. Lo leí en el *Examiner.* —Hizo un gesto hacia una arrugada pila de periódicos que tenía a su lado en el mostrador.

—Pero ¿de qué demonios estás hablando, Sam? —Llevaba al menos dos años sin ver a aquel hombre, y las primeras palabras que salían de su boca ya me ponían furioso—. ¿Con toda la mierda que sale en los periódicos y tú tienes que preocuparte por un maldito trozo de culo de vaso?

—Es el dinero, tío. Todo tiene que ver con el dinero. Lo siento por los de los derechos civiles, pero están muertos. ¿Y qué les pasa a los que los matan? Pues que se van a ver a un juez blanco para tomar el té, y esa misma noche cenan con sus mamás.

—¿Y tú qué narices sabes de todo eso?

41

—Yo sé lo que sé, Easy. Yo sé lo que sé.

—Pero tío, si tú no sabes una mierda.

El hombre alto agachó la cabeza y me sonrió como si pensara: «Te he atrapado».

Sam Houston siempre me ponía furioso. Era la forma que tenía de tomarse todas las cosas que oía, veía o leía, dándoselas de experto. Si ibas a verle y le decías que estabas haciendo un muro de hormigón, empezaba a darte lecciones sobre cómo hacer los cimientos y el tipo de drenaje que ibas a necesitar. Él no había levantado un solo dedo, pero te decía qué era lo que habías hecho mal.

Y lo malo era que a menudo tenía razón.

Sam era alto, como he dicho, pero además tenía un cuello extraordinariamente largo. Su piel tenía la textura del cuero, de un color marrón claro con sombras grises, y sus ojos eran unos objetos saltones que giraban de forma extravagante sin importar lo que estuviera diciendo o, con menos frecuencia, escuchando.

—Te lo aseguro, Easy. Lo único que tienes que hacer es leer ese periódico y todo, todo encaja.

—¿Y cómo es eso?

—¿Tú tienes coche?

—Ajá.

—¿De qué año?

—Un Pontiac del cincuenta y ocho —dije.

—De modo que si pasas de ochenta, traquetea, ¿verdad?

¿Cómo sabía eso?

—Bueno —siguió Sam—, Craig Breedlove consiguió ir a más de ochocientos kilómetros por hora en su coche en Salt Flats. Tú ahí traqueteando a ochenta, y él firme como una roca a ochocientos. Así es como estamos. Los coches del hombre blanco están a cincuenta años de distancia, y tú apenas has salido de la Edad Media.

Asentí. Podría haberle preguntado qué clase de coche tenía él. Podría haberle preguntado a qué velocidad iba. Podría haberle roto su largo cuello. Pero no, asentí y conseguí la primera de las dos cosas que buscaba en Hambones.

Sam se volvió y dijo:

—¡Clarissa! ¡Tráele a Easy unas costillitas de esas en su jugo!

—Vale —dijo una joven muy callada que llevaba unos pantaloncitos cortos color rosa y una blusa también rosa. Una cinta verde le sujetaba detrás el pelo alisado.

—Bueno, Easy —dijo Sam—, ¿cómo tú por aquí?

Sam no dejaba que muchas personas comieran en su barra. Si ibas allí, tenías que pedir la comida para sentarte en una mesa o para llevártela a casa. Pero no le gustaba que estuvieras por ahí remoloneando y tapándole la vista. La mayoría de los hombres que intentaban entablar conversación con Sam escuchaban lo siguiente: «Siéntate, tío. No puedo perder el tiempo aquí contigo. Esto es un negocio».

El hecho de que pudiera quedarse mirando y gritar a la mayoría de su clientela decía mucho a su favor. Porque los hombres que frecuentaban Hambones no eran de los que se dejaban amedrentar.

Antes de responder a la pregunta de Sam, dirigí la vista a lo largo de las paredes. Había tres hombres y cuatro mujeres. Cada uno de los hombres iba con su novia, y una de esas novias había traído consigo a una amiga. Aquella mujer sobrante llevaba un vestido rojo que debía de quedarle bien cuando usaba una talla menos. De todos modos, probablemente así le quedaba mejor, bien ajustado sobre sus formas femeninas. Me miró y volví a sentir aquella fiebre. Su mirada, sin embargo, no me conmovió. No buscaba más amor del que podía entregarme Bonnie Shay.

No conocía a ninguno de aquellos hombres, pero notaba su violencia. Hombres duros, con trajes oscuros y camisas blancas con el cuello sucio y pequeños agujeros de cigarrillo en la pechera. Delincuentes, asesinos y ladrones. Nunca comprendí por qué Sam se rodeaba de tanto peligro.

—Ah, nada —dije, respondiendo a la pregunta de Sam.

—Vamos, Easy. Seguro que tienes una respuesta mejor que ésa. No te veo desde hace dos años. Odell me dijo que tenías un trabajo en el Consejo Escolar, que te habías trasladado a West L.A. y te habías comprado una casa. Debes de necesitar algo si has cruzado todas esas fronteras para venir aquí a hablar conmigo.

—Aquí tiene —dijo la chica vestida de rosa, colocando un plato con un montón de costillitas delante de mí.

—Pero, chica, ¿a ti qué te pasa? —preguntó Sam, furioso.

—¿Qué? —se quejó Clarissa.

—Ponle algo de verdura y maíz. No es un animal para que le eches la carne de esa manera. Necesita una comida equilibrada. —Sam meneó la cabeza decepcionado y su camarera hizo un puchero.

—¿Qué prefieres, col u hojas de colinabo, Easy? —preguntó Sam.

—Col.

—Ah, sí, tío, yo también. A mí me parece que las hojas de colinabo son amargas. —Y pronunció la última palabra con énfasis para recalcar su disgusto. Sam Houston era un texano de pies a cabeza.

—¿Conoces a un chaval joven que se llama Brawly Brown? —le pregunté cuando Clarissa se hubo ido de nuevo en busca de mis verduras.

Sam sacó una botellita de salsa Tabasco de debajo del mostrador. La abrí y rocié mi carne con ella.

—Brawly Brown el travieso —dijo Sam, y suspiró—. Vaya, vaya... Ese chico tiene problemas y ni siquiera lo sabe.

—Entonces, ¿lo conoces?

—Ah, sí. Siempre anda con la mosca detrás de la oreja, parece hecho de rabos de lagartija, muerde más de lo que puede tragar y va por ahí como un perro sin amo. Aunque parezca exagerado, así es Brawly.

—Entonces, ¿es como un niño grande? —le pregunté, con deferencia.

—Sí, es demasiado, Easy. Un día viene aquí diciendo que va a alistarse en el ejército y lanzarse en paracaídas en algún lugar de Asia. Que va a ganar un buen dinero y luego ir a la universidad con una beca del gobierno. A la semana siguiente se pasa al otro lado, y ahora es un revolucionario. Me dice que sólo soy un esclavo porque trabajo para el amo blanco. ¿Te lo imaginas? Ese chico, que es como una bola de manteca, viene aquí, se come mi comida y me insulta...

Clarissa llegó con un plato grande de verdura con tocino. La col exhalaba un penetrante aroma vegetal unido a un leve olor a vinagre.

—No, no lo entiendo, Sam. Ésta es la mejor comida que he probado desde hace muchos días. Muchos, muchos días.

Y no mentía, la verdad. Esa comida tradicional te alimenta el espíritu. Y mi espíritu estaba ahora volando por las nubes con la verdura y las costillas.

—Vale, Easy. Comes gratis y además contesto a tus preguntas. Y ahora dime, ¿por qué estás aquí?

—La mamá de Brawly quiere verle. Me ha llamado y he venido a visitarte. —No veía razón alguna por la que debiera mentir a Sam.

—¿Así que has oído hablar de los Primeros Hombres? —me preguntó.

Asentí con la cabeza porque tenía la boca demasiado ocupada masticando.

—No tengo demasiada paciencia para toda esa mierda comunista —dijo Sam—. Si vienen a por mí, cojo una escopeta y les pego un tiro a todos.

—¿Por qué iban a venir a por ti, Sam? Pensaba que a los que no podían soportar era a los blancos.

45

—Son como todos los demás ignorantes de por aquí, Easy. Odian a los negros más que a los blancos. Ven a un policía negro, o a un conserje de instituto negro y dicen que ese hombre es un traidor a su raza, y que merece morir. Van por ahí pidiendo donativos, y algunas personas tienen tanto miedo que aflojan la mosca. Pero sólo le piden dinero a la gente negra.

—¿Protección? —Aquello me sorprendía.

—Bueno, en realidad no. Yo les dije que no y sólo gruñeron un poco. Pero están al borde del crimen organizado, al mismísimo borde.

—¿Qué quieres decir? —pregunté.

—Un par de ésos vienen por aquí —respondió Sam—. A veces con Brawly, a veces no. Por la forma que tienen de susurrarse al oído unos a otros, sé que están planeando cosas. Nada de meriendas para críos, como dicen ellos. No. Son planes para la noche, para la oscuridad.

—Ya veo —dije.

Ya había comido y charlado bastante por el momento. Quería pensar en todo aquello, y Sam no era de ese tipo de personas que te dejan estar a tu aire tranquilamente.

—Gracias, señor Houston —dije, y me puse en pie. Vi a Clarissa detrás de Sam. Me miraba.

—Se reúnen todas las tardes más o menos a las seis —dijo Sam.

—¿Quién?

—Los Primeros Hombres. Hablan casi cada noche.

—Ajá. —Dirigí una mirada a Clarissa y ella bajó la vista, fingiendo que estaba haciendo algo—. Gracias por tu ayuda, tío.

7

*D*ecidí acudir a la sede de los Primeros Hombres y ver de qué iba todo aquello. Sam tenía su punto de vista, y yo estaba seguro de que me había dicho la verdad, al menos tal como él la veía. Pero la verdad, como solía decir mi tío Roger, es sólo la explicación que da cada hombre a lo que cree que comprende.

El Partido Revolucionario Urbano estaba flanqueado por un salón de belleza y una tiendecita de baratillo. La fachada era sólo un ventanal, pero cubierto por una gran cortina negra. En el centro de la cortina se veía un círculo amarillo que contenía la silueta de un libro con una lanza clavada. La puerta delantera estaba cerrada y no se veía a nadie dentro, de modo que fui a poner gasolina a Tunney, a unas manzanas de distancia. Mientras me limpiaban los cristales y me ponían un poco de aceite, llamé por su teléfono público.

—¿Hola? —respondió una vocecilla.

—Hola, Feather.

—Hola, papi. ¿Dónde estás?

—Cerca de casa de John, cariño. Tengo que ir a una reunión, así que a lo mejor no llego a casa hasta después de que te vayas a la cama.

—¡Pero, papi...! —Había tanto dolor en su ruego que casi abandono lo de Brawly y me voy a casa.

—Iré a darte un beso cuando llegue a casa, cielo. No te preocupes.

—¿Podré comer hamburguesas?

—Claro. Pídeselo a Juice.

—Vale —dijo ella, perdonándome todos mis errores y mis fallos.

—¿Se ha ido Bonnie al aeropuerto? —le pregunté.

—Ajá.

—Pero te está cuidando Juice, ¿no?

—Sí.

—Muy bien. Te quiero, cariño —le dije.

—Yo también te quiero, papi.

—Adiós.

Colgó y noté una sensación de pérdida que me llevaba de vuelta a mi niñez.

No perdí el tiempo mientras esperaba a que se reunieran los Primeros Hombres. Fui a un pequeño restaurante de San Pedro y estudié para el examen de jefe de mantenimiento. Era el siguiente escalón que debía subir. Estudiando, sentía que todavía tenía un pie puesto en el mundo prosaico y real del que Feather necesitaba que formara parte. Ella necesitaba que cada día fuese igual al anterior, y necesitaba algo que decir cuando sus amigos y sus maestros le preguntasen a qué se dedicaba su papá. Me convertí en ese hombre durante un par de horas, esperando que llegase la noche.

A mitad de mi tercera taza de café recordé de pronto al hombre muerto. Aquel montón de carne y huesos echado en mitad del umbral de la casa de Isolda Moore. Su forma apareció en mi mente y la retuve allí, esperando a ver si se me ocurría algo más.

Pero no sentía nada. Ni preocupación por un semejante que había sido asesinado, ni miedo por mi propia seguridad. Yo no lo había matado, y dudaba de que nadie me hubiera visto, de modo que era como si nunca hubiese estado allí.

ϒ

La puerta de cristal del local de los revolucionarios urbanos estaba abierta y se veía a gente que se apiñaba en el interior. El sol se había puesto ya, pero todavía no era de noche.

La sala de reuniones desprendía un ligero olor a barniz. Unos tubos fluorescentes desnudos brillaban en el techo. El suelo era de pino, y las paredes de paneles de yeso baratos. Junto a la pared del fondo se encontraba un atril de música de hierro. Las treinta sillas plegables con el asiento de cartón reforzado estaban medio llenas, pero la mayoría de las cuarenta personas o así que estaban en la habitación se encontraban demasiado nerviosas para sentarse.

Los chicos y chicas negros llevaban ropas oscuras, hablaban y escuchaban, se hacían los interesantes y se miraban entre sí. Sus voces podían parecer furiosas a alguien que no conociera el áspero ladrido del alma del negro americano. Aquellos hombres y mujeres estaban más allá del furor, sin embargo. Expresaban su deseo de amor y de venganza y de algo que no existía... que nunca había existido. Por eso estaban allí. Iban a coger las peras de la libertad en un olmo llamado Estados Unidos. Creían en el espíritu de la Constitución, y no en las directrices de la caja registradora.

Quizá si me hubiese quedado el rato suficiente habría acabado por creerme todo aquello también yo.

—¿Eres un poli? —me preguntó alguien. Me costó un momento darme cuenta de que me estaba hablando a mí.

Era un jovencito flacucho y renegrido. Llevaba gafas de montura metálica y un jersey negro de cuello alto que no era mucho más ancho por el cuerpo que por las larguísimas mangas.

Casi me reí.

—¿Cómo?

—He dicho que si eres un poli.

—No. —Miré hacia la habitación, notando que algunas caras se habían vuelto hacia mí.

—No importa —dijo el chico de las gafas.

—¿El qué no importa?

—No importa si eres poli —explicó—. Nosotros recibimos encantados a los hermanos que han sufrido un lavado de cerebro. Lo que vas a averiguar aquí esta noche es la verdad. Si buscas bombas y armas, estás en el lugar equivocado. Lo que vas a encontrar aquí son las auténticas armas de la revolución: educación y amor. Ésa es la revolución de la mente. —Señaló hacia su propia cabeza en un gesto que me recordó al de un suicida.

No era guapo en absoluto, pero alguna chica seguro que acababa enamorándose de aquellos ojos. Estaba absolutamente seguro y enamorado de sus propias ideas.

—Pero yo no soy poli, hermano. He oído hablar de este sitio en Hambones. Dicen que vosotros habláis mucho y he decidido venir a oíros. —Mi dicción y gramática se fueron acomodando a la forma de hablar que seguramente le gustaba a aquel chaval.

Él accedió y me estrechó la mano.

—Pues bienvenido —dijo. Su sonrisa era desigual, pero resplandeciente, como una espada antigua pero muy cuidada—. Mi nombre es Xavier (lo pronunciaba «ex-evier») Bodan. Soy el presidente del Partido.

Entonces se apartó de mí y fue saludando a sus compañeros mientras se dirigía hacia la parte delantera de la sala. Andaba de forma saltarina, cosa que acentuaba su aspecto juvenil.

Me preguntaba si en alguna parte tendría una madre buscándole.

—¿Cómo te llamas, tío? —me preguntó otra persona.

Éste era más grandote y más oscuro, pero iba vestido casi igual que el otro.

—Rawlins.

—¿Y qué estás haciendo aquí?

—¿Es que todos los que están en esta sala me van a preguntar lo mismo? —Sonaba lo bastante poco amistoso para dejar las cosas bien claras—. Porque podríais subiros al atril ese que tenéis ahí y hacer un anuncio público.

Este joven tenía unos treinta años, con una cabeza perfectamente redonda y un vientre casi del mismo tamaño y forma. Adoptó un aire despectivo y se puso a masticar un enorme trozo de chicle. Creo que quería asustarme, pero él no conocía otros ambientes, aparte de la iglesia, la familia o clubes como el Partido Urbano. Por la forma en que dosificaba su valor, podía asegurar que esperaba que alguien le respaldara.

—¿Rawlins, dices? —Otro hombre se acercó por detrás del masticador de chicle.

Su piel era de un color dorado, pero por lo demás era un hombre blanco. Era alto y con una mandíbula cuadrada que sobresalía mucho. La nariz era fina, y el único color que podía definir sus ojos era «no exactamente castaños». No llevaba brillantina alguna en el pelo ondulado. Pero aun así era un negro, al menos para los americanos.

—Sí —dije yo.

—Esto no es ninguna fiesta —me informó el negro que parecía blanco.

—¿Me estáis pidiendo que me vaya?

—Déjale en paz, Conrad —dijo entonces una mujer. Llevaba un vestido negro de algodón que podría haber sido una combinación diez años atrás.

—Mírale, Tina —se quejó el ídolo de la función.

—Ya le miro —replicó Tina—. Veo a un hermano.

Media habitación me miraba por entonces. No es exactamente la forma de llevar los asuntos que me gusta.

Conrad me miraba de arriba abajo, con una mueca desdeñosa en sus labios y su nariz de hombre blanco. Pero finalmente se encogió de hombros y se volvió. La gente empezó a charlar de nuevo, dirigiéndome sólo rápidas miradas interrogativas.

—Hola —me saludó la joven a quien Conrad había llamado Tina.

—Hola.

—A todo el mundo le preocupa que la policía mande a algún espía negro o algo para hundirnos.

—Tienen razón.

Tina se puso súbitamente cautelosa. No quería que pensara mal de mí. Era guapa sólo porque era joven, pero aquel vestido le quedaba muy bien, y se había interpuesto entre una habitación llena de hombres y mujeres que podían resultar violentos y yo.

—No hablo por mí —añadí—. Sólo digo que la policía tiene espías negros por ahí. Es la única forma que tiene de averiguar lo que pasa.

Tina no había recuperado del todo la compostura. Se llevó las manos a los hombros.

—Yo no soy ningún poli —dije—. Sólo quería echar un vistazo, oír lo que tienen que decir tus amigos.

Por encima de la cabeza de Tina vi a Clarissa, la camarera de Hambones, que entraba en la habitación con sus pantalones cortos y su blusita rosa. Me vio y frunció el ceño. Junto a ella entraba un hombre fornido y oscuro que en el pasado fue el niño de la foto que yo llevaba en el bolsillo. Estaban al otro lado de la habitación. Antes de que pudiera decidir si la cruzaba y me reunía con ellos o no, todo el mundo se puso de cara al atril. Algunas personas aplaudieron.

Xavier Bodan había ocupado su lugar en aquel podio improvisado. Detrás de él se encontraba un hombre grandote y con aire muy digno, con el pelo algo tieso y casi todo canoso, peinado hacia atrás como una domesticada melena de león.

—Es hora de empezar —salmodió Xavier—. Empecemos. Ésta es la reunión número ciento treinta y tres del Partido Revolucionario Urbano. Para los nuevos, me llamo Xavier Bodan, secretario del comité ejecutivo, y creo con todas las de la ley en el hombre negro y su lucha contra el amo de esclavos y sus perros.

Hubo entonces unos aplausos.

—La mujer lucha también igual de duro, Xavier —exclamó una voz.

El joven sonrió e inclinó la cabeza, y la luz se reflejó en la plana superficie de sus gafas.

—Tienes razón, hermana Em —dijo—. Sin las hermanas no seríamos nada en absoluto.

Capté una imagen de Brawly. Tenía el ceño fruncido, miraba por la habitación con aspecto de guardaespaldas o de sargento.

—Habrá una reunión del comité ejecutivo después de la reunión general. Es decir, Tina, Conrad, Belton y Swan. Os veré después. Tenemos que discutir varios asuntos, sobre todo recaudación de fondos y nuestro programa educativo, pero no quiero perder más tiempo esta noche discutiendo ni haciendo planes. Todos sabemos por qué estamos aquí: para extender la palabra y alimentar a los niños, para levantarnos y amarnos los unos a los otros.

—¡Oremos! —Alguien pensaba que nos encontrábamos en una iglesia.

—Representamos una isla de civilización en un mar de barbarie. Nosotros tenemos la llave para soltar dieciocho millones de cadenas. —Xavier sonrió de nuevo y yo me preocupé por él; parecía tan frágil allá arriba...

—Esta noche —continuó—, tengo el honor de presentar a un león, a un maestro. Es uno de los hombres que han hecho posible que una organización como los Primeros Hombres llegue a existir. Es nuestro refugio y nuestra conciencia.

Ha recibido golpes por nosotros antes de que muchos de nosotros hubiésemos nacido siquiera. Él sudaba en las jaulas del hombre blanco cuando nosotros íbamos todavía en triciclo y jugábamos a rayuela. Es nuestro faro... —El auditorio empezó a hacer ruido. Era como un parloteo de expectación. No se pronunciaban palabras, exactamente, sino emociones que se convertían en sonido—. Él marchó en Selma en 1955... —el volumen del auditorio subió un grado más—, marchó hombro con hombro con Martin Luther King —el murmullo aumentó hasta convertirse en palabras reconocibles y fervorosas—, él es lo que nosotros fuimos un día y luchamos por ser de nuevo —entonces empezaron los aplausos, flojos todavía, como si fuesen ensayados—, él es Henry Strong.

Xavier se apartó a un lado y permitió a Strong que ocupase el podio.

—Henry Strong —repitió Xavier.

Los aplausos empezaron a atronar. Chillaban y silbaban. Salmodiaban el nombre del tipo. Gritaron hasta que el hombre se puso a sonreír y alzó sus grandes manos. Yo esperaba que el líder agradeciese el respeto mostrado por la multitud y su portavoz, pero él conocía a su auditorio mucho mejor que yo.

—Yo era de la iglesia de Garvey —proclamó.

El aplauso se hizo más fuerte todavía.

—Yo estuve con el primero de los Primeros Hombres.

—¡Así se habla! —exclamó un hombre.

—Yo vi el sol rojo de Dahomey, y me bañé en el mar de África.

—¡Enséñanos!

—Yo —dijo Strong, haciendo una pausa para conseguir más efecto—, probé el azucarado néctar de nuestra tierra natal, y estoy aquí para deciros que nuestra semilla procede de las flores más dulces del mundo.

—¡Cuidado! —gritó alguien. Creo que fue Brawly Brown, porque cuando miré, estaba abriéndose paso entre el auditorio hacia una puerta trasera marcada con un letrero de «SALIDA».

En aquel momento, la puerta de cristal se abrió de par en par. Se rompió, pero yo no oí el estruendo, porque al mismo tiempo se rompió también el escaparate de al lado. Al momento entraron en tropel unos policías con cascos antidisturbios y blandiendo porras.

Debía de haber al menos treinta.

La multitud reunida vaciló un momento y se volvió para ver qué era lo que pasaba.

Agarré a Tina y me abrí camino hacia la puerta de atrás. Justo cuando alcanzábamos la puerta empezaron a caer los primeros golpes. Se derramó sangre, y comprendí que Xavier tendría unas cuantas cadenas más que soltar a partir de aquella noche.

55

8

—¡Vamos, Tina! ¡Rápido! —gritó Conrad, el ídolo de la función.

Estaba sentado en el asiento del conductor de un Cadillac color verde lima del sesenta y dos. A su lado iba Xavier y en el asiento trasero Henry Strong agachado junto a la ventanilla. Se oían chillidos que procedían de detrás, sonidos de refriega y ocasionalmente sordos golpes y gruñidos.

Yo empujé a Tina hacia el automóvil.

Conrad chilló:

—¡No, tú no!

—Me ha sacado de ahí —siseó Tina.

Continué empujando hasta que conseguí entrar en el asiento trasero. Conrad bajó por el callejón a pesar de su pasajero no deseado. Pasó rozando dos vallas de madera y tiró al suelo una familia entera de cubos de basura. Por su forma de conducir, me pareció que Conrad nunca obtendría ningún galón en la vertiente militar de la revolución. Esperaba que Xavier y Strong se dieran cuenta también.

Conrad se metió por calles secundarias. Dio tantas vueltas que me pareció que estábamos trazando un círculo. Pero en un momento dado salió a Central. Fuimos recorriendo ese bulevar hacia Florence.

Nadie habló durante mucho rato.

Los más jóvenes estaban aterrorizados. Quizá fuera su

primera degustación de lo que el mundo pensaba de su idealismo y sus verdades.

Strong simplemente estaba asustado. Tenía los ojos aún dilatados y los puños apretados en el dobladillo del vestido de Tina. A ella no parecía importarle. Había apoyado tres dedos en el grueso nudo formado por la mano derecha de él. Había mucha ternura en aquel gesto.

Me quedé callado porque no iba a sacar nada en limpio si hablaba. Para mí una redada policial no significaba nada. Había estado en casas de putas, bares clandestinos, barberías y juegos de dados en callejones en el momento de llegar la policía. A veces conseguía escapar y a veces mentía al dar mi nombre. No había nada espectacular en que me acosaran por el simple hecho de ser negro.

Al cabo de un rato, Conrad aparcó en la acera. Trasteó en la parte delantera de sus pantalones un momento y luego se volvió y me puso una pistola en la cabeza.

—Eh, tío, ¿qué coño te pasa? —gritó Xavier.

—¡Conrad! —exclamó también Tina.

—¿Quién eres, tío? —me preguntó Conrad.

Yo le miré a los ojos, preguntándome por qué no sentía ningún miedo. Por un momento pensé que me había vuelto loco, que la muerte del Ratón me había robado el instinto de supervivencia. Pero luego pensé que probablemente era la adrenalina de la huida lo que me hacía sentir así de valiente.

—Easy —dije.

—¿Cómo?

—Easy. Easy Rawlins.

—Deja la pistola, Conrad —pidió Strong, con una autoritaria voz de barítono.

—No sabemos quién es. A lo mejor es él quien ha traído a la pasma.

—No lo necesitaban, Conrad —dijo Tina—. Nosotros estábamos en nuestro sitio.

—Sí, hombre —se quejó Xavier—. Un poco de sentido común.

—Baja la pistola —dijo otra vez Strong.

Finalmente Conrad hizo lo que le decían. Para mí no suponía ninguna diferencia. Por entonces pensaba en Jesus, que quería dejar el instituto. De pronto me pareció que comprendía el deseo de mi hijo. La vida era demasiado corta y demasiado dulce para pasarla en compañía de unos idiotas.

—¿Y bien, señor Rawlins? —preguntó Strong.

—Buscaba a Brawly Brown. Su madre quiere que me asegure de que no se ha metido en problemas.

—¿Y qué narices significa eso? —A Conrad no le habría parecido bien nada de lo que yo hubiese dicho.

—Significa que es una madre, y que está preocupada por su hijo. Ella cree que está con una banda. De modo que le dije que le encontraría y le pediría que la llame.

A veces la verdad sirve tanto como una mentira.

—No es bienvenido entre nosotros, señor Rawlins —dijo Strong al fin—. No es momento para buenos samaritanos y lágrimas maternales mientras la policía insensibiliza nuestras almas y rompe nuestros cuerpos.

—Me parece muy bien. Yo tampoco quiero que me rompan el cuerpo, ¿sabe? Pero ¿podría llevarme de nuevo a Hambones? Mi coche está allí enfrente. —No mentía, pero hablaba de una forma que escondía la verdadera naturaleza de mis pensamientos.

—No —dijo Conrad—. Sal de aquí y ve tú mismo.

Xavier y Tina no me miraban a los ojos.

—Me parece que estoy de acuerdo —dijo Strong.

—Vale. Muy bien. —Abrí la portezuela y salí. En cuanto puse los pies en la acera, el Cadillac color lima arrancó de nuevo.

Allí estaba, al menos a cinco kilómetros de mi coche, pero no me sentía del todo desgraciado. Caminé cuatro manzanas hasta un pequeño restaurante y llamé a la compañía de taxis Ajax. Enseguida enviaron un coche rojo y blanco a recogerme. Un conductor muy simpático llamado Arnold Beard, de Carolina del Norte, me llevó hasta mi coche.

No me preguntó por qué andaba tan lejos de mi coche, y no me pareció oportuno explicárselo.

Estaba ya en casa a las ocho y media. El volumen de la tele estaba muy alto; se oía desde el porche. Sabía lo que encontraría cuando entrase. Feather estaría sentada casi pegada al aparato de televisión, y Jesus dormido detrás de ella, despatarrado en el sofá.

Frenchie, el perrito amarillo, me gruñó desde debajo del televisor. Estaba tan contento de llegar a casa que hasta el gruñido de aquel asqueroso chucho me pareció una bienvenida.

—Sssh, papi, Juice está durmiendo. —Llevaba el pijama azul claro con dibujos de Roy Rogers y Dale Evans estampados por todas partes.

—Hola, vaquera.

—Sssh —insistió, y luego se rió cuando la cogí en brazos.

—¿Estás haciendo de niñera con Juice?

—Ajá.

Feather pasó sus suaves brazos por detrás de mi cuello y apoyó la cabeza debajo de mi barbilla. Siempre se dormía en mis brazos cuando yo volvía tarde a casa. Hacía todo lo posible para permanecer despierta hasta que yo llegaba, pero en cuanto la cogía en brazos, ya estaba de camino hacia el país de los sueños.

Cuando la metí en la cama, ya estaba profundamente dormida.

Dejé a Jesus en el sofá. Me costaba mucho despertarle, y ya hacía muchos años que no podía cogerle en brazos para llevarlo a la cama. Después de todo, tenía casi diecisiete años. Ya se despertaría en algún momento, iría a ver a Feather y luego a mí y se iría a la cama.

Guardé los platos que Jesus y Feather habían lavado y dejado en el escurreplatos para que se secaran. Luego me fui a la cama. *Frenchie* me siguió, gruñendo y agazapándose como si estuviera a punto de atacarme. Pero no era mayor que una rata. Sabía que no podía hacerme tanto daño como hubiese querido.

Me quité la camiseta y me quedé mirándole en la puerta.

—¿Qué quieres?

La confusión reemplazó un momento al odio, y luego volvió a gruñir. Le tiré la camiseta a la cabeza, haciendo que lanzara un gañido y saliera corriendo de la habitación.

Me producía un perverso placer saber que había alguien junto a mí que siempre estaba planeando mi defunción. *Frenchie* me odiaba, eso era seguro. Me echaba la culpa de la muerte de su ama, y el perdón no formaba parte de su naturaleza. Cada vez que le veía me recordaba que siempre hay alguien que te quiere hacer daño, y que es mejor mantener alta la guardia, porque no existe esa cosa llamada «seguridad».

Me fui a la cama sintiéndome muy solo. Eso era lo que había traído Bonnie a mi vida... soledad. Antes de ella, mi sola compañía era la mejor compañía. Amaba a mis niños, pero eran sólo niños; un día crecerían y se irían, y sentía que sería capaz de dejarles. Pero ahora a mi lecho le faltaba algo cuando Bonnie no estaba. Cuando ella estaba fuera, en sus vuelos a Europa y África, nunca dormía del todo bien. Y cuando ella estaba en casa, aunque me sentía fatal por la muerte de Raymond, encontraba una isla en mis sueños que era lo más cercano al hogar que nunca había conocido.

Nadie había estado conmigo de verdad antes. Nunca hablaba con mi primera mujer. Entonces pensaba que un hombre debía ser fuerte y silencioso; él tenía que hacer que ella se sintiera segura y a gusto, pagar las facturas y engendrar hijos.

Pero Bonnie había cambiado todo aquello. Ella estaba en la misma onda que yo. Y pensaba de forma independiente. Podía emprender actos por su cuenta, sin la aprobación de nadie más. Yo lo sabía porque una vez había matado a un hombre que la atacaba, y luego siguió con su vida. A veces me despertaba por la noche y la miraba, sabiendo que ella había cruzado la misma línea que yo. Pero nunca tenía miedo. Me sentía como un antiguo nómada que podía confiar en que su mujer luchase a su lado, con uñas y dientes, contra las bestias salvajes.

Aquella noche yo estaba con los ojos bien abiertos, pero no sólo echaba de menos a Bonnie. Tampoco se debía mi insomnio a la redada policial, ni a la pistola que me habían puesto en la cara. Todo aquello no era más que una pequeña parte de la carrera de obstáculos que siempre había sido mi vida. Me quedé huérfano a los ocho años de edad, en el sur profundo. Peleaba con hombres mayores cuando ni siquiera tenía vello en los sobacos, y les ganaba.

No, ni el Partido Revolucionario Urbano ni sus enemigos los polis me preocupaban. Pero los muertos eran diferentes.

En la fría oscuridad de mi habitación me preguntaba por el hombre muerto y por el ruego de Alva de que encontrara a su hijo. Habría sido muy fácil para mí ir a ver a John y decirle que un asesinato era demasiado, que yo no me había comprometido a aquello. Ni siquiera tenía que decírselo, porque acabaría por saberse lo del muerto en casa de la prima de Alva. John sabía que yo no podía involucrarme en ese tipo de asuntos. Sabía lo que significaba intentar llevar una vida normal.

Decidí llamarle y decirle que había ido a ver a los Primeros Hombres, que había visto a Brawly y que parecía estar bien. Por entonces ya habría oído hablar del asesinato. Lo comprendería.

Suspiré con fuerza, aliviado al ver que mi locura había sido un ataque pasajero, de doce horas solamente. Pero cuando me adormilé, me encontré en medio de un sueño muy real. Yo entraba en una habitación donde estaba el Ratón, sentado ante una mesa pequeña y redonda. Llevaba un traje oscuro y un sombrero de ala corta. Yo me quedaba de pie y le contaba lo que me había sucedido durante el día. Él miraba hacia abajo mientras yo hablaba, escuchando mis palabras con seriedad. Cuando acababa, levantaba sus ojos grises y brillantes. Y se encogía de hombros como diciendo: «Vamos, tío, ¿qué te preocupa?».

Y yo volvía a notar aquel agarrotamiento en las tripas. Me desperté en mitad de la noche al darme cuenta de que estaba intentando reprimir una carcajada.

9

—¡*R*atón! ¡Eh, Raymond, espera!

Él iba caminando por la calle, una manzana por delante de mí. Apreté el paso, pero no conseguía llegar hasta él.

—¡Espera, tío! —grité.

Y luego, de repente, él se volvió. Llevaba una pistola en la mano y abrió fuego. Yo me quedé helado; sabía que era un tirador excelente. Pero disparó cinco o seis veces y yo seguía de pie todavía. Miré a mi alrededor y detrás de mí, y vi a tres hombres muertos en el suelo. Cuando volví a mirar en dirección al Ratón, él sonrió y se tocó el sombrero. Luego se volvió y siguió andando velozmente. Quise seguirle, pero estaba demasiado asustado, y no conseguía mover las piernas.

63

—Papá.

Noté un ligero golpecito en el brazo.

—Papá, despierta —dijo Jesus. Estaba arrodillado a mi lado. Yo me encontraba en el suelo junto a la cama, envuelto en las sábanas y el edredón. Me preguntaba cómo había ido a parar allí. No me parecía que me hubiera podido caer. Quizá intentaba esconderme de aquellos asesinos debajo de la cama.

—El tío John está aquí —dijo el chico.

—¿Qué hora es?

—Las ocho, más o menos.

—Ve a decirle que saldré dentro de unos minutos.

Υ

Quince minutos después salí, con los pies acalambrados, a nuestro pequeño salón. John estaba allí como un pez fuera del agua, con su mono y sus botas de trabajo.

—Easy...

—¿Qué puedo hacer por ti, John?

—Necesito tu ayuda.

—¿No tuvimos ya esta conversación ayer? —le pregunté.

John levantó los hombros, con aire de gran incomodidad.

—¿Quieres un poco de café o algo de comer? —le pregunté.

—No, tengo que volver a la obra.

—Vamos a la cocina, de todos modos. Acabo de despertarme.

—No tengo tiempo para andar por ahí, Easy. Necesito tu ayuda y la necesito ahora.

Le volví la espalda y me dirigí hacia la cocina.

Siempre me había gustado la cocina por la mañana porque el sol entraba a raudales por las ventanas. Mientras llenaba la cafetera eléctrica con agua del grifo, John entró.

—Eh, tío —dijo—. Lo siento. Ya sé que acabas de despertarte, pero las cosas han empeorado mucho desde ayer.

Se dejó caer en una de las sillas de la cocina mientras yo medía cuatro cucharadas rasas de café molido.

—¿Qué ha pasado?

—Brawly. Creo que ha matado a alguien.

—¿A quién?

—¿Recuerdas lo que te dijo Alva de su ex marido?

—Sí.

—Le mataron ayer en casa de su prima Isolda.

—¿Y cómo sabes que lo hizo Brawly? —pregunté.

—No lo sé. Lo dice Isolda. Llamó a Alva anoche, pero Alva no pudo hablar con ella, de modo que cogí yo el teléfono.

—¿Ah, sí?

—Dijo que Brawly y su padre se habían peleado horriblemente y que ella intentaba separarlos, pero que al final tuvo que irse, y que cree que se persiguieron por su casa.

—De modo que no vio en realidad a Brawly matar a Aldridge —dije.

—No lo sé —dijo John—. No sé lo que vio o dejó de ver esa mujer. Lo único que sé es que Alva se lo ha tomado muy mal, y que estoy muy preocupado por ella. Preocupado de verdad.

—¿Por qué, exactamente?

Una sombra pasó por el rostro de John, ya de por sí oscuro. Noté la sensación de que estaba a punto de contarme algo pero al final decidió no hacerlo.

—Easy, ve a hablar con Isolda, nada más. ¿De acuerdo? Se ha escondido en un sitio por ahí, por Alameda. Ve a hablar con ella. Y si puedes localizar a Brawly en algún sitio, llámame y dime dónde está. Yo me encargaré de lo demás.

—Muy bien. Dame la dirección, y ya veré lo que tiene que decir esa mujer.

Llegado el momento, vi que no podía decepcionar a John. Yo también había estado en situaciones muy apuradas, en mis tiempos, y él nunca me había vuelto la espalda.

—¿Quieres que vaya contigo?

—No. Tú vuelve a tu obra. Sigue colocando madera, hazme el favor. Yo hablaré con Isolda y encontraré también a Brawly.

La fuerte cara de John demostraba una profunda emoción. Si no le hubiese conocido mejor, habría pensado que deseaba matarme. Eso es lo que hacía el amor con todos los hombres negros en algún momento.

—¿Sí? —respondieron al teléfono al decimoséptimo timbrazo.

—¿Jackson?

—¿Easy? —Oí su miedo a través de la línea telefónica—. Easy, ¿cómo has conseguido mi número?

—Siempre lo consigo, Jackson. Siempre lo consigo.

Seguro que estaba mirando a su alrededor, preocupado y pensando que yo podía estar mirándole por una ventana o plantado en la puerta de su casa.

—No te preocupes, Jackson. No estoy escondido ante la puerta de tu casa. —Hice una pausa—. Ni tampoco en la puerta de atrás.

—Estaba mirando por la ventana, tío —dijo—. No me engañas.

—¿Dónde está el dinero de Jesus, Jackson?

—¿Cómo dices?

—Ya me has oído, tío. ¿Dónde están los doscientos cuarenta y dos dólares que le quitaste de debajo de la cama?

—No había doscientos dólares ahí debajo —lloriqueó Jackson—. Mierda. Ni siquiera ciento cuarenta.

Jackson Blue era, con mucho, la persona más inteligente que había conocido jamás, pero si estaba nervioso, se le podía engañar como a un niño.

—Devuélveme el dinero del chico —le dije.

Jackson había sido nuestro huésped durante unos días, cuando huía de unos gángsters del Westside. Jugaba a algunos juegos de azar en su territorio, y ellos querían su cabeza. Pensé que le estaba haciendo un favor, hasta que desapareció con la hucha de Jesus.

—Está bien. Vale, tío —dijo Jackson—. Sólo lo cogí prestado, de todos modos. Ya sabes que tenía a esos tíos detrás de mí. Bueno, todavía lo están.

—Puedo ir y quitártelo —le dije.

Jackson farfullaba, indignado. Su miedo me hacía reír. Siempre tenía problemas, siempre iba rondando a los tíos más duros de todos. Pero tenía miedo de su propia sombra.

—¿De dónde has sacado mi número, Easy?

Jackson era un tío muy inteligente, y más leído que muchos profesores universitarios, pero en lo referente a comprender a las personas, no había pasado de párvulos.

Tenía una chica de la que presumía mucho, llamada Charlene Lorraine. A Charlene le gustaba el cobarde de Jackson, no sé muy bien por qué, y le dejaba compartir su cama de vez en cuando. Le gustaba aquel hombre, pero no le respetaba, ni le temía, ni se preocupaba por él en forma alguna. Le di veinte dólares sólo dos semanas después del día en que dispararon a Raymond Alexander y a John F. Kennedy. Ella me dio el número de Jackson sin preguntarme siquiera para qué lo quería.

—Sólo le he visto una vez, Easy —me dijo la pechugona señorita Lorraine—. Creo que debe de tener alguna otra novia por ahí.

—Entonces, ¿eres celosa? —le pregunté.

—¿Celosa de ése? —exclamó ella—. Sería como ponerse celosa si alguien acaricia a tu perrito. Sí, es muy mono y eso, pero no es un hombre de verdad, ni por asomo.

Charlene bajó los brazos, de modo que su pecho sobresalía mucho más aún. Me miró de arriba abajo, pero yo no piqué. No me hubiera importado que me arrastrara a su cama, pero por aquel entonces tenía a Bonnie, y las demás mujeres no eran una preocupación principal en mi mente.

—John me dio tu número —mentí.

—¿Y de dónde lo sacó él?

—No tienes por qué saber eso, Jackson. Lo único que necesito es información de unas cuantas personas con las que a lo mejor coincidiste cuando cometías tus pequeños delitos.

—¿Qué personas?

—Quiero preguntarte por Aldridge Brown, Brawly Brown y un tío que se llama Strong, que va con un grupo

67

llamado el Partido Revolucionario Urbano de los Primeros Hombres.

—¿Cuál? —preguntó Jackson—. ¿Partido Urbano o Primeros Hombres?

—Tienen los dos nombres.

—Y si lo hago, ¿me dejarás pasar lo del dinero de la hucha?

—Si haces eso, te proporcionaré un trabajo honrado para que puedas devolvérselo a Jesus con tu primer salario mensual.

—Repíteme esos nombres —pidió.

Los repetí.

—Está bien. Puedo hacerlo. Sí. ¿Por qué no me llamas mañana por la tarde? Por entonces ya tendré algo.

—¿Y por qué no me llamas tú a mí, Blue?

—Bueno, ya sabes...

—No. ¿Qué?

—Podría responder Jesus.

Así era Jackson. Vivía toda su vida entre asesinos y atracadores, pero tenía miedo de un chico de dieciséis años mucho más bajito que él.

—Está bien, Jackson. Te llamaré mañana a las dos. Será mejor que estés ahí.

—No me voy a ir a ningún sitio, Easy —dijo—. A ninguno en absoluto.

10

*E*l lugar donde se había refugiado Isolda Moore no se parecía en nada a su casa. Las escaleras de madera sin pintar que conducían a su escondite en el tercer piso parecían ceder bajo mi peso. El vestíbulo era deforme. El suelo estaba hundido, el techo abombado. Por un lado era ancho, pero al irse acercando a la puerta de Isolda se iba estrechando.

Las fotos que tenía en el espejo del tocador, incluso las secretas en bikini, no hacían justicia a la señorita Moore. Nada más verla resultaba encantadora, aunque había perdido el equilibrio al soltar la cuña de la puerta para abrirla. Tenía la piel de un moreno claro, y llevaba un vestido de topos azul y blanco. El dobladillo le llegaba justo por debajo de las rodillas, revelando unas piernas muy bien formadas. Isolda no llevaba sujetador, y no parecía que le hiciera falta. Sus grandes ojos estaban algo juntos y eran almendrados. Los labios formaban un eterno puchero, como si esperase un beso.

—¿Sí? —preguntó, nerviosa.

—¿Isolda Moore? —dije. Ella dudó, así que continué—: Me llamo Easy Rawlins. John y Alva querían que viniese a preguntarle algunas cosas sobre Brawly.

Mientras hablaba, mis ojos iban catalogando sus atributos.

La preocupación de su rostro desapareció cuando vio cómo la miraba.

—Entre.

La habitación podía haber sido una cabaña de una ciudad fronteriza en el lejano oeste. Las paredes jamás habían recibido una capa de pintura, y cualquier astilla del suelo podría haberle enviado a uno al hospital con tétanos. Pero Isolda había trasladado todos los muebles que había junto a la ventana, y lo había cubierto todo con unas sábanas blancas y de colores pastel. En el alféizar de la ventana había puesto unas flores silvestres en una botella de leche. La forma de arreglarlas habría hecho palidecer a un florista del centro.

—¿Quiere un poco de té, señor Rawlins? —preguntó.

—Lo que tome usted —dije.

Ella sonrió y me condujo hacia los muebles cubiertos de telas.

Era una habitación de tamaño mediano y sin acabar, como he dicho. Pero Isolda había conseguido crear una pequeña isla de estilo allí, junto a la ventana. El té que me sirvió estaba frío como el hielo, aunque en la habitación no había ni rastro de nevera.

—Meto la jarra en un cubo lleno de hielo que consigo en la tienda de licores —me dijo, viendo la pregunta en mi cara.

—Debería ser diseñadora de interiores —le dije.

—Gracias.

Isolda hizo girar la silla en la que estaba sentada y noté que mi corazón estaba atrapado. Tenía toda la gracia y la belleza de una mujer que se codea con primeros ministros o con gángsters, ese tipo de mujer que necesita a un hombre muy poderoso para que florezcan todas sus habilidades.

Se había colocado de tal modo que el sol incidía en su cabeza, haciendo que le brillaran los ojos. Supongo que la miraba demasiado fijamente, porque ella se movió de nuevo y dijo:

—¿Así que Alva y John le han mandado para encontrar a Brawly?

—Sí, eso es. Pero en realidad creo que es Alva quien desea que lo encuentre.

Mencioné a Alva para ver qué sentimientos albergaba Isolda hacia su prima.

—Debe de estar enormemente preocupada —dijo Isolda, dejándome sin pista alguna.

—John me dijo que han encontrado al ex marido de Alva muerto en su casa.

Isolda asintió, mirando mis manos.

—¿Quién le ha matado? —le pregunté, intentando sacudirla un poco.

—Pues en realidad no lo sé, señor Rawlins.

—John dice que usted piensa que ha sido Brawly.

El sol en su rostro hizo que su expresión apenada pareciese insoportable.

—Brawly y Aldridge llevaban peleados muchos años, desde... desde que Brawly se fue de casa. Yo intentaba que volvieran a hablarse, pero... pero entre ellos nunca había paz.

—¿Por qué se pelearon en un principio?

—Nunca lo supe —dijo ella, aunque no la creí—. Fue hace años. Cuando fui a recogerle después de aquella pelea, tenía la mandíbula hinchada, y me pidió que le dejara quedarse en mi casa. Cuando le pregunté por su padre, me enseñó un diente ensangrentado que le había arrancado Aldridge a golpes.

—¿Por qué no se fue con su madre? —le pregunté.

—¿No se lo contó John?

—Estábamos delante de Alva. Ella estaba muy afectada.

—Es que... todo esto le afecta mucho. Fue más o menos la época en que mataron a su hermano Leonard. Se lo tomó tan a pecho que tuvo una crisis nerviosa y tuvieron que llevarla a Camarillo.

Isolda volvió sus labios hacia mí y tuve que concentrarme para oír lo que me estaba contando. Sus ojos se clavaron profundamente en los míos, y pensé que aunque no fuese una mala persona en lo más hondo de su corazón, muchos hombres habrían tropezado ya con piedras puntiagudas distraídos por sus encantos.

Quizá por eso le disgustaba tanto a Alva.

—¿Y por eso Brawly tuvo que venir con usted? —le pregunté—. ¿Porque su madre estaba hospitalizada?

Isolda asintió.

—Ella estaba ida del todo. Cuando Brawly fue a verla, antes de su pelea con Aldridge, le dijo que no podía quererle, y que no volviese a ir a verla nunca más.

—¿Por qué llamó a Alva, señorita Moore?

—Llámeme Issy —dijo ella—. Así es como me suelen llamar.

—¿Por qué no está en su casa, Issy?

—Llevo unos cuantos días sin pasar por allí. Me fui a Riverside y cuando volví, Brawly había... quiero decir que Aldridge estaba muerto. No volví a casa porque tenía miedo de Brawly. —Apartó la mirada. Quizá aquello significaba que se lo tomaba todo muy a pecho, o quizá sólo estuviera ensayando las poses, practicando para algún interrogatorio más serio.

—¿Por qué cree usted que fue Brawly? —le pregunté—. ¿Y por qué no avisó a la policía?

—Aldridge había llegado a la ciudad hacía unas semanas. Vino a verme.

—¿Era su novio?

Isolda desvió los ojos hacia la ventana. De nuevo brillaron al darles la luz. Dudo que fijase la vista en nada. Su mirada era, definitivamente, de las que miran hacia dentro.

—Estábamos muy unidos. Pero bueno, Aldridge seguía yendo a su aire. Si venía a la ciudad y yo estaba con un hombre, me dejaba en paz. Pero si estaba libre, se venía conmigo un tiempo.

—¿Y Alva sabía lo de ustedes dos? —le pregunté, buscando algún tipo de conexión.

—Hace diez años que no hablo con Alva.

—¿Sabía Brawly que su padre estaba liado con usted?

Yo había pensado que aquellas palabras groseras le afectarían, pero a Isolda no le preocupaba lo más mínimo ni yo ni lo que pudiera pensar.

—Vino una vez cuando Aldridge estaba conmigo, hace unas dos semanas. Se miraron el uno al otro como animales salvajes en la entrada, pero hice que se sentaran a la mesa como personas normales. Hice té y serví un poco de pan con mantequilla. Les dije que eran padre e hijo, y que tenían que empezar a comportarse como tales.

Isolda desvió de nuevo su mirada hacia mí. No hice ni caso. Me preguntaba cómo se sentirían aquellos dos hombres.

—Al principio todo fue bien —dijo ella, como si yo hubiera expresado mi pregunta—. Hablaron de lo que habían estado haciendo. Brawly incluso se rió una vez.

La voz de Isolda tenía el tono nostálgico del amor. Me pregunté si era amor por Brawly o por su padre.

—Pero entonces Aldridge tuvo que sacar aquella maldita petaca —dijo Isolda—. Dijo que quería hacer un brindis por haberse visto después de tanto tiempo.

—¿Era un mal bebedor? —le pregunté.

—Los dos lo eran —exclamó ella, con desdén—. Los dos. Por eso les di té. Bebieron para celebrar su encuentro. Bebieron por mí. Bebieron por una larga vida y por no sé qué más. Luego Aldridge cometió el error de brindar por la madre de Brawly. Brawly le dijo a su padre que no quería volver a oír aquel nombre nunca más.

Dijo aquellas últimas palabras en el tono que debía haber usado Brawly. Me estremecí. Había visto a hombres borrachos matar a alguien sólo por ese tono de voz.

73

—El único motivo por el cual no se mataron el uno o el otro en aquel momento fue porque interpuse mi cuerpo entre ellos. —E Isolda levantó la mano, como si jurase.

Se bajó la manga izquierda del vestido de lunares y me mostró una magulladura muy fea que tenía justo por encima de la curva del pecho. Era una de esas marcas profundas que duran meses.

—Recibí esto antes de que se detuvieran —dijo—. Eché a Brawly de casa y le dije que no volviera hasta que aprendiera a comportarse civilizadamente.

—¿Y dónde estaba usted cuando mataron a Aldridge? —le pregunté.

—En Riverside, como ya le he dicho —afirmó—. Oí decir que habían matado a un hombre en mi edificio por la radio, llamé a un vecino y averigüé lo que había pasado. En cuanto lo supe volví... por si Brawly me necesitaba.

—¿Y por qué no ha ido a la policía? Si no hizo nada, no tiene motivo alguno para sentir miedo.

—¿Nunca le ha interrogado la policía? —me preguntó Isolda.

Por primera vez nuestros ojos se encontraron de verdad. No era una mirada entre hombre y mujer, sino de comprensión total.

A mí me habían «interrogado» cientos de veces, más aún. Y cada vez mi vida y mi libertad habían estado en la cuerda floja. No importaba que fuese inocente, o que no tuvieran prueba alguna de mi culpabilidad. El texto de la Proclamación de Emancipación no estaba clavado en el tablón de anuncios de la cárcel. Ni tampoco la Declaración de Derechos.

El tirante del vestido de Isolda todavía colgaba desde su hombro. Me hormigueaban los dedos ante la proximidad de su piel.

—¿Cree que Brawly podía dominar a un hombre de la corpulencia de Aldridge? —pregunté.

—¿Cómo sabe usted cómo era Aldridge?

—Alva me lo dijo —expliqué, esperando que ya fuese un tipo gordo cuando ella le conoció.

—Brawly parece un niño —dijo—. Mentalmente, quizá sea un niño. Pero es muy fuerte, asusta de lo fuerte que es. Una vez, en un picnic del instituto, cuando Brawly vivía conmigo, unos niños apostaron a que no podía levantar una piedra grande del suelo. Era una piedra muy grande. Brawly la levantó como si fuera de papel en lugar de granito. Y estaba con dos jugadores de fútbol muy corpulentos. Vi el miedo en los ojos de esos chicos.

—¿Fue Brawly quien le dio ese golpe?

—No me acuerdo. Era una confusión total. Golpes y empujones por todos lados. Pero aunque lo hubiese hecho, sólo fue porque me metí en su camino.

—¿Dónde está ahora?

—No lo sé.

—¿Conoce a sus amigos?

—¿Por qué me hace todas estas preguntas? ¿Es usted una especie de policía o algo así?

—Sólo un amigo de John y Alva, como ya le he dicho. Me pidieron que buscara a Brawly, y eso es lo que estoy haciendo.

—Bueno, pues no le he visto desde que salió de mi casa, hace dos semanas.

—¿Dijo adónde iba?

—Dijo que iba a matar a Aldridge en cuanto se despistara.

—No me ha dicho si tiene amigos.

—Está esa chica blanca. Bobbi Anne Terrell, creo que se llama. Fueron juntos al instituto.

—¿En Riverside?

—Ajá.

—¿Sabe cuál es su número?

—No, a lo mejor está en la guía.

A lo largo de nuestra conversación, un aire frío fue instalándose entre Isolda y yo. Quizá fuese porque yo representaba a Alva. O quizá era que yo no tenía utilidad alguna para ella.

—¿Por qué llamó a Alva, Issy?

—Para contarle lo de Aldridge y Brawly. Y para averiguar si sabía dónde estaba.

—¿Por qué quería saberlo?

—He sido como una madre para ese chico, señor Rawlins. Y eso es algo que no se olvida así como así.

11

*F*ui a la obra de John hacia mediodía. Había otras casas en construcción en aquella manzana, pero no se veía a nadie por allí en domingo salvo la gente de John.

Mercury y Chapman estaban sentados en el esqueleto de un futuro porche, bebiendo de unos pequeños vasitos de papel.

—¿Un trago, señor Rawlins? —me ofreció Mercury mientras me acercaba.

—¿Qué dirá John si os ve aquí bebiendo licor en horas de trabajo? —pregunté.

Como les había recomendado yo, en cierta medida me sentía responsable de sus actos.

—John es camarero, ¿no? —protestó Chapman—. Y de todos modos se ha ido a casa hace una hora. Ha dicho que ya volverá mañana.

—¿Quiere que le digamos que venga, señor Rawlins? —me preguntó Mercury.

Yo cogí un periódico de un enorme cubo de basura, lo desdoblé y lo coloqué encima del porche inacabado. Luego me senté allí.

—En realidad, es mejor que se haya ido John, porque quería hablar con vosotros cuando no estuviera.

Mercury y Chapman intercambiaron una mirada. Me alegró ver que estaban preocupados. Eso significaba que deseaban proteger a mi amigo.

—No os preocupéis, chicos —dije—. Yo no tengo nada contra John. Lo que quiero es ayudarle.

—¿De qué se trata? —preguntó Mercury.

Chapman cruzó las manos y miró hacia la derecha.

Formaban un buen equipo. Chapman era más listo, pero Mercury tenía más personalidad. Éste hacía las preguntas, mientras Chapman pensaba las respuestas.

—Se trata de Brawly —dije.

—¿Qué le pasa?

—¿Qué pensáis de él, chicos?

—¿Qué pensamos de qué? —preguntó Mercury.

—Pues de que haya dejado el trabajo y se haya peleado con su madre.

—No sabemos mucho de su vida privada, Easy —dijo Chapman—. O sea, sólo lo que sale en una conversación normal mientras estás trabajando.

—¿Como qué? —pregunté.

Mercury miró a Chapman, que frunció los labios y asintió, casi imperceptiblemente.

—Brawly es un buen chico —dijo Mercury—. Fuerte como un demonio, pero no es ningún chulo. Aunque tiene su carácter. Cuando Brawly se pone de mala leche, es mejor que te apartes. Un día puso furioso a John y casi...

Chapman se llevó un dedo a los labios y Mercury cambió de marcha al momento.

—... bueno... Brawly es un buen chico. Sólo es algo joven y tonto.

—¿Tonto por qué?

—Hace un par de meses le dio por empezar a hablar de esa mierda del Partido Revolucionario. A John no le gustó nada, y a Alva tampoco, oír hablar a Brawly de eso...

—Brawly decía que le dijeron que tenía que dejar de ir a esas reuniones o irse de casa —acabó por decir Chapman.

Aquello me recordó algo.

—¿Irse de dónde? —pregunté—. No caben tres personas en ese pisito en el que viven.

—Pagaban el alquiler de un estudio en el edificio donde vivían. Brawly se alojaba allí —dijo Mercury—, en el primer piso.

—¿Un estudio? —dije—. Y entonces, ¿qué demonios es lo que tiene alquilado John?

—Una vivienda de un dormitorio —aclaró Chapman—. Y de lujo, por lo que dice el propietario.

Chapman y Mercury se echaron a reír. Yo me uní a ellos. Era sólo la punta del iceberg de lo que pasaría luego en L.A., pero entonces era tan raro que resultaba divertido.

—¿Y qué contaba Brawly del grupo político ese?

—No demasiado —murmuró Mercury—. No demasiado. Le gustaba que estuvieran tan locos y que quisieran hacer algo. Ya sabes cómo es la juventud.

—¿Hablaba alguna vez de su padre? —pregunté.

—De vez en cuando —afirmó Chapman—. Pero no demasiado.

—Sí —dijo Mercury, mientras observaba sus botas de trabajo—. Sólo decía que él y su viejo tuvieron un... ¿cómo lo llamaba...? Un desacuerdo. Pero hacía mucho tiempo.

—¿Se pelearon? —pregunté.

—Algo así —dijo Mercury—. El chico decía que se pelearon por su madre o algo así hace mucho tiempo, y que el hombre le pegó tan fuerte que le rompió un diente. Eso fue cuando todavía era un muchacho. Entonces él se fue con su prima Issy. Luego la vi. Ya sabe, es ese tipo de prima con la que sueñan los niños huérfanos.

Chapman soltó una risotada. Yo no lo encontraba divertido, pero sabía de qué estaba hablando.

—¿Dónde viste a Isolda? —le pregunté.

—Venía de vez en cuando a recoger a Brawly —dijo Mercury—. Cosas familiares, supongo. Se lo llevaba a comer una hamburguesa. Siempre a escondidas. Creo que ella y Alva no se llevaban demasiado bien.

Entonces Chapman me miró. Levantó las manos displicentemente, como preguntando: ¿qué más quieres?

—Bueno —dije yo—. Supongo que será mejor que volváis al trabajo, chicos.

—Supongo que sí —afirmó Chapman.

De vuelta a casa me preguntaba por la complejidad del problema de John. Estaba su esposa; el ex marido y el hermano de ella, asesinados; el hijo, que vivía con una prima mientras la madre sufría una crisis nerviosa, y los revolucionarios negros con su ira y sus ilusiones, y los policías echándoles el aliento en el cogote.

Cuando llegué a casa estaba dispuesto a hablar con mi hijo.

Estaba en el patio montando tres caballetes separados del siguiente por un metro de distancia. También había colocado unos cuantos tablones de madera de unos tres metros de largo y algo más de un metro de ancho. El grosor era de entre cuatro y cinco centímetros.

—¿Qué estás haciendo? —le pregunté.

—Voy a construir un barco —me dijo.

—¿Y de dónde has sacado la madera?

—Se la he comprado al señor Galway, en la serrería.

—¿Y te la ha traído él?

Jesus asintió.

Aquella era una nueva fase en su vida. Jesus nunca se había gastado nada de dinero en sí mismo. Desde que era muy jovencito ahorraba todo su dinero, por miedo de que yo perdiera el trabajo o me metieran en la cárcel. Trabajaba cuatro tardes a la semana en el mercado local, empaquetando comestibles y haciendo entregas a las señoras ancianas. Cada centavo que ganaba lo guardaba en una lata en su armario.

Él creía que así todo iría bien siempre, porque si yo me derrumbaba, él estaría ahí para salvar la situación.

Intenté convencerle de que no tenía que preocuparse, de que podía comprarse ropa, o juguetes, o lo que quisiera. Pero Jesus había pasado sus primeros años con mi amigo Primo. En el mundo de Primo, un niño era sólo una versión pequeña de un hombre; quizá no fuera capaz de hacer tantas cosas como su equivalente adulto, pero se esperaba que hiciera todo lo que pudiese.

—¿Qué tipo de barco? —pregunté.

—De vela —me dijo Jesus.

—¿Y tú sabes construir un barco de vela?

—Hay libros. —Y Jesus me señaló un libro grueso en rústica que había sacado de la biblioteca. Estaba colocado en el porche de atrás, abierto en una página que mostraba los tres caballetes separados a un metro de distancia—. Dice que se necesitan ciento sesenta y un pasos para construir un barco de vela.

—Ven y siéntate aquí conmigo —dije.

Nos sentamos el uno junto al otro en el porche de cemento. Yo miraba a Jesus y él miraba la hierba que tenía bajo los pies descalzos.

—¿Qué es eso que decías de dejar el instituto?

—No me gusta ir allí —dijo.

—¿Por qué no?

—No me gustan los chicos, ni los profesores —dijo.

—Tienes que contarme algo más si quieres que te entienda, Juice. Quiero decir que... ¿alguien ha hecho algo que te haya sentado mal?

—No. Es que son idiotas.

—¿Cómo idiotas?

—No sé.

—Tendrás que ponerme algún ejemplo. ¿Hizo alguien una idiotez la semana pasada?

81

Jesus asintió.

—El señor Andrews.

—¿Qué hizo? —Yo estaba acostumbrado a hacerle preguntas a Jesus. Aunque hablaba desde que tenía doce años, las palabras seguían siendo un artículo bastante lujoso para él.

—Felicity Dorn estaba llorando. Estaba triste porque se le había muerto el gato. El señor Andrews le dijo que se callara o si no la mandaría al despacho del subdirector, y que se perdería un examen importante. Y que si no hacía ese examen, a lo mejor suspendería.

—Sólo intentaba que ella no distrajese a la clase.

—Pero su madre murió el año pasado —dijo Jesus, levantando la vista hacia mí—. Ella no podía evitar sentirse mal.

—Estoy seguro de que él ya sabía eso.

—Pero él tenía que haberlo comprendido. Es el profesor. Lo único que sabe son los estados y sus capitales y qué año murió cada presidente.

—¿Y tú consentirás que algo así te impida ir a la universidad y ser alguien en la vida?

—El profesor fue a la universidad —dijo Jesus—, y eso no le ayudó nada.

Conseguí no sonreír. Por dentro estaba orgulloso del hombre en que se estaba convirtiendo mi hijo.

—No puedes decidir dejar el instituto porque un profesor sea un tonto —le dije.

—Eso no es todo. Ellos creen que yo soy idiota.

—No.

—Sí, lo creen. No quieren enseñarme. Me dan deberes para casa, pero no se preocupan de si los entrego o no. Quieren que lo haga todo muy deprisa, pero no les importa nada más.

—¿Qué quieres decir? —pregunté.

—No sé.

Jesus se levantó y fue hacia sus caballetes. Yo le toqué el codo y él se detuvo.

—Tenemos que hablar más de este asunto, Juice. Tenemos que hablar hasta que ambos nos decidamos. ¿Me oyes?

—Ajá.

—¿Cómo?

—Sí, señor.

—Muy bien. Sigue trabajando en tu barco.

12

$\mathcal{A}$ parqué frente al restaurante hacia las nueve.

Hambones no tenía una salida de emergencia digna de ese nombre. Tenía una puerta de atrás que daba a un agujero que Sam llamaba el callejón. Pero era sólo para cumplir las ordenanzas contra incendios, porque en realidad nadie podía salir por aquella puerta. De modo que me quedé sentado en mi Pontiac verde, que empezaba a traquetear cuando lo ponía a más de ochenta kilómetros por hora, y esperé.

Hambones era un antro en 1964, pero en los viejos tiempos sólo los hombres y mujeres más llamativos acudían allí de noche. Así eran las cosas para los negros. No podíamos frecuentar los clubes de moda en Hollywood y Beverly Hills. Y tampoco teníamos esa clase de tugurios en nuestros barrios obreros. De modo que los hombres se ponían sus trapitos más chillones y las mujeres todas sus joyas y sus pieles y acudían a cualquier local donde hubiese una máquina de discos y unas ciertas pretensiones de lujo. Al cabo de unos cuantos meses de notoriedad, los músicos empezaban a frecuentar el lugar. Sam Houston tenía como clientes habituales en los cincuenta a Roll Morton y Lips McGee. Incluso Louis Armstrong apareció por allí una vez.

Por supuesto, los músicos llevaban también a su propia tropa consigo: hombres que querían tocar como ellos y mujeres que querían que las tocasen. Esos hombres y mujeres eran de todos los colores. Y una vez aparecían por allí unos pocos blancos, empezaban a llegar en manada. Porque por muy moderno que fuera el Brown Derby, nunca te daba el tipo de libertad que ofrece un club negro. Los negros saben ser libres. Una gente a la que se le ha negado la libertad durante tantos siglos como nosotros sabe soltarse el pelo y bailar como si no existiera el día de mañana.

El Ratón fue la primera persona que me llevó a Hambones. No llevaba ni tres meses en L.A. cuando lo descubrió.

—Sí, Ease —me dijo—. Las mujeres que hay allí son tan guapas que te dan ganas de llorar. No tienen licor, pero de todos modos es más barato en una bolsa de papel.

Era a principios de los cincuenta, y yo no tenía pareja. El hecho de que el Ratón fuese tan peligroso tenía algo bueno, y era que a las mujeres les encantaba estar a su alrededor. Uno sabía que si iba con Raymond iba a ocurrir algo inesperado, seguro.

Fuimos allí una vez en busca de una mujer llamada Millie. Millie Perette, de Saint Louis este. Siempre llevaba un collar de perlas rosas auténticas y una pistola con cachas de nácar en un bolso en el que apenas cabía una cajetilla de tabaco.

—Millie te deja tan hecho polvo que cuando te despiertas por la mañana tienes ganas de llorar —me dijo el Ratón—. Porque la noche siguiente está muy lejos todavía.

Fuimos allí a medianoche, más o menos. Cuando todos los clubes de los blancos estaban cerrando, el local de Sam renacía de nuevo. Recuerdo a un trompetista que tocaba en su mesa, rodeado de mujeres. La gente bailaba con la música, bebía y se besaba. Cuando entramos, todo el mundo saludó al Ratón como si fuera el alcalde de Watts en lugar de un recién llegado de Fifth Ward, Houston, Texas.

Llevaba una botella de whisky de centeno en la mano izquierda, y una espantosa pistola del calibre cuarenta y uno bajo la chaqueta de su traje con hombreras. Al Ratón le gustaba aquella pistola mucho más que cualquier mujer. Una vez me dijo que se podía desenroscar el cañón del tambor, y que tenía doce cañones, de modo que si mataba a alguien, podría cambiarlo. Y nunca probarían que su arma se había usado en el crimen.

Millie estaba en el bar con un matón enorme, un hombretón de tez oscura como el bronce, con los dientes forrados de oro, un anillo de diamantes y una pistola metida en el cinturón de sus pantalones de lana. Tenía la mano hundida casi hasta el fondo en la blusa de Millie y ella reía, feliz, bebiendo de un vasito de plata batida.

Cuando Raymond y yo nos dirigimos hacia la pareja, yo no estaba demasiado complacido. Lo máximo que se podía esperar yendo en compañía del Ratón era una noche sin sangre... y nunca se podía contar con ello si el amor o el dinero estaban en juego. La gente que estaba sentada al lado de la pareja se alejó en cuanto nosotros llegamos. La conversación se extinguió, pero es posible que el matón no se diese cuenta porque la trompeta seguía sonando.

—Millie —dijo Raymond.

Ella abrió los labios débilmente, mostrando los dientes y sonriendo, pero con un punto perverso que decía que sabía que estaban subiendo las apuestas.

—Creía que habías dicho que te ibas al norte, Ray, querido —dijo ella. Y aunque me estaba temiendo ya que presenciaría un acto de violencia, comprendí el atractivo que podía tener una mujer tan descarada.

—He pensado que sería mejor quedarme por aquí y ver si quieres bailar —dijo Raymond, tranquilamente.

—Delmont Williams —dijo el matón al Ratón, tendiéndole la mano.

Ray miró la mano, pero no la cogió.

Yo luché contra el deseo que me invadió de volverme por donde había venido.

—¿De dónde eres, Del? —preguntó el Ratón.

—Vivo en Chicago —dijo, orgulloso—. Tres generaciones fuera del Mississippi, pero todavía como morros de cerdo y llamo a mi madre «señora».

—¿Cuánto tiempo llevas en la ciudad? —preguntó el Ratón.

—¿Y a ti qué te importa, pequeñajo?

—Ah, nada. Sólo era curiosidad.

Millie empezaba a comprender la seriedad de aquella conversación. Pero estaba más divertida que preocupada. Que los hombres pelearan por sus encantos era para ella como si le regalaran una caja de bombones.

—Pues una semana o dos —dijo Delmont—. Tiempo suficiente para conocer a la mujer más bella de Los Ángeles.

Sobó con su enorme mano el pecho de Millie. Ella ni siquiera lo notó, sin embargo, extasiada como se encontraba por el espectáculo que prometía desarrollarse a continuación.

—Ya lo veo —dijo Raymond, educado—. O sea que Delmont, ¿verdad?

—Sí.

—Delmont, ¿quieres salir afuera conmigo?

—¿Para qué?

—Porque no quiero salpicar de sangre a mi mujer.

Entonces salió un ruidito de la garganta de Millie. Si era miedo o humor, sorpresa o simplemente un eructo, no lo supe nunca.

Delmont miró a Millie y le preguntó:

—¿Eres tú esa mujer?

—¿Y tú qué crees? —fue la respuesta de ella.

Delmont se volvió al Ratón y dijo:

—Vete de aquí antes de que te haga pupa, chico.

—Ven afuera —insistió el Ratón—. Y veremos qué tipo de hombre hizo tu «señora».

Delmont había bebido mucho licor y estaba embriagado por la salvaje y bella Millie Perette, pero creo que en el último momento captó de algún modo el alma de hierro de mi amigo. Sin embargo, eso no le impidió ponerse de pie. Ni tampoco salir por la puerta.

Nadie les siguió afuera, porque nadie quería ser testigo de la ira del Ratón. Menos de un minuto después de que hubiesen salido se oyó un disparo. Dos minutos después, Raymond volvía al restaurante. Por entonces, la trompeta había dejado de sonar.

El Ratón se acercó a Millie y susurró unas palabras a su oído. Ella saltó de su taburete y salió con él. Recuerdo que ella apretaba mucho los muslos al andar, de forma que su trasero se meneaba de la forma más mareante que se pueda imaginar.

El silencio quedó flotando tras ellos como una estela.

Un minuto o dos después, algunos de nosotros fuimos a ver lo que quedaba del hombretón de Chicago. No estaba en la calle, de modo que bajamos dos puertas más allá y nos metimos en el callejón. Bajo la débil luz de un farol vi a Delmont con un pequeño charco de sangre al lado de la cabeza.

Cuando se movió y se quejó, di un salto. Entonces me incliné hacia él y vi que sólo tenía una herida en la oreja.

—No, tío —me dijo el Ratón unos días después, cuando finalmente nos encontramos—. No quería matarle. Era de Chicago, no sabía una mierda. Ni siquiera le habría disparado, pero empezó a insultarme ahí como si yo fuera un crío o algo así. Pero ¿sabes, tío?, a Millie realmente le gustaba ese mierda. Me estuvo dando la lata toda la noche. Nada más tocarla se puso como una loca.

ϒ

Sentado allí fuera, delante de Hambones, yo sonreía. Ray había tenido una vida corta, pero cada día de ella valía por un año o más de la mayoría de los otros hombres. No lo sentía por él... sólo me sentía culpable por haberle fallado en sus últimos momentos.

13

Clarissa salió de Hambones a las once y media más o menos. Era domingo por la noche, y Hambones ya no era el club de moda que había sido en el pasado. Ella giró hacia la izquierda y echó a andar por la calle. Esperé a que hubiese recorrido una manzana o dos antes de poner en marcha el coche. Recorrí una manzana por delante de ella y luego aparqué junto a la acera en el otro lado de la calle.

Cuando ella volvió a pasar a mi lado, apagué el contacto, esperé a que nos separase una manzana de distancia y salí del coche. Ella caminaba deprisa, haciendo resonar sus tacones de madera. Yo llevaba zapatos con suelas de goma, de modo que podía seguirla sin que me oyera.

No es que ella estuviera nerviosa, pero como cualquier mujer un poco sensata, de vez en cuando echaba una mirada hacia atrás. Evité que me viera manteniéndome oculto en las sombras del otro lado de la calle. Así fuimos andando seis o siete manzanas. Luego, Clarissa giró por Byron. Anduvo una manzana y media más hasta llegar a un edificio achaparrado de tres pisos que parecía un horno enorme. Estaba enyesado y pintado de color mandarina, y parecía combarse debido a su propio peso. Clarissa entró por una puerta de la planta baja. Se encendió una luz en una diminuta ventanita.

Yo me acerqué a su puerta y escuché atentamente. El edificio era tan barato que se podían oír sus pasos dentro. Ella abrió una puerta y dejó algo de metal, probablemente una olla. Crujió algo como una silla o un sofá, y luego se puso en marcha una radio en mitad de la canción *The Duke of Earl*.

Ella estaba cocinando, o quizá preparándose un té y escuchando música. Pensé quedarme rondando por allí hasta que se fuera a la cama.

El edificio de Clarissa tenía una estructura gemela al otro lado de la calle. Por el lado norte había una entrada pequeña donde se almacenaban los cubos de basura hasta el día que tocaba la recogida. Me metí detrás de los cubos de tapa metálica, encendí un Chesterfield y solté el aire por la boca.

La solitaria quietud de las noches del sur de California siempre me producía un gran placer. En el sur, en torno a Texas y Louisiana, siempre había bichos gordos y pájaros nocturnos, el viento soplaba en los árboles y sonaban ruidos menos identificables procedentes del pantano y sus habitantes. Pero en Los Ángeles la noche estaba envuelta en el silencio, como si siempre se encontrara cerca un depredador, esperando para saltar sobre alguna víctima silenciosa.

Aquella noche supongo que el depredador era yo.

91

Durante la hora siguiente no ocurrió prácticamente nada. Una familia de arañas había establecido una batería de telas por encima de mi cabeza, de modo que ni las ocasionales mariposas de la luz duraban mucho rato por allí.

La entrada del apartamento de Clarissa estaba iluminada por una lámpara de cemento incrustada en el césped, enfrente de su puerta. La luz de su ventana estaba encendida aún, de modo que yo seguía con mi vigilancia.

Mi reloj Gruen con esfera de cobre marcaba las 12:48 cuando un Cadillac color verde lima se acercó y se detuvo frente al edificio de Clarissa. Observé los daños producidos por la valla de madera que había golpeado de lleno la noche anterior. El guapo Conrad seguía en el asiento del conductor.

Aún estaba tenso y miraba a su alrededor nerviosamente. Incluso miró en mi dirección, pero yo estaba demasiado sumergido en las sombras para que pudiera verme.

Brawly saltó del asiento del pasajero y dijo algo hacia la ventanilla de atrás. Conrad salió disparado por la calle como si la policía todavía le estuviera persiguiendo. Quizá fuera así.

Brawly llamó a la puerta de Clarissa. Ella respondió con un beso y un abrazo. Brawly era un chico muy robusto, pero aun así Clarissa consiguió rodearle el cuerpo con los brazos. Le susurró algo al oído, apretándole con fuerza.

Se metieron en la casa, y yo entonces me pregunté cuál podría ser mi siguiente movimiento.

No me costó mucho decidirlo. Crucé la calle y me dirigí hacia la puerta. Estaban discutiendo por algo.

—¡No has contestado a mi pregunta! —decía Clarissa, con voz fuerte.

Di unos golpes en la puerta, mucho más fuertes de lo que era necesario. Siguió un silencio repentino. Volví a llamar.

—¿Quién es? —dijo la voz que había dado la alarma en el cuartel general revolucionario la noche anterior.

—Easy Rawlins —dije, alto también—. Abrid.

—¿Quién es?

—Abrid, Brawly y Clarissa.

Eso funcionó. Brawly abrió la puerta de par en par para ver claramente al hombre que sabía su nombre.

Al ver que se abría la puerta sentí la embriaguez de la victoria. Pero cuando vi de cerca lo grandote que era, y el nudo de ira que agarrotaba su frente, temí que mi triunfo se convirtiera en derrota.

—¿Quién cojones eres tú? —preguntó.

—Un hombre que ha estado ante la puerta de Isolda —respondí.

Aquellas palabras no parecieron causarle ninguna incomodidad ni temor.

—¿Qué tiene que ver ella contigo? —preguntó.

—Déjame entrar, Brawly. No deberíamos estar aquí hablando de crímenes donde todo el mundo puede oírnos.

—Déjale entrar, cariño —intervino Clarissa. Estaba de pie a su lado.

Él retrocedió y yo entré en el piso.

Era más pequeño aún que el de John y Alva, más una casa de muñecas que una vivienda para adultos. Si me hubiese echado en el suelo y estirado los brazos, habría tocado una pared con las plantas de los pies y la opuesta con la punta de los dedos.

—¿Quién es? —preguntó Brawly a su novia.

—Es un amigo de Sam —dijo Clarissa—. Easy Rawlins, como ha dicho.

—Me envía tu madre —dije.

Había una silla grande y amarilla en un rincón de la diminuta y triste habitación. Llevaba una hora entera de pie, de modo que aproveché la oportunidad para sentarme.

Brawly se quedó de pie y Clarissa se mantuvo a su lado, temiendo que pudiera perder el control, supuse.

—¿Qué haces golpeando la puerta de la casa de mi novia a media noche?

—Buscarte —respondí.

Era un buen momento para encender un cigarrillo. Así me sentiría más confiado y calmaría mis nervios en presencia del gigantón a quien John me pidió que no hiciera daño.

—No me jodas, negro —dijo. Pero las palabras no parecían sinceras. Era muy grandote, pero parecía estar fingiendo, como si todavía no fuese un hombre por derecho propio.

—¿Fuiste tú quien mató a Aldridge Brown? —le pregunté.

—¿Quééé...?

—Aldridge Brown —repetí—. ¿Le mataste tú?

Brawly me cogió por los brazos y me levantó de la silla. Me levantó tan alto que el techo quedó a menos de dos centímetros de mi cabeza.

93

La sensación de ingravidez me recordó la época en que yo era un niño indefenso a quien cogía algún adulto rudo, ansiando el contacto del suelo bajo mis pies.

—¿De qué coño estás hablando? —dijo, con la voz una octava más alta que antes.

—Bájame —dije, sin titubear en una sola sílaba.

—¡Bájalo, cariño! —chilló Clarissa.

—Le mataron en casa de Isolda —dije yo—. Le dieron una paliza de muerte delante de la puerta de su casa, ayer por la mañana. ¿Es que no leéis los periódicos?

Brawly me dejó caer con bastante suavidad, pero cuando se derrumbó en el sofá forrado de algodón marrón pareció que el suelo se hundía. Toda la casa tembló. Los vecinos debieron de saltar de sus camas, preocupados, pensando que otro de los terremotos típicos de Los Ángeles sacudía el edificio.

—¿Una paliza de muerte?

—Sí —afirmé—. Y cuando yo fui a hablar con Isolda, lo único que me contó fue que Aldridge y tú os habíais peleado, y que tú dijiste que le matarías si volvía a mencionar el nombre de tu madre.

—Esa perra —siseó Clarissa.

—Eso no es verdad —dijo Brawly—. Yo estaba con... ni siquiera estaba en la ciudad ayer por la ma̅......

Echó una mirada culpable a Clarissa, pero ella estaba demasiado preocupada para darse cuenta.

—¿No viste a Aldridge en casa de Clarissa?

—Ayer no.

—¿Te emborrachaste y discutiste con él un par de semanas antes, en su casa? —pregunté.

—Sí, hace un par de meses. Tomamos un par de copas. La conversación se puso algo caliente, pero no nos peleamos. Si lo hubiésemos hecho, él... —Brawly no tuvo que acabar la frase—. Yo no le he matado, tío. Lo juro.

—Pues alguien lo hizo —dije yo.

Brawly se echó hacia atrás, más parecido que nunca al niño cuya foto me dio su madre.

—¿Está muerto? —preguntó otra vez—. ¿Muerto?

—Eso es.

—¿Mi padre? —dijo, sin preguntarlo a nadie en particular.

Clarissa se sentó en el brazo del sofá. Pasó el brazo en torno al cuello de él.

—Mi papá, mi papá...

Fue una actuación conmovedora. Es posible que fuera por puro remordimiento, el caso es que yo ya había visto a algunas personas llorar a los seres queridos a los que habían matado ellos mismos unas horas antes. El sentimiento de dolor seguía existiendo, fuese o no su mano la que había asestado el golpe final.

Encendí otro cigarrillo.

—¿No sabes nada de eso? —pregunté, cuando las lágrimas se acabaron—. ¿No lo has leído, ni has oído las noticias?

—Brawly ha estado ocupado —me dijo Clarissa.

—Tú cierra la boca —le advirtió Brawly.

Me habría parecido muy normal que él siguiera su propio consejo.

—¿Ocupado haciendo qué?

—Pero ¿tú quién eres, tío? —me preguntó Brawly.

—Un amigo de Alva Torres que le hace un favor a su hijo.

—Yo no tengo nada que ver con ella —me dijo Brawly.

—Es tu madre, cariño —intervino Clarissa—. Es la sangre.

—Hasta la última gota —añadí yo—. Está preocupada por ti. Cuando me pidió que te encontrara, le dije que probablemente no tenía de qué preocuparse. Pero ahora que he visto el lío en el que te has metido, comprendo por qué quiere que vuelvas a casa.

—Yo no tengo casa. Me echaron.

—Eso no me lo creo, hijo. Tu madre te quiere, aunque tú no te preocupes por ti mismo.

95

—Tiene razón, cariño —dijo Clarissa.

—Tú no sabes una mierda, Clarissa. Así que no digas nada.

—La poli te mirará bastante mal si descubre que te peleaste con él —dije.

—Pero eso fue hace casi dos meses. Desde entonces nos reconciliamos.

—¿Dónde estabas el sábado por la mañana? —le pregunté.

—En el norte —repuso Brawly—. Salí el viernes por la noche.

—¿Y puedes probarlo?

Una mirada culpable relampagueó en la cara del chico. Pareció contenerse para no mirar a Clarissa.

—Hay gente que me vio —dijo, evasivamente.

—¿Quién?

—¿Y por qué tengo que decírtelo a ti? ¿Quién demonios eres tú para venir aquí en mitad de la noche a hacerme preguntas? —dijo Brawly.

Cuando se levantó del sofá, mi corazón latió con fuerza para almacenar la sangre suficiente en caso de que tuviera que pelear.

—No tengo por qué hablar contigo.

—Sólo intento ayudarte, chico —dije.

Cometí el error de ponerle la mano en el hombro.

Brawly me empujó con las dos manos y yo caí hacia atrás. Mis pies se levantaron del suelo. Noté cómo la pared golpeaba mi cabeza y mi tobillo izquierdo se retorcía cuando el pie tocó de nuevo el suelo.

Clarissa dijo:

—Cariño...

Se abrió la puerta delantera.

Cuando levanté la vista vi a Brawly que salía como loco hacia la calle, dejando a su novia con un desconocido en medio de la noche.

14

Clarissa corrió hacia la puerta, pero no intentó detener a Brawly. Seguramente ya había pasado por aquello otras veces, esa ira infantil que anula el sentido común e incluso la más mínima consideración.

Pensé en ir detrás del chico, pero dudaba de que mis palabras o incluso mis puños le causaran mucha impresión. Podía dispararle también, pero no creo que John o Alva se lo hubiesen tomado demasiado bien.

—Lo siento —dije, deseando arreglar las cosas de alguna manera.

—No, no importa. Brawly no ha querido hacerlo. Es que a veces se pone como loco. No es culpa suya.

—Le dije a Alva que me aseguraría de que estaba bien. Y supongo que sí lo está. Quiero decir que, según dices, esto es normal en él, ¿no?

Yo no sabía qué pensar de Clarissa. Ella no tenía nada que ver con mi trabajo, pero allí estaba yo, metiéndome en su vida privada en mitad de la noche. Di un paso hacia la puerta.

—¿Es verdad eso del padre de Brawly? —me preguntó.

—Sí. Alguien le mató en casa de Isolda. Ella cree que pudo ser Brawly.

—¿Es eso lo que le ha dicho a la policía?

—No creo que haya visto todavía a la policía. Estaba fuera de la ciudad cuando le mataron, o al menos eso es lo que decía. No ha vuelto a su casa.

—Maldita sea —dijo Clarissa—. Brawly tiene muy mala suerte con sus parientes. Estén vivos o muertos, con él o sin él, siempre le causan problemas.

—¿Crees que su madre también es así? —le pregunté.

—Ella le quiere y todo eso, pero no le comprende. Siempre le está diciendo lo que debe hacer, y no quiere ni escuchar las ideas que tiene él.

—¿Como qué?

—Las cosas en las que cree —dijo—. Lo que cree que debería hacer la gente.

—¿Como el Partido Revolucionario Urbano?

—Puede.

Clarissa era una joven menuda, con rasgos tensos. Su pelo era dorado oscuro. Tenía los ojos de un marrón tan claro que podrían considerarse dorados también. Estaba en una edad en que la ropa acentuaba más que cubría su figura, y su piel parecía resplandecer. Noté un incómodo rubor al mirarla.

—John y Alva creen que los Primeros Hombres no son más que una banda —dije yo—. Y por eso me han enviado a buscar a Brawly.

—Los negros más viejos están asustados de lo que defienden los grupos como los Primeros Hombres. Temen rebelarse y exigir lo que los blancos les deben. No comprenden que la única forma de conseguir algo es luchar por ello.

—¿Están planeando una guerra? —pregunté.

—Sólo si no queda otro remedio. Lo que quieren son mejores escuelas, mejores trabajos, libros de historia que cuenten la verdad, y gente como nosotros en el gobierno.

—Mucho trabajo, ¿no?

—Es sólo justicia. Y Xavier sabe que lo vamos a conseguir poco a poco. Quería que nos mudásemos de ese local a otro donde la comunidad pudiese venir a hablar de nuestros problemas. Pero entró la poli, y ahora la gente estará demasiado asustada para confiar en nosotros.

—¿Y ahora qué, pues? —Realmente, quería saberlo.

—Encontraremos otra forma. Eso es todo.

Había algo que no me decía, algo que se escondía detrás de sus resueltas palabras.

—¿De modo que lo que quieren es la revolución, no se dedican a la protección? —pregunté.

—¿Protección de qué? —replicó ella.

Entonces me eché a reír. Quizá me estuviera haciendo viejo.

—¿Tienes un lápiz, Clarissa?

—Sí, ¿por qué?

—Porque te voy a apuntar mi número de teléfono... puedes llamarme a cualquier hora. No quiero problemas con Brawly. Si él es feliz con lo que está haciendo, a mí me parece estupendo. Pero si se mete en problemas, o si ves que el partido no es lo que dice... entonces llámame. ¿De acuerdo?

Ella no respondió a mi pregunta, pero me dio lápiz y papel. Apunté mi número de teléfono del trabajo y el de casa.

Antes de irme, le pregunté:

—¿Por qué te has enfadado tanto con lo de Isolda? ¿Acaso la conoces?

—Sé lo que le hizo a Brawly —exclamó Clarissa con desprecio.

—¿El qué?

—No soy yo quien tiene que decirlo.

Era más tarde de la una de la madrugada. Si hubiera estado viviendo la vida que me había prometido a mí mismo, me habría ido entonces a casa a meter a los niños en la cama. Pero todavía estaba enfebrecido y debía hablar con alguien más, con alguien que yo sabía que nunca se acostaba antes del amanecer.

Vivía en una casa de alquiler en una calle llamada Ozone Court, sólo a media manzana de la playa. Era sólo una estructura diminuta con el tejado alquitranado, pero él era el único hombre negro que yo conocía que había conseguido una casa en aquel barrio. Mientras llamaba al timbre, pensé en preguntarle cómo le sentaba eso de vivir en un barrio exclusivamente blanco. Pero la forma que tuvo de contestar a la llamada apartó por completo aquella pregunta de mi mente.

—¿Quién anda ahí? —preguntó, con una voz bronca que intentaba que sonase profunda—. ¿Qué cojones quieren a estas horas de la noche?

En lugar de responder llamé de nuevo al timbre.

—¿Qué? —preguntó entonces, abandonando la voz grave. Por el tono de su voz parecía que había levantado las manos muy por encima de la cabeza.

—¿Jackson Blue? —dije, con una voz autoritaria, que no era exactamente la mía.

—¿Quién es?

Entonces me eché a reír. El cobarde de Jackson Blue se merecía un par de bromas a su costa. Y además, como había robado el dinero de Jesus, me dije que tenía todo el derecho de incordiarle.

Abrió la puerta y me fulminó con la mirada.

Yo me reí con más fuerza todavía. Jackson era un hombre bajito y delgado, casi tan oscuro como el propio cielo que teníamos sobre nuestras cabezas, con los ojos claros y brillantes. Aquellas órbitas relucientes, perpetuamente inyectadas en sangre, me miraban atónitas.

—¿Por qué crees que esto tiene puta gracia, negro?

—Déjame pasar, Jackson —dije—. Hace frío aquí fuera.

Él miró a su alrededor para ver si había alguien conmigo y luego se apartó, dejándome entrar.

La casa de Jackson estaba apretujada entre dos casas más grandes, pero igualmente vulgares. Por fuera parecía pequeña, pero era mucho más espaciosa por dentro. Eso se debía a que la única habitación de la que constaba estaba algo hundida, bajando unos escalones desde la puerta principal, de modo que el techo tenía al menos seis metros de altura.

Jackson tenía allí una cama grande, una mesa que servía también como cocina, un pupitre como el que usan los chicos de los institutos y tres paredes llenas de estantes que cubrían toda la altura. Y todo el espacio de los estantes, hasta el milímetro, estaba repleto de libros. La habitación olía a papel mohoso. Había una escalera de madera de pintor para que el pequeño Jackson pudiese alcanzar los estantes más altos.

La puerta de atrás era una corredera de cristal que daba a un huerto.

—¿De dónde has sacado todos estos libros, Jackson?

—La mayoría los he comprado. Muchos de ellos llevaban un montón de años en los desvanes de diferentes personas. Cuando conseguí esta casa, me los traje aquí.

Me senté a la mesa. Jackson se introdujo en su pupitre de escolar.

—¿Has conseguido lo que quería? —le pregunté.

—Eso depende.

—¿De qué?

—Ya sabes que vivir en el mundo de los blancos no es barato.

—Escucha, Jackson. Yo no estoy jugando contigo. No intentes quedarte conmigo, tío, o acabarás pagando el pato.

Jackson no parecía preocupado. Me conocía desde hacía más de veinte años. Nunca le había puesto la mano encima en aquel tiempo, y no era probable que empezase entonces.

—Tengo que saber algunas cosas antes de decirte lo que hay —me dijo.

—Vale, muy bien. ¿Qué quieres saber?

—Primero, cómo has conseguido saber dónde vivo. He pensado en lo que me has dicho por teléfono y no creo que John tuviese mi dirección.

—Me la dio Charlene Lorraine.

—¿Y cuánto le has tenido que pagar para que te la diese?

—Veinte dólares.

—¿Sólo?

—Sí. Le di veinte dólares y le pregunté si te había visto, y ella dijo que últimamente no, pero que lo último que sabía de ti es que estabas viviendo en Ozone.

—A lo mejor está celosa porque yo le dejo hacer lo que quiera —dijo Jackson, intentando reforzar su orgullo.

—Bueno, ¿qué más?

—¿Cuánto vas a sacar por saber lo que te voy a contar?

—Una comida familiar, con Bonnie y los niños.

—No puedes vacilarle a un vacilón, tío —se quejó Jackson—. No, hermano. No me engañes.

—Jackson, ¿por qué te iba a mentir?

—Para quedarte tú todo el botín, por eso.

—¿Qué botín?

—Me has preguntado por los Primeros Hombres, ¿no?

—Sí.

Jackson era un hombre de más de cuarenta años, pero tenía el cuerpo de un muchacho. Se movió a un lado en el estrecho pupitre, sacó la rodilla derecha hasta tocarse la barbilla y sonrió. Era como un gato de Cheshire.

—Están planeando una revolución —dijo.

—Ya. ¿Y qué tiene eso de nuevo? Debe de haber media docena de grupos por ahí hablando de esa misma mierda. Pero aunque sea verdad, las pistolas y las balas no son un botín que a ti te vaya mucho.

—Pero el dinero con que se compran, sí —exclamó entonces Jackson, sonriendo.

Toda la información que había ido reuniendo desde mi conversación con John me daba vueltas en la cabeza: el hombre asesinado, su novia, Brawly, Alva, Clarissa, incluso la policía que irrumpía en el local...

—¿De qué estás hablando, Jackson?

—Pistolas, querido. Pistolas y pasta.

Jackson tenía un gran intelecto, pero un alma insignificante. Pistolas, sangre, valor... todo aquello para él no era más que dinero.

—Pero ¿de qué estás hablando? —le volví a preguntar.

—No lo sé —afirmó Jackson—. Pero he oído decir que los chicos están planeando algo grande, realmente grande. Para hacer algo a gran escala, deben de tener algo de dinero que les llegue de alguna parte. Eso es lo que me dicen mis informaciones.

—¿Con quién has hablado de esto?

—¿Por qué quieres saber algo de esa gente?

Le conté a Jackson que John y Alva me habían pedido que encontrase a Brawly.

—Ah, ¿es eso? —preguntó, cuando acabé.

—Sí, eso es, tío —exclamé.

—¿Así que no tiene nada que ver con el dinero?

—En primer lugar, ese dinero te lo estás imaginando tú —dije—. Y aunque tuvieses razón, ya me conoces, Blue. No soy un ladrón ni un atracador.

—Pero el Ratón y tú erais amigos... —dijo, como argumento.

—¿Y qué narices tiene que ver el Ratón con todo esto? —Me puso furioso sólo oír su nombre.

—El Ratón sí que robaba un poco, en sus tiempos —dijo Jackson—. Una vez dicen que salió un domingo, fue conduciendo sin parar a Kansas City, en Missouri, robó un banco y volvió de nuevo a Watts el viernes por la noche.

—¿No te da miedo hablar así de los negocios del Ratón? —le pregunté.

—¿Por qué me iba a dar miedo? Está muerto.

—¿Conoces a alguien que fuese a su funeral? —le pregunté.

La suave frente de Jackson se frunció.

103

—Pues no.

—Y entonces, ¿por qué dices que está muerto?

—Tú dijiste que le habías visto caer —empezó a murmurar Jackson—. Y... y... Martha Rimes dijo que estaba muerto en la cama del hospital antes de... de...

—Ella dijo que no tenía pulso. Y se lo estaba buscando con los dedos. A veces el pulso es tan débil que los dedos no lo notan.

Fue un placer ver cómo los ojos de Jackson se dilataban llenos de terror. Sabía que era un error enorme airear los negocios de un hombre de la forma en que él lo había hecho con el Ratón.

—Lo siento —dijo—. No se lo digas a nadie, ¿vale, Ease?

—Eres tú quien debe aprender a tener la boca cerrada —dije.

Nos quedamos en silencio un momento. Jackson estaba mirando nuestro reflejo en la puerta de cristales, buscando fantasmas vengativos al otro lado.

—¿Has oído algo útil sobre Brawly o no? —le pregunté entonces.

—Tiene una novia que vive en Grand.

—Querrás decir en Byron.

—No —afirmó Jackson—. Ya sé lo que quiero decir, y quiero decir Grand Avenue, junto a Sunset.

—¿Y qué número?

—¿Seguro que no vas detrás de una gran fortuna, Easy?

—¿Quién te ha metido esa idea absurda en la cabeza?

—Aldridge A. Brown —dijo Jackson—. Ése.

—¿Qué pasa con él?

—Dicen que hace trece años, Aldridge y un compañero robaron un banco del centro. Mataron al compañero, pero Aldridge se escapó.

Me quedé helado de repente, pero seguí hablando para evitar que Jackson se pusiera demasiado inquisitivo.

—Aldridge está muerto, tío. Y si era un atracador de bancos, no tendría nada que ver con ese grupo político. La gente roba bancos para su propio provecho, no por la democracia.

—La gente cambia.

—Tú no —dije—. Y ahora, ¿tienes la dirección de esa chica o no?

Me la dio. Pero no tenía ni su nombre ni el número de su puerta.

—Bastante hice al conseguir eso —dijo, al quejarme yo.

En lugar de ir directamente a mi coche, bajé andando el trozo que quedaba hasta la playa. Santa Mónica todavía parecía una ciudad pequeña en el sesenta y cuatro, con edificios de madera pintados de colores primarios, pequeños locales especializados en baratijas hechas con conchas...

La luna se había ocultado a la vista detrás de una nube grande, pero su luz todavía incidía sobre las aguas a muchas millas de la costa. Aquella luz lejana era como las esperanzas abandonadas de un marinero: distantes y casi imposibles.

15

No me fui a dormir hasta las cinco. Soñé con un hombre muerto que a ratos era el Ratón y a ratos Aldridge, con Brawly Brown y su fuerza sobrehumana y con una revolución en las calles de Los Ángeles.

Me desperté a las siete y media, llamé al trabajo y dije que estaba enfermo.

—Dígale a Newgate que he cogido el virus ese que anda por ahí —le dije a Priscilla Howe, la sexta secretaria que tenía en dos años y medio.

—Desde luego, señor Rawlins —contestó ella—. Que se mejore.

Después saqué a los niños de la cama. Jesus ayudó a Feather a vestirse para ir al colegio y yo preparé el desayuno. Me sentía muy solo sin Bonnie, pero los niños y yo teníamos un ritmo de vida que funcionaba a la perfección.

—¿Adónde fuiste anoche, papi? —me preguntó Feather.

—A ver a Jackson Blue —dije.

—¿Te devolvió mi dinero? —preguntó Jesus.

—Me dijo que lo tendría dentro de unos días.

—Jackson Blue es divertido —exclamó Feather, y luego se echó a reír.

Al momento todos estábamos riéndonos y salpicando el zumo que bebíamos.

Jesus llevó a Feather al colegio y yo me volví a la cama.

En sueños, estaba sentado en un bar y entraba Raymond.

—¿Qué problema tienes, Easy? —me preguntaba.

—Es John —decía yo—. Quiere que salve al chico de su novia, pero está demasiado metido.

—Pues mátale —decía el Ratón.

—¿A quién?

—Al chico. Dispárale. Dile a John que no sabes lo que ocurrió. Y hazlo rápido, para que él y su mujer puedan empezar a curarse.

Raymond se volvía para salir de nuevo.

—Ray.

—¿Sí?

—Lo siento, tío. Siento haberte fallado.

—Me dejaste morir —decía él—. Me dejaste morir.

La angustia que sentía era como una quemadura de aceite; sólo empezaba a doler cuando iba penetrando.

El timbre de la puerta fue un alivio, un salvavidas que me arrojaba algún desconocido. Salté de la cama y fui dando tumbos hasta la puerta, vestido sólo con los calzoncillos.

El blanco que estaba ante mí de pie llevaba un traje que podía proceder perfectamente del Ejército de Salvación. Era un tipo más bien bajito, con los ojos verdes y un cabello rizado de un color que no era capaz de definir. Podía ser rojo, dorado o castaño, dependiendo de cómo lo mirase uno.

—¿Señor Rawlins?

—¿Sí?

Sacó una cartera raída y gastada y me enseñó una tarjeta de identificación y una insignia.

—Detective Knorr —dijo—. ¿Puedo entrar?

Había muchas cosas que no me gustaban de la presencia de Knorr en mi puerta. No sólo era el más cochambroso de todos los agentes que había visto en las fuerzas policiales del jefe Parker, sino que iba solo. Los policías de Los Ángeles nunca viajaban solos. O si lo hacían era porque estaban en alguna misión clandestina. Y aunque fuera así, ¿qué podía querer de mí? Yo era conserje en un instituto público. Tenía una casa y pagaba mis impuestos. Estaba durmiendo en mi cama, inocente de cualquier crimen.

Cualquiera de aquellas razones habría bastado para echar al oficial Knorr. Pero me había salvado de mi sueño desesperado, y le estaba agradecido por ello.

—¿Me tengo que vestir? —le pregunté.

—Por mí no lo haga.

Abrí la puerta y me aparté para que entrase el policía.

—Perdóneme —dije—, pero acabo de levantarme. Tengo que ir a orinar.

Volví en albornoz y zapatillas. Knorr estaba sentado en mi butaca reclinable.

—¿Se encuentra mejor? —me preguntó.

—¿Qué se le ofrece, agente?

Knorr estaba sentado en el borde de la cómoda silla. Era un hombre de corpulencia media, con las manos pequeñas y las cejas espesas. Las cejas eran del mismo color que el cabello, pero algo más oscuras.

—El departamento de policía y la ciudad de Los Ángeles necesitan su ayuda, señor Rawlins.

—¿Quiere un poco de café? —le pregunté.

A Knorr no se le distraía fácilmente.

—Claro —dijo—. Dos cucharaditas de leche y una de azúcar.

Fui a la cocina y él vino detrás de mí.

—¿Por qué no ha ido a trabajar hoy, si no le importa que se lo pregunte? —me dijo.

—Tuve un fin de semana algo duro —dije, mientras llenaba la tetera en el grifo.

—¿Fiesta? —Su sonrisa no tenía ninguna calidez, absolutamente ningún humor.

—Es café instantáneo —dije—. Y leche en polvo.

—Perfecto.

—Pero ¿qué quiere de mí? —pregunté.

Los ojos verdes de Knorr se clavaron en el césped que se veía en la parte exterior de mi ventana trasera. Sonreía de aquella forma fría.

—La sangre está hirviendo bajo la superficie de Watts —dijo.

El leve susurro del gas acentuaba sus palabras confiriéndoles un filo siniestro.

—¿Y qué significa eso?

—Los negros están ansiosos por conseguir algunos cambios —dijo—. Quieren que acabe la segregación de hecho. Quieren mejores trabajos. Quieren que se les trate como a héroes de guerra después de volver de la Segunda Guerra Mundial y de Corea. Algunos incluso se cuestionan el hecho de ir al ejército y luchar por su país.

No sabía si había sarcasmo o preocupación en su voz. Como su sonrisa, su lengua era enigmática.

—Todo eso cae algo fuera de mi campo de conocimientos, agente Knorr. Yo sólo soy un conserje. Riego las flores y vacío las papeleras. La sangre que hierve es responsabilidad de otro departamento. Y ya hice la parte que me correspondía en el ejército.

Knorr sonrió.

La tetera silbó. Empezó con un débil pitido que rápidamente se convirtió en chillido, como la emergencia que temía Knorr.

Serví los cafés en unas tazas de color azul claro con rosas rojas estampadas. Feather las había comprado en una tiendecita que visitamos un día que viajamos a la pequeña ciudad sueca de Solvang, cerca de Santa Bárbara.

Knorr se sentó frente a mí, sonriendo a través del vapor humeante. Del bolsillo de la pechera sacó unas fotos. Me las tendió.

109

Eran unas instantáneas con mucho grano en blanco y negro, ligeramente borrosas, porque las personas que aparecían no eran conscientes de que las estaban fotografiando y se habían movido de forma inesperada. Se veía mucha gente distinta en las fotos, pero yo era la constante: yo hablando con el guapo Conrad y el delgaducho Xavier Bodan, yo de pie ante la puerta del local del Partido Revolucionario Urbano, yo dirigiéndome hacia la parte de atrás y tirando del brazo de Tina, corriendo hacia un Cadillac que ya sabía que era verde.

La fiebre que había sentido dos días antes volvió de golpe con un escalofrío. Durante un momento, una parte oscura de mi mente quiso estrangular al oficial Knorr y luego huir a otro estado.

—He ido enseñando por ahí estas fotos y me han dado su nombre, señor Rawlins.

—¿Y por qué me ha señalado precisamente a mí?

—Ya sabía el nombre de todos los demás. Christina Montes, Jasper Xavier Bodan y Anton Breland, que también responde al nombre de Conrad. Sabía el nombre y el alias de todas las personas que estaban en esa reunión. Todos excepto el suyo.

Yo memoricé los nombres que aún no conocía mientras intentaba contener el aliento para no abandonarme a la violencia.

—¿Y qué problema hay, agente? ¿Va contra la ley ir a una reunión política?

—¿Qué estaba haciendo usted allí?

—¿Por qué?

—Puede tener alguna relación con un caso que se me ha asignado.

—¿Qué caso?

—Tenemos motivos para creer que estos activistas políticos están planeando algún tipo de protesta violenta. Incluso un ataque armado. Yo tengo que evitar que suceda tal cosa.

Era imposible intuir nada detrás de la fría expresión o las suaves palabras de Knorr. ¿Se creía de verdad lo que me estaba diciendo? ¿O era acaso algún complejo ardid para ponerme la zancadilla o para calumniar de alguna manera a aquellos chicos?

—Fui allí buscando a un joven llamado Brawly Brown —dije.

—¿Por qué?

—Porque su madre estaba preocupada por él y quería que me asegurara de que estaba a salvo y gozaba de buena salud.

Knorr me guiñó el ojo. No estaba seguro de si era un tic nervioso o una señal de que se sentía feliz con mi respuesta.

—¿Y le encontró?

—Le vi en el otro extremo de la habitación. Entonces sus policías armados irrumpieron por las ventanas y empezaron a romper cabezas.

—No era yo. Era el capitán Lorne. Cree que se puede pegar a los negros para dispersarlos. Yo pienso de otro modo.

Poco a poco me empezaba a formar una imagen interna de aquel hombre.

—¿Así que usted simplemente toma fotos mientras él abusa de nuestros derechos? —le dije.

—¡Derechos! —escupió Knorr—. Esa gente no respeta lo que les ha dado América. No merecen ningún derecho.

—Eso no debe decidirlo usted, agente. Los derechos los garantiza la Constitución, y no el chico de los recados del ayuntamiento.

Los ojos verdes de Knorr se podían poner más fríos aún.

—Ese chico, Brown —dijo—, está metido en todos los problemas de los que me ocupo yo. Está en contacto con la gente que planea la insurrección.

Me preguntaba si lo que decía Knorr era verdad. Y me preguntaba también si él mismo creía en lo que estaba diciendo.

—¿Por qué ha venido aquí a decirme todo esto, agente? Usted no me conoce. Podría ser el hombre de Jruschov en Los Ángeles. Podría estar buscando a Brawly para reclutarlo para la guerra.

—He hablado con unas cuantas personas acerca de usted, señor Rawlins. Easy... así es como le llaman, ¿verdad? Tiene antecedentes penales, pero no por esas cosas. Usted trabaja solo. A veces hace cosas ilegales, pero es un americano leal. Conozco su historial militar.

—La guerra ya acabó —dije—. Ustedes ganaron y yo no.

—Usted no se creerá toda esa mierda —dijo Knorr—. Si fuera así, no tendría a Jesus y Feather...

Cuando mencionó los nombres de mis hijos, una náusea helada se apoderó de mis intestinos.

—No tendría ese trabajo en el Instituto Sojourner Truth Junior. Ya he oído decir que incluso intervino cuando hubo violencia entre bandas en su colegio; llamó a la policía y les dio la información que necesitaban para evitar una guerra entre bandas.

—¿Qué quiere de mí, agente?

Knorr sacó una sucia tarjeta blanca de su bolsillo y la colocó encima de la mesa.

—Éste es mi número —dijo—. Llámeme cuando consiga algo. Como informante, probablemente pueda conseguir una recompensa de mil dólares. Y como americano, estará ayudando usted a su pueblo y al mío.

Ni siquiera toqué la tarjeta, ni la miré directamente.

—¿Es todo?

—Sí.

—Pues ¿por qué no se va?

Me dirigió una inclinación de cabeza muy leve y una frígida sonrisa, y luego se puso de pie y se dirigió hacia la puerta. Mientras veía cómo se marchaba, volvió a mi mente el Ratón.

«Mátale», me susurraba mi amigo desde la tumba.

16

$\mathcal{A}$quella tarde acudí a Grand Avenue, justo al norte de Sunset. La dirección que me había dado Jackson era un enorme edificio de ladrillo que parecía más una fábrica que un edificio de apartamentos. La entrada era pequeña, pero había más de tres docenas de inquilinos en la lista de timbres junto a la puerta. Fui leyendo la lista hasta que encontré el nombre de «B. TERRELL». Pensé un momento y luego recordé a la amiga del instituto de Brawly.

El apartamento de B. Terrell estaba en el sexto piso. Yo iba ya jadeando cuando llegué al tercer tramo de escaleras. Cuando alcancé la puerta, tuve que pararme un rato a recuperar el aliento.

Llamé cuatro veces. El vestíbulo estaba vacío, y la cerradura era fácil de abrir con las tres cartas de baraja que yo llevaba en la cartera.

El piso de B. Terrell tenía un diseño regular, casi penitenciario. Estaba formado por cuatro habitaciones de idéntico tamaño. Salón, cocina, baño y dormitorio. Cada habitación era como un cubo, y juntas formaban un cubo mayor. Cada habitación tenía dos puertas que conducían a las otras dos habitaciones. El salón era demasiado pequeño, y el baño demasiado grande. En la cocina resultaba difícil moverse. Sólo el dormitorio servía para la función a la que estaba destinado.

La puerta principal daba al salón. En una mesita baja se encontraba la foto enmarcada de un Brawly mucho más joven del brazo de una chica rubia. La chica tenía un saludable aspecto escandinavo, no guapa, pero sí atractiva. Ambos sonreían y era obvio que estaban enamorados, al menos en aquel momento. Encima de la mesa de la cocina había correo dirigido a Bobbi Anne Terrell, y en el botiquín del baño cuatro cajas de condones Trojan y un bote de brillantina.

Debajo de la cama había una pesada caja de metal pintada de un color verde apagado. En ella había tres carabinas, seis pistolas del calibre cuarenta y cinco y dos rifles M-1. En el estante más alto del armario encontré pilas de munición para todas esas armas y algunas más.

Cogí una de las pistolas, la cargué y me la guardé en el bolsillo de la cazadora. Estaba ya a mitad de camino del salón y dirigiéndome hacia la puerta cuando se movió la cerradura y se abrió la puerta principal.

Ella se sorprendió de ver a un hombre alto y negro en medio de la habitación, pero no tanto como para gritar o correr. Yo también me sorprendí.

—Hola —dijo, con más curiosidad que miedo.

Tenía el mismo aspecto que en la fotografía. Incluso el vestido era el mismo, de una pieza y color coral, abotonado por delante. La chica tenía buen tipo, si a uno le gustaban las mujeres fornidas. Tenía la cara ancha y llena de pecas en la parte central.

—Hola —dije yo.

—¿Quién es usted?

—Easy —dije—. Easy Rawlins.

—¿Qué está haciendo en mi casa?

—Estoy buscando a Brawly Brown. La puerta no estaba cerrada, y no sabía a qué otro sitio podía ir, así que he entrado y le he llamado. Iba a irme justo cuando has llegado.

—¿Por qué está buscando a Brawly?

—Mucha gente le está buscando —dije—. Pero yo lo hago en nombre de Alva, su madre.

Bobbi Anne examinó el picaporte, pero no había forma de comprobar si se había quedado abierto y yo había entrado así o no.

—Le he buscado por todas partes —dije, procurando calmarla mediante la conversación—. En los Primeros Hombres, en casa de su prima Isolda...

—¿Ha venido por ella? —dijo Bobbi Anne con un relámpago de ira.

—No. Simplemente, fui a verla buscándole. Ella me dio tu nombre.

—Esa perra —dijo Bobbie Anne.

—¿Por qué dices eso? —le pregunté.

—No es que sea una perra, es que está enferma —rectificó la chica nórdica. Atravesó la habitación, tranquila ya, supuse, al ver que yo me quedaba quieto.

—¿Cómo enferma?

—Utilizó a Brawly.

—¿Ah sí?

—¿Y qué va a hacer cuando encuentre a Brawly? —me preguntó, cambiando el curso de la conversación.

Yo me dirigí a una silla de madera de respaldo recto, indicando así que pretendía prolongar nuestra conversación.

—El chico tiene problemas —dije—. La policía piensa que va a hacer algún disparate por temas políticos, Isolda cree que puede haber matado a su padre, y Alva simplemente piensa que frecuenta malas compañías. Y por lo que yo sé, todos podrían tener razón.

Algo de lo que había dicho preocupaba a la chica. Una cierta tensión invadió sus rasgos optimistas, y se sentó en el pequeño sofá delante de mí.

—¿Está aquí para entregarle a la policía?

—Ya te he dicho que estoy aquí por su madre —dije—. Las madres no entregan a sus hijos a la poli.

—¿Y cómo me ha encontrado?

115

—Es la segunda vez que cambias de tema —dije—. No es educado, pero de todos modos te diré que no te buscaba a ti. Buscaba información sobre Brawly, y oí decir que una novia suya vivía en este edificio. Cuando he visto tu nombre, he comprendido que tenías que ser tú, porque Isolda me dijo que eras amiga de Brawly en el instituto. Y ahora, ¿puedes ayudarme a encontrar al joven señor Brown?

Bobbie Anne tenía unos pechos grandes y erguidos, los hombros anchos, unos ojos de un azul cristalino y un estómago que sobresalía un poquitín. Todo aquello conseguía hacerla más atractiva a cada momento que pasaba. Era el tipo de chica que de repente empiezas a ver guapa.

Tenía una expresión preocupada, pero aun así, no parecía frágil ni vulnerable. Eso me gustaba.

—No sé dónde está Brawly —dijo—. Pero no está metido en ningún problema, que yo sepa. Nada, excepto que su madre no le entiende.

—¿Has hablado con él en las últimas veinticuatro horas más o menos?

—Me ha llamado. Me ha dicho que iba a venir, pero que primero tenía que ir a ver a... un amigo.

—¿Anton Breland? —dije, recordando el alias que usaba a veces Conrad.

—¿Cómo le conoce? —Por primera vez, la cara de la señorita Terrell mostraba auténtica preocupación.

—Le he visto. Me apuntó con una pistola y me dejó tirado a cinco kilómetros de distancia de mi coche.

—Ah. A mí no me gustaba cuando le conocí —dijo ella—. Pero él y Brawly se han hecho íntimos. Los seis últimos meses se ha ido metiendo mucho en las cosas negras. Decía que se había dado cuenta de que los negros tienen que dejar a un lado a los blancos.

—¿Y entonces fue cuando te dejó a ti?

—¿Qué quiere decir?

—Bueno —dije yo—. No he visto su nombre abajo.

—Nunca hemos vivido juntos.

—¿Así que Brawly no está metido en ningún problema? —pregunté.

—No —afirmó ella, pero con tono inseguro.

—No podré ayudarle si no me lo dices.

—Ni siquiera lo conozco.

—El tema es, ¿conoces tú a Brawly?

—¿Qué significa eso?

—Significa que si viene aquí la policía y encuentra esas armas que tienes debajo de la cama, te van a llevar a rastras a la cárcel. Especialmente cuando encuentren esos rifles M-1 del ejército.

—¿Ha registrado mi casa?

—Escúchame, niña —dije—. No me importas nada tú ni esas armas. Yo no soy poli, y no me meto en política. Lo único que quiero es averiguar qué pasa con Brawly y sacarlo de sus problemas, si puedo. Si tú quieres dormir con una sentencia de treinta años de cárcel debajo de la cama, a mí me parece estupendo. Pero si sabes lo que te conviene, me dirás cómo puedo encontrar a Brawly y hacerle entrar en razón.

—Yo no sé nada, señor Rawlins —dijo ella.

—¿Tienes esas armas debajo de la cama?

Ella no respondió a la pregunta.

—¿Para qué son? —lo intenté de nuevo.

—Sólo... para defenderme, si llega el caso.

—¿Las has tocado? —le pregunté.

—¿Tocar el qué?

—Las armas.

—No.

—Pues no lo hagas —dije, y me puse en pie.

El cuerpo de Bobbi Anne se estremeció ante mi súbito movimiento. Era la primera prueba real de que ella me tenía miedo.

—Brawly tiene problemas —dije—. Y si no tienes mucho cuidado, te arrastrará con él.

—Yo no he hecho nada malo —respondió ella.

—Si consigues que algún juez se crea eso, a lo mejor sólo te caen quince años.

$\mathcal{A}$nton Breland estaba en la guía. Lo busqué en una cabina de teléfonos en la parte trasera de una tienda Thrifty. Eran alrededor de las dos de la tarde de un lunes. No podía haber prueba mejor de que yo me estaba desviando del buen camino. Sentado allí, mientras buscaba el nombre en las páginas blancas, intenté convencerme a mí mismo de que había cumplido mi deber con John y que ya era hora de volver al trabajo. No había razón alguna para que fuera siguiendo a revolucionarios y asesinos. Bonnie estaría en casa al cabo de treinta y seis horas. Mi vida podría volver a ser agradable.

Pero entonces me di cuenta de que en los días anteriores mis horas de vigilia no habían estado teñidas por el remordimiento por la muerte de mi amigo. Sólo mis sueños revelaban aquellos sentimientos. Mientras iba avanzando e intentando encontrar el rastro de Brawly Brown, me encontraba en una especie de zona de seguridad, donde la culpa no podría tocarme.

Encendí un cigarrillo y arranqué la página.

Anton vivía en Shenandoah, una pequeña calle lateral perpendicular a Slauson, en una casa que parecía un búnker de ladrillo. El césped estaba limpio, pero muerto. La hierba, que medía diez centímetros de alto, era del color de la paja. Supuse que Anton había dejado de ocuparse del césped unos catorce o quince meses antes, pero éste continuó creciendo porque nos encontrábamos en plena estación lluviosa. Al llegar el verano la hierba había muerto, dejando lo que parecía un campo de trigo pigmeo.

La entrada estaba vacía, no había ningún Caddy verde por ninguna parte, de modo que decidí esperar un rato en el coche.

La casa situada en medio de aquel campo de hierba muerta se parecía a otras muchas estructuras abandonadas que yo había visto a las afueras de Berlín, después de la guerra. No era lo suficientemente importante para ser bombardeada o quemada, pero resultaba demasiado peligrosa para vivir en ella.

Encendí otro cigarrillo y esperé.

Era invierno en Los Ángeles, la única época del año en la que se levanta un poco la contaminación. Llegan entonces los vientos del desierto y limpian el cielo. Ese mismo viento convierte las nubes en un panorama de esculturas siempre cambiantes, suspendidas ante un fondo de un azul intenso. En un momento dado había un león con un solo ojo, rondando las montañas, y luego se transformaba en un oso hormiguero acorazado, erguido sobre los cuartos traseros y mostrando las extremidades con sus garras.

Esos gigantes móviles me hicieron sonreír. Yo era demasiado pequeño para que me vieran, sólo un puntito negro por debajo de sus dominios. Y aquello me daba sensación de seguridad.

Cuando llegó el Cadillac verde de Anton/Conrad y lo vi salir a él de su interior tan tranquilo, me di cuenta de que toda sensación de seguridad es una ilusión.

Conrad entró en el patio como si perteneciera a la realeza y estuviera viviendo todo lo bien que se podía esperar entre los pobres. Mientras caminaba hacia la puerta principal, pensé cuál podía ser mi siguiente movimiento. Conrad tenía un arma y era muy imprudente con ella. Tomaba decisiones sin tener en cuenta la seguridad de sus amigos, de los transeúntes o incluso la suya. No podía llamar al timbre sin más; quizá me disparase a través de la puerta. Por otra parte, abordarle de repente también podía causar problemas. Era lo bastante idiota para sacar un arma a plena luz del día. Quizá yo fuese capaz de desarmarle, pero sus vecinos podían ver nuestra pelea e intervenir.

Mientras me preguntaba qué podía hacer a continuación, salió un hombre blanco de un Ford nuevecito aparcado a media manzana. Yo ya había visto el coche, pero no me había fijado en el hombre. Era obvio que también esperaba a Conrad. El hombre llevaba un traje verde que parecía de tebeo y se movía furtivamente al principio, y luego muy deprisa.

Conrad acababa de abrir la puerta cuando notó o quizá oyó al hombre blanco moviéndose tras él. Antes de que pudiera volverse del todo, el blanco golpeó a Conrad en la sien y el arrogante joven cayó dentro de su propia casa. La puerta se cerró rápidamente tras ellos, y yo tuve que reconsiderar la nueva situación.

Mi primera idea fue irme en el coche, doblar la esquina, llamar a la policía desde alguna cabina y alejarme. Ni siquiera en los días en que yo formaba parte del lado más sombrío de Watts se me hubiese ocurrido meterme en los asuntos de la calle.

Y aquél era, desde luego, un asunto de la calle. El hombre blanco del traje verde no era poli, ni revolucionario, ni miembro del Klan, ni un marido celoso. Estaba allí para llevar a cabo algún asunto de contabilidad criminal, usando la cuerda en lugar del libro contable y las nudilleras de metal en lugar de la calculadora.

Yo podría haberme ido, pero tenía unos asuntillos pendientes. Estaba mi amigo John y sus necesidades. Estaba la fiebre que abrasaba mi mente como una pira funeraria por la muerte del Ratón.

Esperé quince segundos o así y luego fui a la casa que estaba junto a la de Anton. Llamé a la puerta pero nadie respondió. Llamé con los nudillos bien fuerte, por si acaso.

Aquella casa era un edificio de madera tipo rancho. Recién pintado, con un hermoso y delicado césped a su alrededor. El patio trasero tenía muchas plantas, pero casi todas muertas. Sólo una robusta tomatera seguía manteniendo la mitad de sus hojas verdes, y un fruto rojo oscuro, de tamaño mediano, colgaba pesadamente de una rama superior. Una sensación de hambre nerviosa me mordisqueaba las tripas, de modo que cogí el tomate. En los supermercados de California nunca vendían tomates de sabor tan dulce. Siempre se cultivaban en invernaderos, sin beneficiarse de la naturaleza.

Masticando todavía la dulce carne, cogí una maceta de barro del porche trasero de la casa-rancho y salté por encima de la verja de alambre de media altura que la separaba del patio de Conrad. Silenciosamente, me dirigí hacia su puerta trasera y apoyé en ella la oreja.

—¡Por favor! —gritaba un hombre—. Lo tendré el domingo. El domingo por la mañana, lo juro.

Sonó el ruido de un golpe, luego un quejido, y luego el sonido mucho más pesado de un cuerpo que caía al suelo.

—El señor London no quiere saber nada de tus rollos de negro, Anton —dijo otra voz.

Conrad volvió a gemir, haciéndome sospechar que había recibido una patada en las costillas.

—El domingo, hombre. El domingo, lo juro —lloriqueó Conrad—. Ya está todo arreglado.

Otro golpe. Otro gemido.

—Yo sé que vas a pagar, negro —dijo el hombre blanco—. Lo sé porque después de que te queme el culo, nunca más te olvidarás de pagar a nadie.

Quizá si el matón se hubiese limitado a su trabajo normal, es decir, una buena paliza por retrasos en los pagos, yo me habría quedado allí hasta que el tipo hubiese acabado. Lo mejor era esperar a que ablandase bien a Anton y luego, cuando se fuera, entrar y hacerle unas cuantas preguntas sobre Brawly. Pero todo lo que tuviera que ver con cuerdas o con fuego, por lo que respecta a las relaciones entre blancos y negros, me daba muchísima dentera.

El porche trasero de Conrad estaba a una puerta y dos escalones de cemento de distancia. Rompí el tiesto en los escalones y apoyé la espalda en la pared de ladrillos. El primer efecto que se produjo fue un silencio total, y luego unos pasos rápidos vinieron hacia la puerta. Cuando el hombre salió a la carrera, yo le di en un lado de la mandíbula con un golpe de derecha que albergaba en sí todas las malas intenciones de Archie Moore. A continuación le aticé otro de izquierda, y luego dos ganchos más de derecha. El golpe final lo fallé porque el hombre del traje ridículo estaba ya en el suelo. Tenía los ojos abiertos, pero dudo que viese gran cosa.

Lo levanté por las chillonas solapas y lo alcé lo suficiente para propinarle un potente golpe de derecha. Luego le di un par de patadas cuando estaba en el suelo. No le di las patadas por venganza, ni por rabia; al menos no eran esas las razones principales. Era un hombre peligroso que sabía hacer daño, y probablemente también matar. El impacto de aquellos golpes le haría bajar el ritmo, aunque recuperase la conciencia.

Le quité la pistola del cinto, lo arrastré al interior de la casa y cerré la puerta.

Conrad se había levantado apoyándose en la mano izquierda. Tenía una pistola agarrada precariamente en la derecha. La cogí y me la metí en el bolsillo, junto con el arma del gángster.

Notar el peso de las tres pistolas en el bolsillo me hizo sonreír. Me recordó una juventud bien gastada y a la vez desperdiciada en Houston. Muchas noches yo llevaba las armas de mis amigos cuando era probable que a ellos los arrestaran o registraran.

Diversos aromas flotaban en el ambiente. Un cubo de basura que tendría que haberse vaciado hacía tres días, una cisterna de lavabo que tendría que haberse vaciado aquella mañana...

Conrad se retorcía en el suelo, luchando contra la gravedad y el equilibrio, pero era una batalla perdida. El gángster estaba ausente de este mundo, pero respiraba.

Me arrodillé y pellizqué muy fuerte a Conrad en la mejilla. Él recuperó la conciencia plenamente con un sobresalto de dolor.

—¿Qué?

—De no ser por mí —le dije— ahora estarías muerto.

—¿Qué?

—Tu amiguito ese de ahí.

Conrad volvió la cabeza y echó un vistazo a su atacante, que estaba en el suelo junto a él, y luego se derrumbó de nuevo.

—Mierda —dijo.

En el rincón había una puerta que conducía al apestoso lavabo. Registré al gángster inconsciente buscando alguna arma más, y luego le arrastré hacia el baño y cerré la puerta. La ventana del lavabo era del tamaño de una cabeza de vaca, demasiado pequeña para que un hombre adulto saliera por ella, de modo que coloqué una silla de metal sujetando el picaporte para asegurarme de que no nos interrumpían.

Conrad se había incorporado un poco y tenía la espalda apoyada contra la pared. Estábamos en una habitación oscura que en el pasado había sido una cocina. «Oscura» porque su única iluminación eran una ventana pequeña y una bombilla de cuarenta vatios, y «en el pasado» porque el fogón había desaparecido, la nevera estaba abierta y desenchufada y todo el espacio que había en los estantes y sobre el fregadero estaba lleno de libros y revistas, latas de pintura y herramientas diversas. En la mesa de madera sin barnizar había una silla metálica (la que yo había usado para aprisionar al matón), una máquina de escribir y varias hojas de papel.

Conrad me miró.

—Yo le conozco —dijo.

—Supongo que eso significa que no te ha dejado tonto.

—¿Qué está haciendo aquí? —me preguntó—. O sea, ¿cómo me ha encontrado?

—¿Qué ocurre el sábado? —le pregunté yo a mi vez.

El intento de Conrad de adoptar un aire inocente me hizo reír.

—Ya sabes —le dije—. Le has dicho a ese hombre que te pegaba que pagarías tu deuda el domingo, después de hacer no sé qué el sábado.

—Yo... yo... era hablar por hablar, hermano. Intentaba salvar el culo, que no me pegara más. —Conrad apartó la vista de mis ojos, intentando ocultar la mentira de los suyos.

—Ah —dije yo—. Pensaba que tenía que ver con esas armas robadas que Brawly y tú llevasteis a casa de Bobbi Anne.

Sin hacer ningún intento de levantarse, Conrad levantó la vista hasta mis ojos. No parpadeaba.

—¿Estáis planeando una especie de guerra Xavier y tú? —le pregunté, sólo para mantener el simulacro de que aquello era una conversación.

—No. No. Sólo iba a vender las armas, nada más. Venderlas, y luego repartirme el dinero con Brawly. El sábado.

Se me ocurrió preguntarle:

—¿Y qué me dices de Aldridge Brown?

Sus ojos se apartaron de nuevo.

—¿Le mataste tú o lo hizo Brawly?

—No sé de qué cojones está hablando. No he oído hablar en mi vida de ningún Alvin Brown.

—¿Dónde está Brawly? —le pregunté.

—No lo sé.

—¿No tiene una habitación o algo?

—Sólo le veo en las reuniones.

—¿Y recoges armas en las reuniones?

—No tengo por qué contarle nada —dijo, furioso. Estaba frenético, deseoso de hacer algo.

—La poli cree que estás a punto de volar el ayuntamiento, Anton.

—¿Y cómo lo sabe? —preguntó él—. ¿Es usted policía?

Saqué el arma del gángster. Era una veintidós de cañón largo, calibre de asesino. Amartillé y los bonitos rasgos caucásicos de Conrad se pusieron blancos como el papel.

—Levántate —dije, y él saltó de inmediato.

—Quítate los zapatos y los calcetines.

Él obedeció también aquella orden.

—Vuelve los bolsillos. Y pon todo lo que lleves en la mesa.

Por entonces se empezó a oír movimiento en el lavabo. Conrad echó una mirada a la puerta, temeroso.

—Vale, vámonos —dije.

—¿Adónde?

—Afuera, a mi coche.

Salimos de la casa y fuimos hasta mi coche. Yo me pegué a Conrad, con el arma siempre tocando su costado. Hice que se sentara en el asiento del conductor y fui pitando hasta el asiento del pasajero.

—Esta pistola no hace mucho más ruido que una de juguete —le dije, apretando firmemente el cañón contra su costado—. Pero te saca bien las tripas.

Mientras arrancábamos, le repetí las mismas preguntas. Me volvió a decir que Brawly estaba en el negocio de las armas, que las iban a descargar el sábado para poder pagar su deuda de juego a Angel London, un corredor de apuestas de Redondo Beach.

Yo tenía un problema espinoso. Había un asesino semiinconsciente en el baño de Conrad. El asesino ahora me odiaba más que a Conrad. No podía dejar que me viera o que preguntara a Conrad por mi identidad. Por otra parte, si dejaba a Conrad en su casa, él podía disparar al gángster a través de la puerta o la ventana. De una forma, yo sería el blanco de un asesino, y de otra, cómplice de asesinato.

Así que decidí llevar a Conrad a Griffith Park. Estaba sudando, y supongo que esperaba que le matase. De modo que lanzó un suspiro de alivio cuando le di una patada y le dejé en una colina. Ni siquiera se quejó de que le dejara allí sin cartera y sin zapatos.

—La próxima vez, me llevas de vuelta a mi coche cuando te lo pida —le dije, antes de alejarme.

Dudaba de que Conrad volviese a su casa, y estaba seguro de que el gángster ya andaba por la calle intentando averiguar mi nombre.

127

18

Jesus, Feather y yo llegamos a casa casi al mismo tiempo. Les recogí cuando bajaron del autobús azul en Pico y Genesee.

Feather tenía unos deberes que le exigían mucha concentración, de modo que ni siquiera merendó y se puso a trabajar en la mesa de la cocina.

—Es un libro de una chica que luchó en una guerra —me dijo—, en Francia. Tengo que leerlo y escribir una redacción.

—¿Qué chica era esa?

—Juana de Arco —dijo.

—¿Tenía una pistola? —le pregunté.

—No, no, una espada. Una espada grande.

—¿Y le cortaba la cabeza a la gente?

—No. Sólo la levantaba por encima de su cabeza y corría hacia el enemigo, y todos se asustaban mucho y corrían.

Era un libro de verdad, de unas treinta páginas, con letra grande e ilustraciones en blanco y negro cada seis páginas o así. En la cubierta se veía a Juana con la espada en alto, unos hombres de rodillas ante ella y otros que gritaban sus alabanzas desde atrás. Feather estudiaba cada página con embelesada atención.

—¿Quieres mantequilla de cacahuete y gelatina, hermanita? —le preguntó Juice.

—Hum... ajá...

Le preparó el bocadillo y le sirvió un poco de leche mientras yo ponía arroz a hervir y sacaba unos rabos de buey, que había preparado una semana antes, del congelador. También tenía un cuenco de judías verdes y codillo congelado. Cuando Feather hubo merendado y la cena empezó a hacerse, Jesus y yo nos fuimos al patio de atrás, donde seguían sus caballetes y sus largos tablones.

—¿Aún piensas construir ese barco?

—Ajá.

—¿Y qué pasa con el instituto?

—No lo sé.

—Si lo vas a dejar, yo tendré que firmar algún papel, ¿no?

—Sí.

—Entonces tienes que mirarme a la cara y hablarme, porque yo no veo ningún motivo por el que no puedas ir al instituto cuando todos los chicos de Los Ángeles son capaces de hacerlo.

—No todos —dijo él.

—No. Las chicas embarazadas y los delincuentes juveniles no van. Los chicos que salen en las películas y los niños pequeños que no tienen padres que les enseñen cuál es el camino adecuado. Pero todos los demás lo hacen.

Jesus se apartó de mí. Probablemente iba a alejarse, pero yo le cogí el brazo antes de que hiciera un movimiento.

—Habla conmigo.

Se sentó en la hierba y yo también lo hice. Cuando empezó a balancearse hacia delante y hacia atrás, yo le puse la mano en la rodilla.

—Yo te quiero, chico —dije—. Ya sabes que cuando era pequeño yo también perdí a mis padres. Sé lo que es vivir en la calle. Y por eso quiero que tengas una educación. Algo que yo nunca tuve.

Él dejó de menearse y me miró a los ojos.

—Pero en clase no puedo aprender —dijo.

—Por supuesto que puedes.

—No. —Su tono y actitud no admitían negativa—. No

quiero oírles nunca más. Quieren que escuchemos y nos lo creamos todo. Dicen cosas equivocadas. Cierran las puertas. No quiero volver allí nunca más.

—Pero te falta sólo un poco más de un año para acabar.

—Quiero construir mi barco.

—¿Te quedarás en el instituto y lo intentarás con toda tu alma si yo te lo pido? —le pregunté.

Después de un momento de duda, me dijo:

—Supongo que sí.

—Entonces, déjame que lo piense un par de días.

Nos lo pasamos muy bien durante la cena. Feather nos contó algunas cosas de Juana de Arco mientras comíamos. Después de cenar, nos leyó su redacción. Jesus se fue a la cama temprano, a leer su libro sobre cómo construir un barco de vela de un solo mástil. Feather y yo nos quedamos viendo «El show de Andy Griffith». A ella le encantaba el pequeño Opie.

—Es que es tan mono —decía.

—¿Papi? ¿Papi?

Acababa de entrar en el almacén de una funeraria donde se hallaban apilados docenas de ataúdes ocupados, esperando para el entierro. Parecía que sólo había un hombre, armado con una pala, cuya responsabilidad era sepultar a todas aquellas almas muertas. Yo buscaba en un ataúd y otro, pero ninguno llevaba el nombre de Raymond en la pequeña placa de bronce colocada a los pies de cada caja.

Alguien me llamaba. Alguien levantaba una pala. Quería que volviese a cavar.

—¿Cómo? —dije. Y luego me acordé de que yo era el hombre a cargo de los entierros, yo era el enterrador de todos los negros muertos, hombres y mujeres.

—Papi.

—¿Qué?

—Estabas dormido, papi.

Abrí los ojos. Del televisor surgía un zumbido estático. Feather me apretaba el pecho con ambas manos.

—Nos hemos dormido los dos —dijo.

La llevé a su cuarto y me metí entre las sábanas completamente vestido.

El teléfono estaba sonando, pero al principio yo pensé que era el despertador. ¿Pero quién había puesto el despertador? Llamé en voz alta a Bonnie. Yo sabía que tenía que haber sido ella, que debía de tener algún vuelo temprano y había puesto el despertador, y ahora intentaba dormir aunque seguía sonando.

—Bonnie, apaga ese chisme —dije.

Y luego recordé que Bonnie estaba de viaje. Estaba en un avión, en algún sitio. Imaginé un avión que volaba muy alto en el cielo. Yo estaba sentado en el asiento del piloto, mirando por los grandes ventanales el paisaje azul oscuro. No había límite al espacio por encima de nuestras cabezas.

Y luego el teléfono sonó de nuevo.

—¿Señor Rawlins? —me preguntó una voz profunda, cuando contesté.

—¿Quién es?

—Soy Henry Strong —me anunció.

—Pero ¿qué hora es?

—Tengo que hablar con usted, señor Rawlins. Es urgente.

Miré la mesita de noche. Los números luminiscentes color turquesa del reloj marcaban las tres y cuarto. Parpadeé y empecé a deslizarme de nuevo hacia aquel cielo azul.

—Señor Rawlins, ¿está despierto?

—Hay un local de donuts en Central con Florence —dije—. Está abierto toda la noche, por la fábrica de neumáticos Goodyear que hay allí.

—Ya lo conozco.

—Vaya allí dentro de cuarenta minutos —dije, y colgué.

Me volví y suspiré profundamente. Del cielo a la tumba. La frase resonaba en mi mente. Era un buen título para un *blues* de la era del motor a reacción.

$\mathcal{M}$e puse ropa de trabajo para pasar inadvertido entre la gente del Donuts y Deli Mariah. Llegué al cabo de veinticinco minutos, y mi coche traqueteó de vez en cuando por el camino.

Strong no había aparecido aún cuando llegué. Pero la gran sala estaba medio llena de trabajadores y mujeres que fumaban y bebían café.

Aquel local estaba dentro del barrio negro, pero en la sala se mezclaban todas la razas de Los Ángeles: negros, blancos, amarillos y marrones. Todos sentados juntos y hablando. Descendientes de noruegos, nigerianos y nipones, todos hablando la misma lengua y llevándose bastante bien.

—Café —le dije a Bingham, el camarero del turno de noche de Mariah.

—¿Cómo lo quieres, Easy?

—Solo, como siempre.

Vino a llenarme la taza y yo dejé que mis ojos vagasen por las tres docenas de trabajadores nocturnos. La cercana fábrica Goodyear funcionaba las veinticuatro horas del día, los trescientos sesenta y cinco días del año. La gente que trabajaba allí tenía una vida sencilla y convencional. Se levantaban una hora y media antes de aquella a la que se suponía que tenían que empezar a trabajar, luego trabajaban ocho horas y quizá alguna hora extra más. Eran ciudadanos de una nación que había ganado las guerras más importantes del siglo y ahora estaban disfrutando los frutos de los vencedores: trabajo mecánico y todas las cosas que pudieran desear comprar.

Todos los que estaban en la sala parecían estar integrados en aquel lugar. Nadie me miraba, y nadie apartaba la vista.

Me senté en una mesa pequeña junto a la registradora y di unos sorbos al fuerte café. Todas las palabras que se decían o las tazas que se dejaban en las mesas repercutían en mis oídos. Tenía las puntas de los dedos entumecidas, y si movía la cabeza demasiado rápido, me temblaba un poco la vista.

Después de mi tercera taza de café, las cosas empezaron a serenarse un poco.

Strong llegó ante la puerta principal a las 4:19 y se sentó a mi mesa. Había intentado vestirse para la ocasión, y llevaba unos pantalones negros y una camisa azul oscuro recta con círculos naranja en el dobladillo. Pero su cabeza era demasiado elegante para aquella ropa, y su ropa demasiado deportiva para aquel bar abierto las veinticuatro horas.

A Strong le habría costado muchísimo encajar en algún sitio donde no fuera el centro de atención.

—¿Café? —le pregunté.

Hice un gesto a Bingham y éste llamó a un camarero que trajo de la parte de atrás una bandeja con buñuelos calientes y dos tazas de café.

—Me ha colgado —dijo Strong.

—Me ha despertado de un sueño profundo.

El pulso duró hasta que el joven nos sirvió el desayuno.

—Tengo que hablar con usted, Rawlins.

—Por eso estoy aquí.

—Pero aquí no. Hay demasiada gente escuchando por aquí alrededor.

—Aquí precisamente no nos oirá nadie —dije, dejando que mi origen pueblerino empapase cada palabra—. Aquí la gente sólo se mete en sus asuntos. No les importamos nada.

Strong tenía la cara larga y los ojos profundos y conmovedores. Los clavó en los míos.

—¿Es usted un hombre de raza, señor Rawlins?

—A lo mejor tengo algo de sabueso, no sé —dije.

—No es eso lo que quiero decir.

—Ya sé lo que quiere decir. Usted es uno de esos negros sabelotodo que intentan explicarlo todo según su propia visión. Pero yo sólo soy un negro corriente, haciendo lo que puede en un mundo donde el blanco de hecho es el rey. Tengo una casa con un árbol que crece en el jardín. El árbol es mío; podría cortarlo si quisiera, pero aun así, no se puede decir que sea el árbol de un negro. Es un pino, nada más.

Ya le había dado todos los datos que necesitaba para saber cómo era yo. Si Strong era lo bastante listo para comprenderlo, entonces tendría que tomarlo muy en serio; si no... bueno, ya veríamos.

Él se pasó los dedos por los labios, intentando asimilar mis palabras. Me miró a los ojos con más intensidad si cabe.

Y luego sonrió. Ampliamente.

—Vale —dijo—. No intento convertirlo. Simplemente, quiero saber dónde se sitúa usted en relación con los Primeros Hombres.

—Siguiente pregunta —dije.

—¿Qué tiene que ver con Brawly Brown?

—Lo busco. Por su madre, como ya dije.

—¿Y eso es todo?

Strong era más alto que yo y pesaba quince kilos más. Su pregunta insinuaba una amenaza. Pero yo no tenía miedo.

—Esto es una pérdida de tiempo —dije.

Me eché hacia atrás un poco, y probé uno de los buñuelos más ricos que he comido jamás.

—Estoy preocupado por Brawly —dijo Strong.

—¿Y eso?

—Creo que forma parte del ala radical del grupo de Xavier. A pesar del nombre, el Partido Revolucionario Urbano es una organización cultural, señor Rawlins. Quieren tener una educación mejor para nuestros niños, llevar al barrio la nutrición y la influencia política adecuadas. Pero algunos de los más jóvenes no tienen paciencia para seguir el proceso. Están irritados, y quieren arremeter contra todo. Creo que Brawly forma parte de esos elementos.

—¿Cómo ha conseguido mi teléfono, señor Strong?

—Me lo ha dado Tina.

—No le di mi teléfono a Tina.

—No, pero sí a Clarissa. Y ella fue a ver a Tina cuando usted la visitó en su casa. También estaba preocupada por Brawly.

—Ella se preocupa por la seguridad del chico, y a usted le preocupa lo que él podría hacerle.

—No a mí, sino al grupo. Ya vio lo que hizo la policía la otra noche. Sabe de lo que son capaces. Si salimos sencillamente a la calle y le decimos a la gente que vote, nos rompen las puertas y nos meten en la cárcel. ¿Qué cree que harán si nos constituimos en pelotones de guerrilleros armados hasta los dientes?

—¿En eso está metido Brawly?

—No estoy seguro —dijo Strong, con toda la sinceridad de un cocodrilo hambriento—. Sé que están intentando recaudar dinero para comprar armas.

—Quizá quieran el dinero para el colegio —dije.

—No diga gilipolleces.

—Vale, vale —asentí—. Usted sabrá.

—¿Por qué busca a Brawly Brown?

—Por su madre.

Años atrás, cuando hacía favores a la gente, mentía sin parar. Daba nombres falsos, nunca admitía cuáles eran mis verdaderos motivos... Como norma, la gente se creía mis mentiras. Aquélla era la primera vez que decía la verdad de forma sistemática, y el resultado era que nadie se creía lo que yo decía.

—Si eso es cierto —dijo Strong—, entonces será mejor que encuentre a Brawly y lo lleve a casa. Porque lo único que va a conseguir así es una tumba prematura.

—Al menos estamos de acuerdo en algo —afirmé—. Nada me gustaría más que meter a Brawly en una habitación con su madre. Pero ya sabe, sólo vi al muchacho una vez... me lanzó al otro lado de la habitación, y no creo que estuviera ni siquiera alterado.

—Quizá si yo voy con usted... —dijo Strong—. A lo mejor a mí me escucha.

—¿Usted cree?

—Vale la pena intentarlo. Ese Brawly es un exaltado. Si le apartamos a él de la historia, es posible que yo pueda razonar con los demás. Y si usted representa a su madre, a lo mejor consigue apartarlo sin más.

Por lo que yo había visto, Brawly era más bien fuerza bruta o esperanza ciega... no una fuerza conductora. Pero ¿qué sabía yo? Y aunque mis sospechas fuesen ciertas, no había motivo alguno para estar en desacuerdo con Strong. Si estaba dispuesto a ayudar, yo también estaba dispuesto a dejar que lo hiciera.

—Sé dónde está —me dijo Strong.

—¿Dónde?

—Puedo llevarle allí.

137

Pagó la cuenta y luego salimos hacia su coche, que estaba aparcado al otro lado de la calle. Era un viejo Crown Victoria, tan hermoso como el día que salió de la cadena de producción. El líder radical estaba orgulloso de su automóvil. No sé por qué, eso hizo que le apreciara más.

Pero algo me incordiaba en el fondo de la mente.

De camino, le pregunté a Strong:

—¿Son amigos Xavier y Brawly?

—Pues en realidad no lo sé.

—¿No? Yo creía que el jefe de un grupo como los Primeros Hombres sabría todo lo que estaba haciendo su gente y cómo se llevaban entre ellos.

—Yo no soy el jefe de esa organización. De hecho, hablando de forma estricta, ni siquiera soy miembro de ella.

—¿Ah, no? Entonces, ¿por qué le tratan como si fuera un rey?

—Soy activista en la zona de la bahía. Vivo en Oakland. Tengo algunos seguidores aquí.

—Pero dicen que usted fundó los Primeros Hombres.

—Eso sólo fue un elogio lleno de generosidad —dijo—. Yo era muy amigo de un hombre llamado Harney, Philip Harney. Él es su modelo espiritual. Su aura me ha salpicado a mí también.

Fuimos hacia Compton. Pasamos la avenida Rosecrans y Alondra Boulevard, no lejos de la obra de John.

La duda insidiosa persistía en mi interior.

Cuando la carretera se convirtió en camino de grava, miré la señal temporal de la calle, en la que ponía A227-F. Me parecía lógico que Brawly se escondiera en alguna casa en construcción junto a la obra donde había estado trabajando no hacía tanto tiempo. Conocía la zona, los sistemas de seguridad y los horarios de los trabajadores.

Y entonces fue cuando me di cuenta. Strong no me parecía el tipo de hombre que corre con los gastos de un desconocido. Quizá sí de una chica guapa, o de algún pez gordo político, pero no de un hombre a quien no conoce y desde luego mucho menos un incordio como Brawly.

No eran todavía ni las cinco de la mañana, de modo que el cielo aún estaba oscuro. Aparcamos frente a una casa que casi estaba acabada. Cuando Strong apagó el motor, mi corazón ya iba a mil por hora. Estaba emocionado por llegar al final de mi búsqueda, pero también receloso.

—Vamos —dijo Strong.

—¿Adónde?

—A la casa.

—Perdóneme por dudar de usted, señor Strong, pero no es eso exactamente lo que yo tengo pensado. Quiero decir que, ¿por qué está tan oscura la casa?

—Está oscura porque nadie nos espera —dijo con un tono prudente y con gran naturalidad.

—¿Quiénes son ellos? —pregunté, también sensatamente, aunque un poco más tenso.

Entonces fue cuando Strong sacó una pistola.

—Tenemos un par de preguntas que hacerle, señor Rawlins.

Me contuve para no atacar al Primer Hombre. Era un tipo robusto, como ya he dicho. Ni siquiera sabía si hubiese podido vencerle en caso de que fuera desarmado.

—Salga —ordenó.

Abrí mi portezuela y él salió muy pegado a mí, sin darme oportunidad de cerrársela en las narices o salir huyendo.

Anduvimos por lo que un día sería un caminito de cemento hacia la puerta principal de la casa.

—No se preocupe, señor Rawlins —dijo Strong, mientras andábamos—. Sólo queremos asegurarnos de que usted es quien dice ser.

Yo quería creerle, pero el hecho de que no hubiese ninguna luz encendida en la casa me hacía dudar de sus intenciones.

Cuando estábamos a mitad de camino de la puerta principal, ésta se abrió hacia dentro. No veía la casa, pero sí que oí un ruido: un golpecito y un chasquido. Entonces el que se denominaba a sí mismo «hombre de raza» gritó:

—¡No!

Los seis meses de lucha en primera línea con Omar Bradley y Patton me salvaron la vida. Me eché al suelo, rodé sobre mí mismo dos veces, me puse de pie y eché a correr en

139

zigzag a lo largo de la casa de al lado, que estaba en construcción. Strong iba justo detrás de mí y desperdició sus fuerzas al chillar suplicando por su vida. Todo esto mientras iban sonando disparos. Las balas silbaron al pasar junto a mi cabeza. El grito de Strong quedó cortado de pronto en mitad de una nota alta. Yo me dirigí hacia la derecha, a cubierto de una casa. Miré al lugar donde se encontraba antes Strong. Su cuerpo estaba tirado en el suelo, inerte. Un hombre se encontraba de pie a su lado, disparándole a quemarropa en la cabeza. Capté esa imagen en una fracción de segundo. Y luego corrí junto a la casa, salté por encima de un rollo de tela asfáltica y seguí corriendo con toda mi alma. Oí las voces de al menos dos hombres que chillaban, y sonaron tres disparos en mi dirección. Pero yo seguí corriendo.

Al cabo de dos manzanas empecé a respirar con dificultad. Quizá diez metros después noté un terrible dolor en el pecho. Giré hacia la derecha y caí en el suelo junto a un porche inacabado. Me quedé echado en las sombras que arrojaba un farol de seguridad, y mi respiración jadeante sonaba como dos discos de vinilo que se frotasen el uno contra el otro vigorosamente.

Casi perdí el sentido.

Al cabo de unos minutos pasó un coche, despacio. No vi ningún relámpago rojo, de modo que era bastante probable que no fuese la policía. Tardaron casi quince segundos en pasar junto a mí.

En cuanto se fueron y yo hube recuperado el aliento, caminé seis manzanas hasta la calle principal. Por entonces, eran un poco más de las cinco y los autobuses iniciaban ya su itinerario. El autobús en el que subí no había recorrido más de cuatro manzanas cuando seis coches de policía del condado, con las sirenas a toda marcha y las luces rojas encendidas, pasaron a toda velocidad en la dirección opuesta, hacia el lugar donde yo casi pierdo la vida.

140

20

Saqué mi coche del aparcamiento del Mariah y fui al Sojourner Truth. Después de aparcar en el espacio inferior, me llevé las manos a la altura de los ojos. No temblaban.

Luego, me dirigí hacia el edificio de mantenimiento. Era un conjunto de casitas muy modestas, apenas bungalows, pero que en realidad mantenían en funcionamiento el instituto. No eran ni las seis de la mañana. Nadie me molestaría durante más de una hora y media.

La casita del encargado se usaba como almacén de materiales de limpieza, cerraduras y llaves, artículos de escritorio y herramientas. Eran precisos un total de doce conserjes diurnos y cinco nocturnos para mantener las ciento treinta y dos aulas, dos salas de taquillas y duchas, el gimnasio, el jardín, el auditorio y las diecisiete oficinas que constituían el instituto. Teníamos catorce edificios, dos patios de recreo asfaltados, el superior y el inferior, y dieciocho puertas que se tenían que abrir y cerrar cada día para mantener dentro a los estudiantes y para dejarles salir.

Mi rincón de despacho lo formaban un baqueteado escritorio de fresno, una silla giratoria acolchada verde, dos archivadores y cinco llaveros grandes, con algo menos de trescientas llaves, que colgaban de una alcayata en la pared.

Hice café en la cafetera eléctrica de doce tazas y encendí un Chesterfield, que enseguida tiré, porque cuando corría perseguido por los pistoleros me di cuenta de que el humo podía matarme sin necesidad de provocarme las enfermedades cardíacas y el cáncer del que hablaban los periódicos. Un hombre al que le falta el aliento enseguida, como yo, muere con toda seguridad si no puede mantener la ventaja en una carrera mortal.

El café estaba bueno. No era demasiado fuerte, pero sí que poseía todo el sabor de la vida. Tenía el sabor de la supervivencia. Allí estaba yo, vivo y a salvo, escondido en el seno del Sojourner Truth.

Me preguntaba quién habría matado a Strong y por qué. ¿Eran acaso los cómplices que esperaba que me interrogasen? ¿Le habían tendido sus amigos una trampa a él también? ¿O serían nuestros atacantes de otro grupo, que estaba enemistado con Strong y sus Primeros Hombres?

Cuando oí la bala amartillada en la recámara del arma, todos mis sentidos volaron y obligaron a mi cuerpo a seguirlos. No vi al hombre que había disparado a Strong el tiempo suficiente para hacer siquiera la más somera de las descripciones. Su altura, su peso, incluso su color me eran totalmente desconocidos. Lo que vi, sobre todo, fue el relámpago de su arma.

De una cosa sí que estaba seguro, y era de que Strong estaba muerto. No me sentía culpable por no haber mirado atrás. No podía salvarle. Y aunque hubiese podido ayudarle, la verdad es que él me llevaba a punta de pistola. Mi única preocupación era que alguien me hubiese puesto en su lista negra; no sé cómo, había asustado a alguien lo suficiente para que quisiera matarme.

Los hombres que nos dispararon, ciertamente, querían matarnos a los dos. Era casi seguro que se trataba de aquellos que circularon después con el coche buscándome. Quizá pensaran que Strong me había contado algo.

Un hombre normal, trabajador, se habría quedado petrificado, de estar en mi lugar. Pero yo había pasado por cosas peores.

Mi niñez había sido muy dura. Muchas veces estuve seguro de que alguien iba a matarme. Pero la amenaza del mañana no era nunca tan urgente como el hecho de salir adelante hoy. De modo que fui capaz de apartar de mi mente temporalmente a los asesinos y empezar la ronda del instituto.

Todas las puertas que se debían cerrar se habían cerrado. Todas las papeleras se habían vaciado. No había papeles que ensuciasen los patios, ni luces encendidas en las aulas. Mi personal era un grupo muy trabajador. Estábamos a principios de los sesenta, una época en la cual los hombres y las mujeres todavía sabían que debían trabajar duro si querían pagar el alquiler y alimentar a su hambrienta progenie.

Lo único en desorden era el taller de metalistería, en el complejo de edificios de los talleres. Habían sacado todas las sillas e incluso las largas mesas de metal al vestíbulo, y las habían apilado como si fuese verano y estuviéramos preparándonos para pulir y encerar los suelos.

143

Yo estaba de pie en el amplio vestíbulo, preguntándome qué inundación o fallo eléctrico podía haber causado que mis conserjes emprendieran aquel inmenso trabajo.

—Señor Rawlins. —La voz venía de atrás.

Di un salto de casi un metro, dislocándome el hombro al volverme, y vi al conserje de mañana, Archie «Ace» Muldon. Bajo y calvo, aquel hombrecito blanco casi resplandecía en el oscuro vestíbulo. Se había quitado la gorra de béisbol de los White Sox en deferencia a su jefe, es decir, yo.

—Ace, me ha dado un susto de muerte.

—Lo siento, señor Rawlins. Sólo había venido a ver si Terrance había traído la pulidora.

—¿La pulidora? ¿Quién os ha dicho que puláis estos suelos?

—Newgate. —Ace dijo aquel nombre como si fuese una frase entera, una frase usada para explicar el 90 por ciento de los problemas que teníamos en el Truth.

—Pero ¿qué demonios le pasa?

—Vino a verme y me preguntó dónde estaba usted —dijo Ace—. Cuando le dije que estaba enfermo, se puso rojo como un tomate. Se lo aseguro, nunca he visto a un hombre ponerse tan cerca del infarto por la cosa más insignificante.

—¿Y qué tiene que ver que yo haya estado enfermo con el suelo del taller de metalistería?

—Me dijo que le llevase a todas las salas que yo tenía que limpiar. Le llevé a los talleres porque me imaginaba que se cansaría de mirar por detrás de las máquinas pesadas. No quería causar tantos problemas.

Ace era de una familia de granjeros pobres del Medio Oeste. En el pasado había creído que iba detrás de mi trabajo. Me costó un poco comprender que me respetaba como jefe.

—No importa, Ace. Pero ¿qué mosca le ha picado?

—Empezó a mirar por detrás de las máquinas pesadas y vio que se había acumulado un poco de cera por los bordes. Le dije que se requería un equipo especial para mover la maquinaria pesada, pero él siguió meneando la cabeza y diciendo que no era culpa mía, que era el supervisor el responsable de aquella porquería. —Ace dijo aquella última palabra como si fuera un verdadero insulto. Creo que le disgustaba Newgate incluso más que a mí—. Y entonces nos dijo que preparásemos el aula para pulir y encerar el suelo.

—No se preocupe, Ace. Cuando lleguen Burns y Peña dígales que yo he dicho que le ayuden a colocar otra vez los muebles en el aula antes de que empiecen las clases.

—Muy bien, jefe —dijo Ace. Y se fue, feliz porque iba a frustrar al arrogante director.

Υ

Eran justo después de las siete. Sabía que Newgate estaría acechando el edificio de oficinas, buscando a chicos que fumasen o estuviesen sentados en algún banco. A Hiram Newgate le gustaba sorprender a la gente haciendo algo prohibido. Podías ser un santo y él nunca se daba cuenta, pero si dejabas una mancha en un abrigo de piel de leopardo, ya estaba encima de ti al momento.

—Rawlins, tengo que hablar con usted —me llamó, tres segundos después de que yo entrase por la puerta este.

Estaba a una cierta distancia, en medio del largo vestíbulo.

—¿Qué ocurre, Hiram? —le respondí.

Al director del centro, Hiram Newgate, no le gustaba que le llamasen por su apellido, sino «señor director». Ciertamente, tampoco le gustaba que le llamasen por su nombre de pila.

Aquel hombre alto y adusto cubrió la distancia que había entre ambos mirándome como si estuviera a punto de tirarme al suelo y pelear. Yo sonreí y levanté las cejas inocentemente.

Llevaba un traje azul oscuro de la sastrería Brooks Brothers con una camisa que tenía un ligerísimo tono rosado, aunque en realidad era casi blanca. En la corbata oscura llevaba un diamante, descentrado, y sus zapatos o eran nuevos o bien el paradigma de la limpieza absoluta.

El director Newgate era un presumido de primera categoría, pero yo no podía reprochárselo. A mí también me gustaba la ropa a medida. Muchos días yo acudía a trabajar mejor vestido que él mismo. Esos días él me pedía que les demostrara a los hombres a mi cargo cómo regar el polvoriento patio con la manguera o cómo remover la tierra del jardín.

«Lo haré el día que usted dé una clase de álgebra», replicaba yo.

Aquel hombre me odiaba mucho más de lo que Ace le odiaba a él.

—¿Dónde se ha metido? —me preguntó el director.

—Estaba enfermo. —No tosí, pero me llevé la mano a la boca como si fuera a hacerlo.

—Eso es inaceptable.

—Le mandaré mis intestinos la próxima vez que me obliguen a quedarme en el baño —aseguré.

—En las clases de dirección de empresas —dijo el director Newgate—, lo primero que uno aprende es que un empleado que dice estar enfermo al principio o al final de la semana está abusando de sus privilegios. Es un impostor.

—¿Ah, sí? —dije—. ¿Y cuántos lunes y viernes he faltado yo durante el año pasado?

—Sólo me preocupa ayer.

—¿Así que como norma nadie puede ponerse enfermo el lunes o el viernes?

—Pues claro que no.

—Bueno, pues entonces, ¿y si establecemos la norma de que no se pueden tomar más lunes o viernes libres que el resto de los días?

—Sí, eso es lo que quería decir —dijo el director, despistado con mi amistosa broma.

—Se lo diré a mi personal, no se preocupe.

—A nadie le gustan los listillos, Rawlins.

—Especialmente cuando al listillo le sienta tan mal que su supervisor le insulte que presenta una queja formal contra él.

—Iba dando una vuelta por los talleres con el señor Muldoon —dijo Newgate, cambiando de tema—. He hecho que preparase el taller de metalistería para una limpieza a fondo.

—Ya lo sé —dije yo—. Yo le he dicho que volviese a colocar los muebles en el aula para que el señor Sutton pueda dar su clase.

—Yo le ordené que sacase los muebles. —Newgate me recordaba al capitán Dougherty, que había enviado cinco pelotones de soldados a una escaramuza junto a Anzio, uno por hora. Todos los miembros de los pelotones iban muriendo, y no hacíamos progreso alguno contra el enemigo. Sabíamos que el buen capitán había hecho una apuesta entre oficiales ingleses y americanos para ver quién entraba primero en la ciudad. Empezó a mandar a las tropas a las ocho de la mañana. Hacia las doce menos diez, recibió metralla de una granada yanqui que cayó por error.

—Tiene suerte de que sea yo el encargado de este asunto —dije yo—. Porque Sutton estuvo en Corea, y no le habría gustado nada ver su aula patas arriba de esa manera.

—Yo soy el responsable de todo el instituto —protestó Newgate.

—Mire en el manual, Hiram —añadí yo—. El supervisor de los conserjes toma las decisiones finales en los procedimientos de limpieza. Puede quejarse usted, pero esto corresponde a la oficina central de mantenimiento, no a administración.

Newgate tenía las venas del cuello muy hinchadas, gruesas como cordones. Sobresalían cuando se enfadaba de verdad. Aquella mañana incluso se le habían puesto rojas.

Al verle tan irritado sentí una momentánea paz. Me olvidé de Brawly y de Conrad, de los emboscados y del ejército secreto de Los Ángeles. Los negros de Estados Unidos siempre han trabajado para los blancos. Sólo en los últimos años yo podía replicar sin miedo a perder mi trabajo o quizá hasta un diente o dos.

Algunos hombres a los que yo conocía habían muerto por desafiar a sus superiores. De modo que la bronca de Newgate era como un bálsamo para mí. Alivió mis síntomas, pero la enfermedad seguía ahí.

21

—*B*uenos días, señora Plates —dije algo más tarde.

Jorge Peña, Garland Burns, Troy Sanders y Willard Clark habían entrado ya, habían tomado café y habían vuelto a salir de nuevo.

—Llega unos minutos tarde, ¿no? —la reprendí, aunque en realidad me daba igual.

Helen Plates era negra y rubia natural, también del Medio Oeste. Se quejaba de todo, desde la política hasta el agua para beber, desde los negros pobres a los blancos ricos. Nunca conseguía llegar a tiempo al trabajo, pero era la mejor trabajadora que tenía junto con Garland, y a Helen nunca le importaba si le pedía que se quedase un poco más. Creo que le gustaba quedarse hasta tarde, porque su marido estaba inválido y para cuidarlo debía trabajar mucho más duro que en el Truth.

—Lo siento, señor Rawlins —dijo—. Como sabe, tengo que procurar que Edgar se tome las pastillas antes de irme. Su prima, Opal, se queda a vigilarlo y le da la sopa, pero no sabe darle las pastillas. Ya sabe: tiene que tomar las pastillas azules cada tres horas; las rosas, de dos en dos, cada cinco, y luego están las cuadradas que se toma cada hora, y las redondas y blancas que se toma tres veces al día. La primera vez que dejé a Edgar con Opal, se las dio todas a la vez a las diez y media. Llamé al doctor Harrell y le hicieron un lavado de estómago en urgencias, en el hospital.

—Pero si no confía en Opal, ¿qué hace durante todo el resto del día? —le pregunté.

—Tengo que llamar cada vez que él se tiene que tomar una pastilla.

Mi siguiente pregunta podía haber sido: «Y si lo único que tiene que hacer es llamar, ¿por qué ha tenido que quedarse hasta tarde esta mañana?». Pero le pregunté:

—¿Tiene la dirección de Mercury?

El amable parloteo de la señora Plates se apagó entonces. Se echó hacia atrás en la silla y apartó la cara, como si de repente yo estuviera desnudo y tuviera que avergonzarme de mí mismo.

—Eso es algo personal, señor Rawlins. No sé si Mercury quiere que vaya dando sus datos por ahí.

—No pareció importarle que usted me dijera que tenía problemas por aquel robo que había cometido, cuando eso le ayudaba —dije.

—Sssh, vamos. Mercury ya no es así. Está trabajando en la construcción en Compton, y no sabemos quién puede estar escuchando detrás de la puerta.

—Escríbame su dirección, ¿quiere, señora Plates?

—Pero ¿por qué? —Veía en su cara que ella no quería decirme la verdad.

—Voy a hacer un trabajo para John... ya sabe, el hombre para el que trabajan Mercury y Chapman. Quiere que localice a uno de sus empleados, y se me ha ocurrido que a lo mejor Merc sabe algo de él.

—¿Tiene problemas ese empleado de John?

—Ni siquiera sabe su nombre, Helen. ¿Por qué se preocupa por él? Mercury no tiene problemas... eso es lo único que tiene que saber usted.

149

ϒ

Pasé la mañana dando vueltas por el instituto, comprobando las quejas que algunos profesores y empleados habían escrito en unos papelitos rosas indicando los problemas que había en los edificios. En el techo de la ducha de las chicas la pintura se había descascarillado, y en la sala de profesores había una bombilla suelta. Nada grave. Podía solucionarlo todo con los ojos cerrados. Era un buen día.

A mediodía me dirigí al edificio de mantenimiento y saqué la tarjeta sucia y arrugada que me había entregado el detective Knorr. En ella sólo había un número de teléfono con un prefijo de Axminister.

Marqué el número.

—Brigada D —respondió una voz de mujer.

—El detective Knorr, por favor —dije con la voz severa, apenas cortés de un hombre blanco.

—Ahora no está —contestó la mujer—. ¿Quiere dejarle algún mensaje?

—Soy Grimes —dije—. Tengo un cheque de gastos especiales para el detective y me lo han devuelto tres veces. ¿Puede darme la dirección correcta?

—¿Qué dirección está poniendo usted?

Le di la dirección de la comisaría de la calle Setenta y Siete.

—Sus archivos no están actualizados, desde luego —exclamó ella. Mi tono le había hecho mella. Me dio la dirección de la oficina de Vincent Knorr con malévolo placer.

Salí del trabajo a la una. Habían pasado siete horas y había trabajado duramente. No me preocupaba que Newgate estuviera cabreado conmigo. Ninguno de mis conserjes (ni los profesores) le dirían dónde estaba yo. Si preguntaba por mí, la respuesta habitual era: «Le he visto hace unos minutos. Se dirigía al otro campus».

La dirección que me había dado la airada telefonista me llevó a un edificio junto a Hope, en la manzana siguiente al ayuntamiento. Era de piedra y al entrar accedí a una habitación enorme, que tenía el techo abovedado y una diminuta abertura con una vidriera de colores en la parte superior. Una mujer se encontraba sentada detrás del mostrador de recepción que conducía a la gran sala circular. En una plaquita se leía su nombre: SEÑORITA PFENNIG.

El color cobre del pelo de la señorita Pfennig era de bote, y probablemente ya era fea de niña, cosa que había sucedido hacía más de cuarenta años. Su enorme nariz se había torcido como un árbol joven que crece bajo una espesa sombra y se retuerce hacia aquí y hacia allá en busca de la luz. Tenía los ojos de un color gris translúcido. Su piel era gris también, sin brillo y apagada.

Yo llegaba desde el sol radiante, de modo que me costó unos momentos ajustar la visión al interior oscuro como una tumba. Ni siquiera el tragaluz podía iluminar aquella habitación oscura y ovalada. Sin ventanas y con el techo al menos a diez metros de distancia, había pocas posibilidades de lograr alguna vez apenas más que un resplandor apagado.

—¿Qué desea? —me preguntó Pfennig.

Ignoré su rudeza y miré las puertas que se encontraban a los lados de la sala perfectamente circular. El suelo podía tener unos quince metros de diámetro. Me sorprendió el enorme desperdicio de espacio. Pensé en la habitación contrahecha de Jackson Blue. Al menos él usaba el espacio que tenía para colocar libros y estudiar, y para pensar, aunque fuese de forma equivocada. Se me ocurrió que a lo mejor Jackson no era tan desatinado como yo pensaba. Después de todo, allí

151

estaba yo, en el bastión medieval de la brigada policial especial asignada a la persecución y destrucción del grupo político negro. ¿Cómo se podía justificar ser un ciudadano respetuoso con la ley después de ver algo como aquello?

—He venido a ver al detective Knorr —dije.

—¿Quién?

—El detective Knorr.

—Debe de estar equivocado —dijo la señorita Pfennig—. Aquí no hay nadie con ese nombre.

—No —dije—, yo no estoy equivocado, usted sí. Usted me está tomando por un radical negro que ha venido a hacer saltar por los aires este edificio por la conspiración que se está llevando a cabo entre estas paredes. Usted me toma por un negro rabioso y militante, cansado de mentiras y de sus intentos de hacer que su afirmación de nuestra inferioridad parezca cierta.

Sonreí y el miedo floreció en el feo rostro de la mujer.

Apareció un hombre entre las sombras. Era alto y bien esculpido, rubio y blanco, con un traje color tostado y zapatos negros. No cabía duda: era el típico policía de paisano.

—¿Hay algún problema, señorita Pfennig?

—Este hombre amenaza con hacer saltar el edificio —dijo ella.

—No —repuse yo—. He dicho que era usted la que pensaba eso, cuando yo lo único que quiero es hablar con el detective Knorr.

—¿Qué quiere usted de Vincent? —El detective rubio nunca tendría éxito en su trabajo.

Le tendí la tarjeta que me había dado Vincent Knorr.

—Quería que pasara por aquí si tenía alguna información.

El policía bien moldeado estudió la tarjeta, y la volvió dos o tres veces. Buscaba alguna trampa.

—No hay nombre en esta tarjeta.

—No. Supongo que sus chicos van por ahí de incógnito. Vincent pensaba que yo era el tipo de soplón adecuado para sus propósitos.

—Venga conmigo —me ordenó aquel sueño ario.

—Hal... —dijo la señorita Pfennig. Era una sola palabra, pero en ella quedaban implícitas muchas más cosas.

Hal la ignoró y repitió:

—Por aquí.

Caminamos en línea recta hasta una puerta situada a unos sesenta y dos grados respecto al mostrador de Pfennig. Hal llamó a la puerta y abrió sin esperar respuesta. La habitación en la que entramos tenía una luz normal. También había allí un escritorio de caoba y una fornida secretaria. Ésta llevaba el pelo largo, aunque le habría quedado mejor corto, y un vestido rosa que le habría quedado mejor de ser gris. Tenía los ojos redondos, pero poco acogedores.

—¿Sí, sargento Gellman? —Si yo hubiera sido un hombre joven y hubiese oído aquella voz profunda y sensual por teléfono, habría llamado unas cuantas veces más con la esperanza de conseguir algo.

—Este hombre tiene una tarjeta que dice que le dio el detective Knorr. Está aquí buscándole —dijo Hal.

—¿Y le ha traído usted aquí?

La boca de Hal se abrió como si se propusiera hablar, pero no salió de ella palabra alguna.

—¿No podría haberle dejado en el mostrador de recepción?

—Se había puesto un poco chulo con Doris.

—¿Le ha cacheado?

De nuevo Hal Gellman buscó unas palabras que no existían.

Mirando al uno y al otro, empecé a tener la ilusión de que a lo largo de mi vida podría ver cambios. Mis enemigos eran ciegos y cerrados, vanos e incapaces de imaginar cómo era yo, aunque me tuvieran delante de sus mismísimas narices.

La secretaria sin nombre apretó un botón en una caja de nogal que tenía en su escritorio.

Una voz masculina dijo:

—¿Sí, Mona?

—Ezekiel Porterhouse Rawlins ha entrado por la puerta principal, y el sargento Gellman le ha traído aquí. ¿Qué debo hacer?

Podían ser cerrados, pero cumplían con su deber.

A la pregunta de Mona siguió un silencio. Hal miraba a la pared por encima de la cabeza de ella.

Su mirada y su situación me recordaron a mi padre.

Mi padre desapareció cuarenta y dos días después de mi octavo cumpleaños. Fue a trabajar a un campamento de leñadores y no volvió jamás. Tengo pocos recuerdos suyos, pero lo poco que recuerdo está forjado en bronce.

Una vez me dijo que todo lo que le ocurriese a un hombre antes de los sesenta años era buena cosa.

—No todo —dije yo, intentando oponer mi propio conocimiento infantil en la materia.

—Sí —insistió él—. Todo.

—No, si te cortan el brazo, no.

—Aunque seas diestro y te corten el brazo derecho —dijo él—. Incluso eso puede ser buena cosa, si tú eres un hombre de verdad.

—Pero ¿cómo?

—Porque un hombre de verdad sabe que tiene que superar todo lo que se le ponga en el camino para cuidar de su familia. Un hombre de verdad estudiará el brazo que le queda. Lo ejercitará para hacerlo más fuerte, aprenderá a usar las herramientas con él. Se asegurará de ser un hombre mejor con un brazo que otros hombres con dos. Y lo conseguirá, no importa lo difícil que le resulte conseguirlo. A un hombre de verdad sólo lo puedes derrotar si lo matas. Y con su último aliento, intentará vencer a la mismísima muerte, si puede.

Allí, de pie entre aquellos policías que discutían, pensé en mi padre y en Raymond Alexander, que nunca temió a la muerte ni a sus emisarios. A Hal Gellman se le iba a dar una oportunidad, aunque él probablemente no se diera cuenta. Mona, la de la voz profunda, le estaba ayudando a comprender algo. El silencio de su jefe le estaba diciendo algo.

Sin embargo, no vi asomar la comprensión en su mirada enojada. Y ésa fue mi lección.

La puerta de haya que había detrás de Mona se abrió y entró en la habitación un hombre alto, más o menos de mi edad. Llevaba un traje oscuro y barato con una camisa blanca y sin corbata. Sus hombros eran estrechos, y su mirada, detrás de las gafas con montura de alambre, intensa.

—¿Rawlins? —dijo.

Asentí.

Me miró de arriba abajo, decidió por algún cálculo desconocido que yo no representaba ninguna amenaza y dijo:

—Coronel Lakeland. Venga conmigo.

Se volvió y entró de nuevo por la puerta de color claro.

Mientras le seguía, experimenté una conocida sensación de euforia. Es una reacción que a menudo tienen las personas negras cuando se encuentran en los dominios del amo de los esclavos. Allí, imaginamos, es el lugar donde reside la libertad. Y si tenemos la oportunidad a lo mejor podremos coger un poquito de ese bien tan preciado cuando el hombre esté ocupado en otra cosa.

Sonreí por mi estúpida alegría.

Mona confundió mi sonrisa y pensó que era para ella. Adoptó un aire despectivo y yo, con una sacudida, volví de nuevo a la realidad.

22

*L*a oficina de Lakeland consistía en un gran espacio con un enorme escritorio en el centro. Repartidas por la habitación, en diferentes posiciones, se encontraban una docena de sillas aproximadamente. Una gran lámpara colgaba más o menos a metro y medio por encima del escritorio, iluminando la zona de trabajo del tamaño de un mostrador y dejando el resto del despacho en la penumbra. Aquella habitación olía mucho a humo de cigarrillo. Entonces noté el primer atisbo real de retraimiento.

Observé que había media docena de diplomas enmarcados en la pared que se encontraba junto a la puerta. Un título de licenciado en Filosofía y Letras por la Universidad de California, un máster de Caltech. No tuve tiempo de ver cuáles eran los demás, pero estaba seguro de que el coronel Lakeland era el titular de todos aquellos diplomas.

—Siéntese —dijo Lakeland, dirigiéndose mientras tanto a una silla giratoria forrada de felpa.

Me senté a la izquierda, porque no quería que pareciese que el tema de nuestra conversación era yo. De ese modo me convertía en uno más, sencillamente, sentado a un lado del asunto.

En la placa que había encima de la mesa ponía TTE. L. LAKELAND. La miré y él dijo:

—Soy coronel del ejército. El ayuntamiento y Sacramento me han nombrado para dirigir esta operación.

—¿Inteligencia? —pregunté.

Supongo que él notó algo de sarcasmo en mi pregunta, y por eso la pasó por alto.

—¿Qué está haciendo aquí, señor Rawlins?

—Yo podría hacerle a usted la misma pregunta, coronel.

La cara de Lakeland era estrecha también. Sus labios parecían pertenecer a un cadáver, tan ásperos y finos los tenía. Cuando sonreía la visión era muy desagradable.

—El capitán de la comisaría de la Setenta y Siete piensa que usted podría ser nuestro hombre —dijo.

—¿Su hombre para qué?

—¿No se lo dijo Knorr?

—Me dijo algo de una insurrección. Me sonó muy extraño.

—Pues no lo es —me aseguró Lakeland—. Están almacenando armas y siguiendo a la policía de cerca.

—Mientras la policía les sigue a ellos —añadí yo.

—Nuestro trabajo es garantizar la seguridad de la gente, Rawlins. Para eso nos pagan.

—¿Y eso qué tiene que ver conmigo?

—Knorr le ofreció un trabajo, ¿no es así?

—No soy ningún chivato, teniente —le dije.

—Coronel.

—Le hablo al policía que quiere que le haga de soplón.

Lakeland se me quedó mirando. Yo representaba un problema para él. Sabía lo que él estaba haciendo y desde dónde lo hacía. Pero yo había acudido a su guarida, sin miedo.

—¿Qué quiere usted, Rawlins?

—Brawly Brown.

—¿Otra vez?

—Tengo un amigo que se llama John. Y él tiene una amiga íntima que se llama Alva. Brawly es el hijo de Alva. Es un joven muy cabezota, pero no es malo, por lo que me han dicho y he podido ver hasta ahora. Lo que quiero es sacarlo de cualquier problema en el que ande metido, e intentar llevarlo de vuelta a casa.

—¿Y qué saco yo a cambio?

—Pues no sé.

Sus labios muertos se abrieron de nuevo en una sonrisa.

—No es un trato demasiado bueno así, ¿verdad?

—Por lo que a mí respecta, Brawly y yo somos transeúntes inocentes —dije—. Sólo dos negros que estaban en el lugar equivocado en el momento equivocado. Si yo he visto algo que usted necesita saber, se lo contaré. No haré de soplón para usted, pero si tenemos algún interés en común, le dejaré hincar el diente en alguna cosa.

—Necesito algo más convincente —dijo Lakeland.

—Pues de mí no lo va a sacar. Escuche: si yo oyese que se prepara alguna emboscada o una bomba o algo, se lo contaría al momento, especialmente si va a resultar muerta gente negra inocente. Lo único que le pido es lo de Brawly.

Lakeland inclinó la cabeza a un lado y me miró desde otro ángulo.

—Podríamos pagarle...

—Podrían... —afirmé yo, y entonces experimenté un mareo. Me estaba dando cuenta de lo mucho que me había adentrado en la boca del lobo. Había dado una serie de pasos, uno tras otro, sin contemplar de forma clara ~~´¹ ~ra mi destino. Estaba hablando con un hombre que podía hacerme matar, un hombre que era mi enemigo y enemigo de mi gente. Pero no había vuelta atrás—. Pero yo estoy aquí por un solo motivo: para devolver a Brawly a su casa.

—¿Y yo qué tengo que ver con eso?

—Necesito alguna información.

—¿Qué tipo de información?

—Las direcciones de Christina Montes y Jasper Bodan, presidente y secretaria del Partido Revolucionario Urbano. —Esperé una respuesta, pero no hubo ninguna—. Y lo que sepan de Brawly, más o menos.

—Se lo pregunto una vez más, señor Rawlins. ¿Qué hará usted por mí?

—Ya le he dicho lo que hay, amigo. Y sabe hasta qué punto puedo implicarme en un asunto simplemente viéndome aquí sentado frente a usted. No le hará ningún daño que yo me preocupe de averiguar si hay alguna conflagración. Quiero decir que si el hombre que metió en el caso no está haciendo su trabajo, necesitará alguna fuente alternativa.

—¿Qué sabe usted de nuestros informantes? —Intentó que sonara amenazador, pero vi la preocupación en sus labios marchitos.

—Sólo es intuición, amigo. La única forma que tienen de saber algo de un negro es a través de otro negro. Esta mierda se remonta a los tiempos de las plantaciones.

—¿Y lo único que quiere usted es a Brawly Brown? —Había un cierto humor en la pregunta de Lakeland—. ¿Y no quiere que le paguemos?

—Eso es.

—¿Cómo puedo estar seguro de que no usará lo que le diga en contra nuestra?

—¿Quiere decir si le cuento a Tina dónde vive Xavier?

—¿Ha oído hablar usted de Vietnam, señor Rawlins?

—Sí. Está en Asia, ¿verdad? Donde les dieron una patada en el culo a los franceses.

—Ahora mismo hay fervientes hombres americanos allí, luchando por su derecho al voto y a rezar y a ir por la calle sin que nadie le moleste. Esos hombres son negros y blancos. Yo estaba entre ellos hace sólo seis meses. Yo no odio a su gente. Sólo odio a los enemigos de la democracia. Esos radicales, esos revolucionarios negros, están minando los cimientos de nuestra democracia. No me importa que sus quejas estén fundamentadas. Todos tenemos problemas. Pero sean cuales sean esos problemas, no podemos amenazar la tierra que heredarán nuestros hijos y los hijos de nuestros hijos.

»Brown es sólo un rehén equivocado. Él no sabe nada. Se limita a seguir al idiota que chille más fuerte. Gente como ese Xavier Bodan y su novia, Tina Montes, tienen un verdadero ejército de jóvenes imbéciles como él. Si usted nos puede ayudar a nosotros, nosotros le ayudaremos a él.

Yo estaba pensando que la América blanca tenía también un ejército de jóvenes imbéciles como Brawly, y que todos los jóvenes de la historia del mundo eran como él. Jóvenes que luchaban y morían por ideas que apenas comprendían, por derechos que nunca habían poseído, por creencias basadas en mentiras.

—Yo estuve en el ejército —dije—. Ya sé lo que es luchar en una guerra. De modo que créame si le aseguro que sé de lo que está hablando.

Sonó un timbre y Lakeland cogió el teléfono. Me pasó por la mente que el coronel estaba hablando conmigo simplemente para hacer tiempo, que había hecho que su gente comprobase algunas cosas sobre mí y que ahora iba a hacerme arrestar. Resistí el súbito impulso de saltar al otro lado de la mesa y estrangular a aquel patriota.

—¿Sí? ¿Qué? —dijo—. No. —Luego me miró y me preguntó—: ¿Qué sabe usted de Henry Strong?

La habitación se volvió muy fría, cosa que significaba que yo había empezado a sudar.

—Sólo lo que oí decir aquella noche en el mitin —respondí, con toda honradez—. Nunca había oído hablar de él antes de aquella noche.

—¿Le conocía?

Pensé en las fotos que Knorr me había hecho delante del local de los Primeros Hombres. ¿Habría fotos mías y de Strong en el bar abierto las veinticuatro horas?

—En realidad no.

—¿Y qué significa eso?

—Significa que no sé nada de Strong.

Lakeland sospechaba de mí. Pero también sospechaba de todo el mundo.

—Tengo que asistir a una reunión urgente, Rawlins. Mona le dará las direcciones que necesita.

Me levanté, un poco sorprendido de ver que había conseguido mantener mi libertad.

—Pero no me joda —añadió Lakeland.

De esto hace mucho, mucho tiempo; fue en 1964, una época en la que los hombres blancos con traje no usaban la jerga del gueto.

—No me joda —repitió—, o le daremos por el culo.

23

$\mathcal{M}$ercury Hall vivía en Caliburn Drive. Era una calle ideal para vivir en L.A., una carretera que no llegaba a ninguna parte... una calle corta que formaba una especie de semicírculo en zigzag y empezaba y terminaba en la plaza Ochenta y Ocho. Lo único que se veía por allí era a los vecinos y algún motorista perdido de vez en cuando. Cualquier personaje sospechoso causaba un aluvión de llamadas telefónicas, porque todo el mundo estaba en guardia para evitar los problemas.

Blesta Ridgeway-Hall y Mercury tenían una casa muy bonita. Limoneros a cada lado de la puerta principal y rosales en la acera. La hierba estaba muy crecida, y la acababan de regar. La casa era pequeña, con el tejado verde y las paredes blancas. La puerta principal era de roble con hoja doble. En la parte exterior habían recortado un árbol y una luna creciente.

Se movió una cortina en una ventana a mi izquierda.

—Mamá, hay un hombre —chilló un niño en alguna parte, detrás de la puerta cerrada.

Yo acababa de dar unos golpecitos en la puerta, justo encima de la luna. Sonó como un redoble de tambor.

Esperé, contando los segundos de duda hasta que la puerta se abrió.

Blesta medía un metro setenta, tenía el pelo rizado de un castaño claro, la piel también clara y unos oscuros ojos castaños. Era la más bella y la más lista de las hermanas con las que se habían casado Mercury y Chapman.

—Señor Rawlins —dijo—. Mercury no está.

—¿No? ¿Cuándo llega a casa?

—Pues no lo sé.

—Escuche, B, tengo que hablar con él. Pero comprendo que no quiera que un hombre espere con usted a solas en la casa. Puedo quedarme sentado en el coche, no importa.

—Es que en realidad no sé cuándo va a volver a casa, señor Rawlins. Ya sabe, dos o tres veces a la semana él y Kenny salen a tomar algo y a jugar un poco al billar después del trabajo. —Blesta casi se disculpaba.

—Le esperaré en el coche —dije.

—No. No, entre, por favor. Si se queda ahí fuera sentado todos los vecinos empezarán a ir arriba y abajo hasta que uno de ellos llame a la policía y Mercury se enfadará mucho por haber dejado que le arresten. —Blesta retrocedió en la puerta y entré en aquella casita pequeña y perfectamente ordenada.

La puerta principal de los Hall daba directamente al salón. Blesta tenía dos butacas amarillas con un sofá a juego. Las sillas tapizadas tenían un escabel turquesa cada una, con las patas de nogal. La alfombra estaba formada por óvalos concéntricos de color azul oscuro y verde claro. Un aguacate joven decoraba un rincón, y un gran televisor estaba situado enfrente del sofá.

El ventanal que había junto a la puerta daba a mi Pontiac verde. La habitación era a la vez relajante y festiva.

—¡Bu! —me gritó el pequeño Artemus Hall.

El niño, de cuatro años de edad, salió de pronto de detrás de una puerta y chilló para darme miedo, y luego cayó al suelo, riendo.

Yo también me eché a reír. Era lo más divertido que me había pasado desde hacía unos días, días que parecían meses. Me contuve antes de que mi risa se volviera histérica.

—Vuelve a colorear tu cuaderno, Arty —dijo Blesta.

—No —respondió el niño. Y luego me dijo a mí—: ¿Me llevas a caballito?

—Hoy me duele un poco la espalda, compañero —le dije—. Pero ¿por qué no vienes aquí y me haces un dibujo?

—Vale —exclamó alegremente Arty, y salió de la habitación a toda velocidad.

Yo me senté en el sofá.

—¿Puedo ofrecerle algo, señor Rawlins?

—¿Podría llamarme Easy, por favor?

—Bueno, supongo que sí.

—¿Sólo supone?

—Easy. —La sonrisa de Blesta era el hacha que había humillado a Mercury. Todo su rostro parecía arder detrás de aquella sonrisa.

Artemus volvió armando escándalo desde su cuarto de jugar con al menos seis cuadernos para colorear debajo del brazo. Había uno con artistas de circo y animales, otro lleno de vaqueros e indios. Incluso tenía un cuaderno para colorear con diferentes tipos de casas a través de la historia.

Le pedí que me pintara un payaso triste y él buscó hasta que encontró uno.

Blesta tenía cosas que hacer en la casa, de modo que me quedé allí sentado con Arty mientras él iba frotando cuidadosamente las ceras de colores en el interior de los bordes impresos.

—Mira, señor Rawins —dijo, enseñándome el lío de rayas amarillas que había usado para rellenar las manos del payaso—. Mira esto —insistió, refiriéndose a los ojos rojos o la boca verde.

Yo me quedé allí sentado, tranquilamente, igual que había estado aquella mañana en el trabajo.

Necesitaba paz. Tenía en mente a dos hombres muertos: Aldridge Brown y Henry Strong.

Intenté pensar qué tenían aquellos dos hombres en común, aparte de Brawly... pero no se me ocurrió nada. Luego intenté imaginar por qué podía querer el chico matar a cualquiera de aquellos dos hombres. De nuevo, nada.

—Señor Rawins, ¿te gusta el azul?

—Sí, claro —dije—. El azul es el color de la música.

—La música no tiene color —dijo Arty.

—Cuando eres niño no —respondí—. Pero cuando te hagas mayor, cuando la música te haga llorar, verás que es azul.

Artemus me miró con los ojos maravillados y sorprendidos. De alguna manera, mis palabras le hicieron pensar en algo que suspendía todo lo demás.

La portezuela de un coche resonó fuera y Arty chilló:

—¡Papá!

Dio un salto y corrió hacia la puerta. Blesta salió de la cocina. Yo me puse de pie. Al cabo de unos momentos, se abrió la puerta principal.

—Blesta, cariño, alguien ha aparcado fuera... —dijo él antes de verme.

Artemus le cogía la pierna, canturreando:

—Papi, papi, papi...

Blesta volvió a sonreír.

—Eh, Merc —le saludé yo, tendiéndole la mano.

Él me la estrechó, pero vi la desconfianza en sus ojos.

Mercury era un poco más oscuro y quince centímetros más bajo que yo. Tenía unos huesos verdaderamente grandes, pero no era gordo, ni regordete siquiera. Tenía esa estructura que los boxeadores profesionales están bien entrenados para evitar: poderosa y firme.

—Señor Rawlins —dijo.

—Acabo de conseguir que tu mujer me llame Easy, Merc. No lo compliques ahora más aún.

—Ha dicho que quería hablar contigo, cariño —dijo Blesta, besándole en la mejilla—. Le he dicho que esperase en casa porque la señora Horner llamaría a la policía si se quedaba fuera en el coche.

—¿Sentado en el coche? —exclamó Mercury—. Easy Rawlins no tiene que quedarse nunca sentado en el coche fuera de mi casa. ¿Quiere algo para beber?

—No, gracias, Merc.

—¿Y para qué ha venido? —preguntó él, todo sonrisas y franqueza.

—Necesito hacerte unas preguntas —dije.

—Vamos, Arty —dijo entonces Blesta—. Ven a ayudar a mamá a preparar la cena.

—Yo quiero quedarme con papá.

—Estoy haciendo un pastel.

Sin una palabra más, Artemus recogió su cuaderno de colorear y salió corriendo de la habitación, y su madre detrás de él.

166 Volví al sofá amarillo mientras Mercury se sentaba en uno de los taburetes color turquesa.

—¿Qué necesita, Easy? —me preguntó—. ¿Saber algo más de Brawly?

—Bueno, sí, aunque de forma indirecta —dije—. ¿Qué sabes de las casas que están construyendo a un par de manzanas de donde está la obra de John?

—¿Allí donde tienen unas banderas rosas colgando de los aleros?

—Sí —afirmé—. ¿Cómo lo sabes?

—Mataron a un hombre de un disparo allí la noche pasada.

—¿Quién? —le pregunté.

Mercury meneó la cabeza.

—Lo único que sé es que los polis vinieron y cerraron todas las obras en construcción en esa manzana. No dijeron quién había sido.

—¿Y quién construye esas casas?

—No lo sé exactamente. Es otro grupo de inversores negros, creo. Estoy casi seguro de que es uno de los de Jewelle.

—Les ha liado a ellos también, ¿no?

—Sí. Pero no sé cómo se llaman. Todos trabajamos por separado allí.

—O sea ¿que tú nunca has estado allí?

—No.

—¿Y Brawly?

—Pues quizá, sí. Si John no andaba por ahí, Brawly se daba algunos paseítos, ya sabe lo que quiero decir. Iba por ahí dando una vuelta y buscando a alguien con quien charlar. Ya sabe que yo no tengo demasiada paciencia para hablar en el trabajo. Brawly se llevaba mejor con Chapman que conmigo.

—¿Te dijo Chapman alguna vez de qué hablaba con Brawly?

—Sólo de chorradas. Brawly tiene opiniones sobre todas las cosas del mundo. Ese chico habla como una cotorra, pero no dice nada interesante.

—O sea, que a ti no te gustaba demasiado trabajar con él, ¿no?

—Bueno, lo que a mí no me gusta es trabajar en la construcción... —afirmó Mercury—. De hecho, estoy pensando en dejar todo este asunto.

—¿Dejarlo?

—Sí, dejarlo, levantar el campamento y volver a algún sitio donde la gente hable como yo.

—¿De vuelta a Arkansas?

—O quizá a Texas —dijo Mercury—. Tiene que haber algún trabajo por allí. Están con lo que ellos llaman «el *boom* del petróleo».

—¿Y Chapman también quiere irse?

—¿Y yo qué sé? —dijo—. ¿Acaso soy el guardián de Chapman? Cada negro debe ocuparse de sus propios asuntos.

—¿Has oído hablar alguna vez de un hombre llamado Henry Strong? —Le tendí una trampa.

—Sí —admitió, imperturbable.

—¿Dónde?

—Hace un par de meses. Brawly vino con él. Me llevaron con Chapman al Blackbirds para tomar un par de copas.

—¿Y qué dijo él?

—Toda esa mierda de los negros. Ya sabe, que deberíamos tener lo que tiene el hombre blanco. Quería que fuésemos a su local de reuniones. Yo le dije que no.

—¿Y qué dijo Chapman?

—¿Por qué no se lo pregunta a él?

—Te lo pregunto a ti, Mercury. Supongo que me debes al menos eso.

—Tiene usted toda mi gratitud, señor Rawlins. Pero no le pienso decir nada de mi amigo. No, señor.

168

Pero claro, aunque decía que se negaba a hablar, de hecho me estaba contando muchas cosas.

—¿Por qué está preguntando por Strong y eso por ahí? —me preguntó Mercury.

—Por ningún motivo en realidad —dije—. Le vi en el lugar al que suele ir Brawly. Ya te dije que tratar de echar mano a Brawly me está costando muchos más problemas de lo que me imaginaba.

—Ya —dijo Mercury—. Ese Brawly es un liante.

—Bueno —dije—, será mejor que me vaya.

Me puse de pie.

—Bueno —dijo Mercury—. Cariño, el señor Rawlins se marcha.

Blesta salió con un delantal blanco encima de la ropa. Llevaba un manchurrón de chocolate debajo del pecho izquierdo.

—¿Quiere quedarse a cenar... Easy?

—No, tengo que irme —le di la mano.

—Esto es para ti —dijo el pequeño Artemus Hall, tendiéndome el payaso que había arrancado de su cuaderno de colorear.

Cogí la hoja y la miré. La cabeza del payaso estaba ligeramente inclinada hacia un lado. Artemus había pintado la cara de blanco y marrón, con grandes lagrimones rojos saliendo de los ojos tristes.

—Muchísimas gracias, Arty. Lo pondré en la cocina. Tengo un tablero de corcho allí, y lo clavaré con una chincheta.

Vi a Mercury en la sonrisa de aquel niño.

24

*L*a siguiente persona en mi lista era Tina Montes. Ella había sido amable conmigo la noche en que la policía irrumpió en el local de los Primeros Hombres y yo la saqué de allí antes de que le rompieran la cabeza.

Vivía en una pensión en la calle Treinta y Uno. La propietaria, Liselle Latour, era colega mía de los viejos tiempos de Houston, en Texas. Liselle se llamaba en realidad Thaddie Brown, pero se había cambiado de nombre cuando se escapó de casa, a los trece años. Se dedicó a la prostitución y se convirtió en *madame* cuando tenía veinticinco. Dejó Houston en el cuarenta y cuatro con su compañero, guardaespaldas y novio Franklin Nettars. Frank llevaba años insistiendo a Liselle para que abandonaran Houston. Le decía que los negros en L.A. estaban ganando mucho dinero y que con un pequeño burdel allí se harían ricos.

Liselle nunca se habría ido, pero en su prostíbulo hubo una pelea. Un hombre blanco (nunca supe su nombre) tuvo un desacuerdo con una de las putas y acabó con un cuchillo en la garganta. La mujer fue arrestada. Liselle consiguió salir de la cárcel, pero sabía que su nombre estaba en la lista de la policía. Y cuando uno va a parar a esa lista en Houston, o bien muere, o va a la cárcel o se va de la ciudad.

Así que cogieron una litera en un coche cama especial para negros en el Sunset Express de Houston a Los Ángeles.

Todo el camino Franklin le iba diciendo a Liselle lo bien que les iría cuando llegasen a California.

—Él decía —me contó Liselle—, que se podía vivir sólo recogiendo la fruta de los árboles, mientras ibas andando por la calle.

Siempre sonreía cuando mencionaba el nombre de él.

El revisor llamó a la puerta de su compartimento para decirles que acababan de pasar la frontera de California.

—Diez segundos después —decía Liselle—, él tuvo un ataque al corazón. Le dio tan fuerte que lo notó sólo unos segundos antes de morir.

Nunca pensé que Liselle amase a Franklin. Quiero decir que parecían más socios de negocios que novios. Pero cuando Franklin murió, Liselle se convirtió en una mujer distinta. Cogió todos los ahorros de su vida y compró una casita en la calle Treinta y Uno. La convirtió en una pensión para mujeres solas, y ni siquiera dejaba que ningún visitante masculino pasara de la planta baja. Tampoco salió ya con ningún otro hombre, y se empezó a involucrar mucho en los asuntos de la iglesia.

Liselle, pues, se volvió virtuosa y solitaria, pero nunca olvidó a sus antiguos amigos. Ni tampoco fingió que procedía de algún entorno moral elevado. Liselle le contaba a todo el mundo lo que había sido, porque, como decía: «No quiero que lo averigüen un día y luego se enfaden conmigo por haberles mentido».

Le gustaba ver a los viejos amigos, e incluso compartir una copita de licor con ellos.

Por eso no sentí ningún temor al acercarme a su casa.

En el edificio, que tenía tres pisos de alto, había dos puertas, una en la parte delantera y otra en el lateral. La puerta principal era para las mujeres y las chicas, y la lateral era la entrada privada de Liselle.

Cuando llamé, Liselle me abrió casi de inmediato. Su puerta principal estaba a medio camino entre la puerta interior y el vestíbulo de entrada de la pensión. Liselle pasaba la mayor parte del día sentada entre ambas puertas, cosiendo o leyendo la Biblia. Desde allí, saludaba a sus huéspedes y se aseguraba de que ningún hombre se colase escaleras arriba.

—¡Easy Rawlins! —exclamó—. Cariño, ¿cómo estás?

—Pues muy bien, señorita Latour. ¿Y tú?

—Voy librándome de mis pecados onza a onza —dijo, alegremente.

Los años no habían sido demasiado amables con Liselle. Su rostro se había decantado ya hacia la mediana edad, y por cada onza de pecado que había perdido había ganado una de grasa. Apenas reconocí en ella a la bella jovencita a quien los hombres de Fifth Ward arrojaban su dinero.

—¿Qué haces tú por aquí? —me preguntó. Achicó los ojos.

—¿Por qué? ¿Acaso no puedo venir a saludar a una vieja amiga un día cualquiera?

—No lo creo.

—¿Por qué no?

—¿Qué quieres, Easy?

—Quiero sentarme.

Recordando sus modales, Liselle me hizo un gesto hacia la silla que tenía frente a la suya. Cerró la puerta del vestíbulo y se dio una palmada en las rodillas.

—¿Y bien? —me preguntó.

—No lo entiendo —dije—. ¿Por qué crees que estoy aquí por algún asunto?

—Porque los problemas te van siguiendo, Easy Rawlins. Siempre ha sido así, y siempre lo será.

—Hablas de mí como si fuera una especie de gángster —dije—. Pero sabes que no es así. Tengo un trabajo en el instituto Sojourner Truth Junior, y dos niños. ¿Qué gángster haría eso?

—Eres tú el que ha dicho la palabra «gángster», no yo. Yo sólo digo que los problemas te siguen. Cuando oigo hablar de ti, oigo también cosas de alguien que ha salido de la cárcel, o que vuelve a entrar, o a quien han matado o robado o a quien la poli ha dado una paliza. Incluso los niños que tienes vienen de ambientes donde los adultos lo tendrían muy difícil para sobrevivir... eso es lo que he oído.

»Pero sobre todo, sé que estás casado con los problemas por Raymond Alexander. Todo el mundo que andaba alrededor del Ratón sabía que ahí se cocía algo. Las mujeres jóvenes no pueden evitarlo. Ven a un hombre como Raymond y empiezan a mover la lengua y se les mojan las bragas. Pero los hombres que van con el Ratón son o bien idiotas o imanes para los problemas.

—El Ratón está muerto —dije yo.

—Y si lo que he oído es cierto, tú fuiste el que puso su cadáver en el césped de la parte delantera de la casa de Etta Mae.

Ya había olvidado lo bien que circulaban los chismes.

—Muchos días —continuó Liselle—, tenía que echar al señor Alexander de la puerta de mis chicas. Venía aquí todo alborotado, pero yo le echaba con la escoba. Y aunque era muy revoltoso, la verdad es que siempre acababa por irse. Pero ¿sabes? —añadió—, creo que en realidad no está muerto.

—¿Ah, no? ¿Por qué?

—Por la forma que tuvo Etta de irse. Creo que si hubiese muerto, habría celebrado un funeral, invitado a todo el mundo que alguna vez le quiso y a todo el mundo que quería asegurarse de que se había ido. Porque ya sabes que el Ratón tenía muchos enemigos. Como tú, Easy.

—¿Tengo que mirar por encima de mi hombro? —dije, intentando que sonara divertido.

—El hombre que viaja con malas compañías debe esperar desdicha y sufrimiento.

—Creo que hoy he llamado a la puerta equivocada.

—Te diré una cosa, Easy —dijo Liselle—. Te demostraré que has venido aquí a causa de algún problema.

—Está bien, demuéstralo.

—Christina Montes —dijo.

Aquello acabó de golpe con mi ingeniosa cháchara. Creo que conseguí mantener la boca cerrada, pero aun así, ella sonreía.

—¿Tengo razón o no?

—Pues sí señora —dije, con un suspiro que llegó muy hondo, hasta lo que los médicos llaman bronquiolos.

Liselle sonrió y se echó hacia atrás en su silla de madera. Estiró la mano hacia atrás y cogió una botella de licor que estaba en el borde de una estantería. Había un vasito pequeño en el suelo junto a su silla. Lo llenó hasta la mitad con el líquido ambarino. Sabía que yo había dejado la bebida, de modo que no me ofreció nada.

—¿Qué problema tiene Tina? —le pregunté.

—El mismo que todas las mujeres.

Levanté las cejas esperando que acabase el chiste.

—Hombres —afirmó Liselle. Su tono era más lascivo que irritado—. Los hombres, mañana, tarde y noche, son la pesadilla de las mujeres y la alegría de sus vidas.

—¿Se veía con muchos hombres?

—Basta con una manzana podrida, Easy. Ya lo sabes.

—¿Y esa manzana podrida tiene nombre?

—Yo le llamo el hombre «X» —dijo Liselle—. Pero ella le llama Xavier.

—¿Y por qué es un problema ese Xavier?

—Ah, no me interpretes mal. Es un buen chico. Si yo fuera su madre, babearía de orgullo cada vez que entrase en una habitación o abriera la boca. Es flacucho como un espárrago, pero valiente y orgulloso como un león. Es el tipo de hombre al que le gusta tener a su lado a una buena mujer.

—¿Así que Tina es una buena mujer?

—Muy buena. Tiene modales y encanto. Lo tiene todo. Sabe doblar bien una servilleta y ponérsela en el regazo y lo deja todo bien limpio sin que haya que pedírselo.

—No me parece que tengan problemas, pues —dije, inocentemente.

—Ya. Tú lo ves todo muy bonito, cariño. Pero los polis me estuvieron preguntando por ella y difamando su nombre —yo no lo sabía, pero lo sospechaba, la verdad—, y sabes que los Primeros Hombres vinieron con panfletos de esos comunistas y hablando de cosas feas, de matar y de quemar cosas por la calle. Les pregunté si iban a quemar mi casa y dijeron que no, pero ¿cómo vas a encender un fuego y luego pretender que se salte las casas que quieres salvar? Una vez empiezan las llamas, lo queman todo.

—¿Y qué dijo la policía?

—Que ella era una revolucionaria, y que si podían registrar su habitación en busca de armas.

—¿Y les dejaste?

—No, claro que no. Mierda. Yo misma tengo dos pistolas debajo de la cama, y otra en el lavabo del vestíbulo. ¿Por qué demonios va a estar mal tener un arma?

—¿Y qué sabes de un hombre llamado Henry Strong? —le pregunté.

—Ah, ése. Estuvo aquí. Ella me lo presentó como si fuera una copa de helado en medio del desierto del Sáhara. No me habría sorprendido que ella le hubiese dicho al hombre X que iba al salón de belleza y en cambio hubiese pasado la tarde estudiando la revolución a los pies de Henry Strong... o encima de sus rodillas.

—¿Y eso es todo? —le pregunté.

—Sí... a veces viene por aquí ese Conrad, pero normalmente está con su tío.

—¿Tío? ¿Qué tío?

—No creo que realmente sean parientes. Llegó un día

aquí, llamó a la puerta y le pregunté quién iba con él, y me contestó que era su tío, pero luego sonrió como si fuese una broma.

—¿Y qué aspecto tenía?

—Era un hombre grandote. De unos treinta y cinco, a lo mejor cuarenta. Tenía buen aspecto, pero no dijo ni una sola palabra en mi presencia, ni habló nunca con nadie.

—¿Tenía nombre?

Liselle arrugó la cara intentando recordar. Y lo único que consiguió fue recordar el whisky que tenía en la mano. Dio un sorbito y dijo:

—Pues no, no me acuerdo de su nombre. Era un hombre muy robusto. Grandote, y oscuro.

—¿Podía llamarse Aldridge? —pregunté.

Liselle meneó la cabeza.

—No me acuerdo —aseguró.

176 Entonces me eché atrás. Las ansias de una bocanada de humo me golpeaban con dureza, pero contuve las ganas de pedirle un cigarrillo a Liselle.

—¿Conoces bien a Tina? —le pregunté.

—Ajá.

—¿Confías en mí?

Liselle se atragantó y luego dijo:

—Ya sé que no eres mala persona, Easy. Pero como suelo decir, siempre estás metido en cosas muy raras.

—Ya ha habido dos crímenes —dije—. Los polis que vinieron aquí son más vigilantes que representantes de la ley.

—¿Y qué quieres de ella?

—¿Conoces a John, el camarero, verdad?

—Sí.

—Su novia, Alva, tiene un chico llamado Brawly. Está mezclado con los Primeros Hombres. Estoy intentando sacarle de este lío. Pero si puedo ayudar a Tina, lo haré también.

—¿Y cómo se ha metido Christina en todo esto?

—Ella conoce a Conrad, que es una mala pieza...

Liselle gruñó afirmativamente.

—El padre de Brawly fue asesinado, y al otro hombre, Henry Strong, le han matado esta misma mañana...

—¿Cómo? —exclamó Liselle.

—De modo que he pensado que cualquiera que pueda ayudar a Tina sería bienvenido.

—¿Y qué quieres que haga yo, Easy?

—Quiero que hables con ella, que le digas quién soy y lo que piensas de mí. Si te escucha y quiere ayuda, que me llame a casa.

—No ha venido por aquí desde hace un par de días —dijo Liselle—. Pero aparecerá tarde o temprano. Tiene toda la ropa aquí en su habitación.

Anoté mi número en un envoltorio de huevos que había tirado Liselle.

Cuando ya abría la puerta para irme, Liselle me puso la mano en el brazo y dijo, con tono conspirativo:

—Ya te he hablado de lo tuyo con los problemas, ¿verdad, Easy?

—Sí, señora.

25

*F*eather corrió hacia mí en cuanto aparecí en la puerta.

—¡Papi, he sacado un notable por mi trabajo sobre Juana de Arco! —gritó.

Se me echó encima y me cogió por la cintura.

—¿Tienes que saltarme encima? —me quejé.

—He sacado un notable, papi —dijo de nuevo, ignorando mis objeciones.

—Anda, suéltame —dije yo.

Feather retrocedió, con los ojos llenos de dolor.

El perrito amarillo venía tras ella, enseñando los dientes.

—He sacado un notable —dijo, y apareció la primera lágrima.

—Lo siento, cariño, pero he tenido un día muy difícil. Me alegro mucho de tu notable. Es estupendo.

—Es un notable.

—Hola, cariño —dijo Bonnie desde la cocina.

Me sorprendió entonces notar el olor a comida en el aire.

Ella llevaba un vestido amarillo cruzado y un pañuelo de seda rojo y azul atado en el pelo. Llevaba también los pies descalzos.

—Se me había olvidado que venías a casa hoy —dije.

—Lo dices como si quisieras que me fuera...

—No, no, cariño.

Feather fue hacia Bonnie y se apretó a su lado, frunciendo el ceño y mirándome a los zapatos.

—¿Te ha dicho Feather que ha sacado un notable? —me preguntó Bonnie.

—Sí —dije yo—. Es estupendo. A lo mejor deberíamos tomar un helado especial de postre para celebrar una nota como ésa.

El ceño de Feather se suavizó un poco y me miró ya a la altura de los hombros.

Oí el débil sonido de la sierra que procedía del patio de atrás.

—¿Qué es eso?

—Jesus, que trabaja en su barco. —Y entonces le tocó a Bonnie el turno de fruncir el ceño.

—Hemos estado hablando —dije.

—Un niño no tiene derecho a decidir si va o no va al colegio —dijo ella.

—Jesus ha sido un hombre siempre, que yo recuerde —le dije—. Si yo me muriese mañana y tú desaparecieses, educaría a Feather completamente solo. Puedes apostar a que sí.

—¿Estás malo, papi? —preguntó Feather.

—No, cariño, estoy bien.

—Lo único que digo —continuó Bonnie—, es que tiene que acabar su educación. Tiene que comprender lo importante que es.

—¿Y cómo demonios eres capaz de decirme lo que necesita ese chico, si hace seis meses ni siquiera sabías que existía? —dije—. Tú no sabes nada. No sabes lo que piensa, ni adónde va. Hay montones de personas en esta misma manzana, a un lado y a otro, que tienen muchísima más educación que yo. Pero seguimos viviendo en la misma calle y vamos a trabajar cada día. ¿Cómo le voy a decir a Juice que haga algo que yo nunca he hecho? ¿Cómo puedo creerme yo toda esa mierda?

—Easy... —dijo Bonnie.

179

Bajó la vista hacia Feather, que estaba paralizada por mi ira.

—Simplemente digo que me dejes llevar esto a mi manera, ¿de acuerdo?

—Voy a servir la cena —dijo Bonnie.

Se dirigió hacia la cocina. Feather la siguió de cerca.

Yo me palpé el bolsillo de la camisa, pero estaba vacío. Había tirado el paquete de Chesterfield aquel mismo día. Quedaba medio cartón en el estante de arriba del armario del vestíbulo, lo sabía. Pero apreté los dientes y me quedé sentado en mi sillón. Nada me iba a afectar. Ni las exigencias de Jesus, ni los designios de Lakeland, ni mucho menos una mierda de cigarrillo.

La tela de la silla olía a humo de tabaco. Lo mismo que las yemas de mis dedos. Durante cinco minutos lo único que pude pensar era si fumar o no fumar.

Cuando finalmente me calmé, en mi mente esperaba Brawly Brown. Grande y torpe, fuerte y fácilmente influenciable. ¿O era acaso más listo de lo que parecía? ¿Era el bufón de los Primeros Hombres, o bien eran John y Alva los que estaban engañados con él? No confiaba demasiado en la opinión de Alva. Y John sólo se preocupaba por su mujer.

Si el hombre fornido que había ido a ver a Tina con Conrad era Aldridge, entonces al menos ya tenía a otra persona que estaba conectada con ambos hombres.

Aspiré aire con fuerza.

Me faltaba algo.

¿Qué me faltaba?

Un cigarrillo.

—La cena —llamó Bonnie desde la puerta de atrás.

Brawly tenía que estar metido en algo grave. Era la única forma de explicar la emboscada tendida en las casas en construcción, junto a la obra de John. No había otra posibilidad. De todos modos, Strong me dijo que me iba a llevar a ver a Brawly, pero aquello había resultado ser una mentira.

Pero si Brawly intentaba matarme, si había asesinado a Henry Strong, no se podía hacer nada para ayudarle. Al menos, yo no podía hacer nada.

«Claro que lo maté —me dijo una vez el Ratón de un hombre que había sido amigo suyo—. Ese hijo de puta se volvió contra mí. Y ya sabes que en cuanto un perro prueba tu sangre, siempre le apetecerá más.»

¿Cómo podía volver a meter en casa de John a un asesino? ¿Cómo devolverle a la calle, con todos nosotros?

—Easy. —Bonnie estaba de pie a mi lado.

—¿Sí?

—¿Es que no me has oído? La cena está lista.

La lasaña de Bonnie era siempre un verdadero lujo. La salsa de tomate era de un rojo oscuro, especiada. Usaba cuatro tipos de queso distinto y ternera cortada a tiritas en lugar de picada. Aliñaba la ensalada con mucho queso parmesano y ajo. La comida estaba deliciosa, pero yo me sentía mucho más débil de lo normal. Ansiaba un cigarrillo. Seguía aspirando aire con fuerza por la nariz, pero aun así, tenía la sensación de que me ahogaba lentamente.

—¿Te pasa algo, Easy?

—No —dije, enfadado—. ¿Por qué sigues preguntándome eso?

—Porque sigues suspirando —dijo ella.

—Escucha, si uno no puede sentarse tranquilamente a comer y respirar fuerte, entonces es que a lo mejor no debería volver a casa. Me has estado dando la lata desde que he llegado. ¿Qué narices quieres?

La mesa quedó en silencio durante más de un minuto. Habría transcurrido más tiempo aún, pero yo hablé de nuevo.

—Me voy a dar una vuelta —dije, levantándome de la mesa.

—No salgas, papi —rogó Feather.

—¿Adónde vas, Easy? —me preguntó Bonnie, en un tono desesperantemente razonable.

Aspiré aire de nuevo y lo dejé escapar en un hondo suspiro.

—Al supermercado —dije—. A buscar un helado especial para nuestro notable. ¿Qué prefieres, pistacho o chocolate con trocitos, Feather?

—Los dos —respondió ella.

El pequeño supermercado que había bajando la calle estaba abierto siempre hasta las diez. El señor Tai era un ave nocturna, y todo el mundo en el barrio sabía que aquél era el único sitio, aparte de las muy caras tiendas de licores, donde se podía comprar comida preparada y envasada después de las ocho.

—¿Está goloso esta noche, señor Rawlins? —me preguntó Tai cuando llevé los dos envases de litro a la caja registradora. También había comprado uno de medio litro de vainilla para mí.

—Buenas notas —dije—. Feather ha sacado un notable.

—Qué bien. Yo tengo una chica que también saca muy buenas notas. Le gustan los libros y el trabajo en casa.

—¿Y tiene otros hijos? —le pregunté.

Me gustaba Tai. Era un hombre menudo y de disposición amable, pero también tenía una cicatriz muy fea en el lado izquierdo de la cara. Una vez le había visto expulsar a un borracho que medía casi dos metros de una patada en el culo por la puerta de su tienda.

—Dos niñas más. Se casarán y me darán nietos. Y un chico que no hace nada bien. —Tai lanzó una risita—. Nada. Si le hicieran un examen sobre lo que ha comido para desayunar, tampoco lo acertaría.

—¿Y no le importa?

—No.

—¿Qué va a hacer?

—Esperar hasta que tenga dieciséis años y luego le traeré aquí para que trabaje conmigo. Abrimos a las ocho de la mañana, y cerramos a las diez de la noche. Si ni así vuelve al colegio, al menos tendré un socio. Tai e hijo.

Y el tendero me dedicó una amplia sonrisa.

26

*C*onseguí no morder a nadie mientras nos comíamos el helado. Feather se pasó casi todo el rato comiendo de su cuenco sentada en el regazo de Bonnie. Jesus, que probablemente me conocía mejor que ningún otro ser viviente, se apartaba de mí. No me habló de su barco ni de dejar el instituto. De hecho, no creo que dijese una sola palabra. Todos los años que pasó mudo de niño le habían familiarizado mucho con el silencio. Con el silencio y la paciencia para esperar a que se le comprendiera.

Cuando los niños se fueron a la cama, Bonnie me preparó una bebida, un mejunje hecho con una cucharada de helado de vainilla, esencia de vainilla, leche, huevos, nuez moscada y miel. En los viejos tiempos yo habría añadido un chorrito de bourbon para rematar la faena.

Nos sentamos en el salón y oímos las noticias. Se hablaba de un negro llamado Henry Strong, que había muerto instantáneamente de un disparo en la cabeza a primera hora de la mañana. Vivía en el hotel Colorado, en Cherry, y era natural de Oakland, California.

—¿Quieres que me vaya, Easy?

—¿Cómo?

—¿Quieres que me mude de tu casa? —me preguntó Bonnie.

—¿Pero de qué me estás hablando, Shay?

—Ni siquiera me has tocado desde que has llegado. —Estaba a punto de llorar.

Me trasladé al otro lado del sofá y le pasé el brazo alrededor de los hombros.

—Es que... es que... estaba preocupado —dije.

Ella se desprendió de mi abrazo y se alejó de mí.

—No hace demasiado tiempo que nos conocemos, Easy. Sé que cuando me ayudaste y mataron a tu amigo...

—Nadie está seguro de que esté muerto —dije—. Y aunque lo estuviera, eso fue entre Raymond y yo. Habíamos vivido al límite desde que éramos niños. No era culpa de nadie la forma en que vivíamos. Tú no le pediste nada, y no estabas allí cuando pasó todo. Pero te quedaste por mí. Te quedaste por los niños.

—Necesitabas a alguien que te quisiera, Easy. Hacías daño, pero también eras muy dulce. Pero sólo porque me estés agradecido no significa que me quieras. Me iré si es lo mejor. Desde luego.

—No, no es eso lo que quiero. No.

El rostro de Bonnie era como la silueta de una diosa negra de algún mito polinesio. Los ojos oblicuos, inclinados hacia arriba, sus labios plenos perfectamente dibujados. Aquellos labios se separaron y durante un momento olvidé el ansia de mis pulmones y el dolor por la muerte de Raymond. Ni siquiera el feo asunto en el que había empezado a hurgar me pareció demasiado grave.

—Estoy haciendo una cosa —le dije.

—¿El qué?

Le conté lo de John y Alva, y Brawly, y los Primeros Hombres.

Le conté lo de Aldridge y Henry Strong, sin decirle que yo estaba en ambos casos en la escena del crimen.

—Suena demasiado peligroso, Easy —dijo ella cuando acabé.

—Como cuando tú tenías problemas —dije yo.

Ella me besó y yo la besé, y luego me volvió a besar.

Yo tenía una erección desde que sus labios se separaron.

Aquella noche, más tarde, estábamos en la cama besán-
donos aún. Los cigarrillos deben de tener algo que ver con el
sexo, de alguna manera, porque mi deseo de tabaco había desaparecido por completo durante una hora y media. Lo único que necesitaba era a mi chica. Parecía la letra de una canción oída en la radio.

—¿Así que estabas preocupado por la policía y el grupo
político? —me preguntó Bonnie entre besos.

Creo que quería encontrar una forma de convencerme de
que dejara de ayudar a John.

—No —dije—. Estoy preocupado porque no me he fumado ningún cigarrillo desde esta mañana temprano.

186

—¿Por qué no te lo has fumado?

—Porque este asunto es grave. Tendré que moverme rápido, y sé que no tengo demasiado fuelle por las escaleras del
Sojourner Truth. No podría correr alrededor de esta manzana si tuviera que hacerlo.

—Eres un hombre adulto, Easy —me susurró en el soba-
co—. Los hombres no tienen por qué correr.

—Quizá haya algún hombre blanco que crea que no tiene que dar saltos por ahí de vez en cuando, pero un negro, en
cualquier parte de Estados Unidos, es mejor que sea capaz de
correr un kilómetro y luego otro más.

—No quiero que vayas por ahí corriendo detrás del peligro —se quejó Bonnie.

—Entonces no tienes que preocuparte por mí. Yo soy
más bien de los que salen huyendo.

—Eso no es cierto —dijo ella—. Ojalá fuera así, pero no
lo es.

—¿Desearías que fuese un cobarde?

—Me gusta este hombre —dijo ella—. No el hombre que me salvó, sino el hombre que se preocupa de que yo esté bien.

La miré a los ojos, pero su corazón era demasiado vasto para que yo lo abarcase.

Cuando sonó el teléfono yo dormía profundamente sin soñar. Lo oí repiquetear, pero no me pareció que hubiese ningún motivo para contestar. Mi pie izquierdo colgaba fuera de la cama y lo notaba un poco frío, y mi muslo derecho estaba apretado contra el culo de Bonnie, caliente como una tostada. Todo estaba bien en el mundo.

—Easy, Easy.

—Mmm...

—Easy.

—¿Sí, cariño?

—Es el teléfono. Una mujer llamada Tina.

Recordé el ruido del timbre. Me parecía que habían pasado años desde entonces. La única cosa que me importaba entonces era el pie frío y el muslo caliente.

—Easy.

Y me desperté, ansiando un cigarrillo y consciente del peligro que había atravesado.

—Hola —dije.

—¿Señor Rawlins?

—Ajá.

—Soy Tina Montes. Nos conocimos la otra noche en el local de los Primeros Hombres.

—Ya recuerdo. Los tuyos me sacaron una pistola y me echaron del coche.

Noté que Bonnie se ponía tensa contra mi pierna.

—Yo no quería que pasara eso. Conrad y el señor Strong se ponen un poco duros, a veces.

—¿Qué puedo hacer por usted, señorita Montes?

—La señorita Latour dijo que podía confiar en usted.

—Desde luego que sí —dije—. Con una condición.

—¿Cuál?

—Puedes confiar en mí si no me mientes.

—Vale.

—¿Qué hora es?

—La una —dijo.

—¿La una de la madrugada? —dije, suspirando—. Dile a Liselle que prepare el salón. Estaré ahí en menos de una hora.

Colgué el teléfono y me incorporé a la vez.

Bonnie no dijo nada hasta que yo me hube vestido y me dispuse a marcharme.

—¿Easy?

—¿Sí, querida?

Ella se levantó, desnuda y femenina. Sacó un cigarrillo Camel de su bolso. Siempre llevaba un paquete porque a veces fumaba con sus amigas. Encendió el cigarrillo, dio una calada y luego me lo puso entre los labios.

Me besó en la mejilla y dijo:

—Tiene que estar tranquilo cuando salga por ahí, señor Rawlins. Ya dejará de fumar en otra ocasión.

—¿No te preocupa que me llame una mujer en mitad de la noche?

—No —afirmó ella—. No le darías nuestro número a una cualquiera de la que te hubieras encaprichado. No serías capaz de hacerme tanto daño. Pero me preocupa que alguien te amenace con un arma.

—No iba en serio —dije—. Sólo intentaban enseñarme quién mandaba allí.

27

*L*iselle se reunió conmigo en la puerta principal. Parecía más vieja aún a aquellas horas de la noche. La piel le colgaba debajo de los ojos y tenía también los hombros caídos.

Pero por muy débil y cansada que estuviese, me acribilló a preguntas antes de permitirme poner los pies en el umbral.

—No quiero que la angusties ahora, Easy —dijo Liselle—. Sabes que esta chica ya ha tenido bastantes problemas. Y no quiero que la hundas sólo porque quieres ayudar a ese demonio de chico de Brawly.

—¿Conoces a Brawly? —le pregunté.

—Sí, ha estado aquí. Sí, señor.

—¿Y qué sabes de él?

—Sólo que es muy huraño, y que es un niño. Habla a todo el mundo como si a los demás les importara lo que él siente o no siente. Me dijo que yo le gustaba, porque yo no era fría, como su madre. Yo le dije que es mucho más fácil ser amable para un desconocido que para una madre, que oye a su hijo presumir de que es un hombre mientras le tiene que lavar la mierda de los calzoncillos.

Me reí.

—¿Y qué dijo él al oír eso?

—Se enfurruñó mucho y no volvió a decirme ni hola.

—No molestaré a Tina —le dije—. Te lo prometo.

Liselle me sostuvo la mirada con sus ojos desfallecidos y acuosos durante sus buenos cinco segundos antes de conducirme hacia el anticuado salón, donde Tina estaba sentada en una silla de nogal de respaldo recto.

La joven radical llevaba unos pantalones azules muy holgados y una blusa color coral que también le quedaba muy suelta. Tina tenía la nariz pequeña y la piel de un marrón claro. Era guapa porque tenía veinte años, más o menos. A los treinta ya no sería más que agradable, y a los cuarenta, del montón.

Pero entonces tenía todavía el fuerte atractivo de la vulnerabilidad. Miró a Liselle y luego a mí como a un prisionero condenado que espera un aplazamiento pero se teme lo peor.

—Aquí está, cariño —dijo Liselle—. Pero si no quieres hablar más, sencillamente te levantas y vienes a verme. Sólo ven conmigo y ya está.

—Gracias, señorita Latour —dijo Tina.

Liselle se dirigió hacia su pequeño apartamento, dejando la puerta ligeramente abierta. Yo esperé un momento, me levanté y fui a cerrarla. Luego volví a la silla y me senté frente a Christina Montes.

—¿Qué tal te va? —le pregunté.

—Muy bien. Pero tres de nuestros hermanos están todavía en la cárcel. Y uno en el hospital.

—¿Por qué entraron los polis de aquella manera?

—No lo sé —dijo ella—. Gracias por ayudarme a salir.

—No tiene importancia.

—Conrad no debió ponerle la pistola en la cara. Xavier dice que como la gente cree que es blanco, él siempre tiene que probarse a sí mismo.

—La verdad es que él no me preocupa —le dije—. Liselle te habrá dicho que estoy intentando ayudar a Brawly, ¿no?

—Ya nos dijo que le buscaba en el coche, la otra noche.

—Sí, se me había olvidado. Bueno, supongo que ella te diría que llevo buenas intenciones.

—Dijo que usted podía ayudar a gente que tiene problemas pero que yo debía tener cuidado, porque usted se mueve entre gente peligrosa.

—Eso no puedo negarlo, la verdad —dije—. Pero me has puesto en evidencia.

—¿Qué quiere decir con eso?

—Hiciste que Conrad y Brawly almacenasen armas en casa de la novia de Brawly...

—¿Clarissa? —Tina estaba realmente sorprendida.

—No, la blanca, Bobbi Anne.

—En eso se equivoca, señor Rawlins. La novia de Brawly es Clarissa —dijo Tina—. Él la ama.

—No sé entonces qué le habrá dicho a Bobbi Anne, pero también es su chica —dije yo, con gran autoridad en mi voz.

—No sé nada de ninguna arma. Lo único que sé es que Henry Strong está muerto y yo tengo miedo, tengo miedo por Xavier y los demás.

—¿Y qué hay de Aldridge Brown? —pregunté.

—¿Qué pasa con él?

—¿Le conoces?

—Pues claro que le conozco. Es el padre de Brawly. Un par de veces nos ha llevado a cenar al Egbert's Coffe Shop.

—¿Así que Aldridge estaba también en el partido? —pregunté.

—No. En realidad no creo que se meta en política. Pero tuvo muchos problemas con Brawly cuando era pequeño, y ahora está intentando arreglar las cosas.

—¿Crees que quien mató a Strong mató también al padre de Brawly?

—La policía mató a Henry, pero ¿qué dice del señor Brown? —Si mentía, la verdad es que lo hacía magistralmente.

—Le mataron hace dos días en una casa que pertenecía a una mujer llamada Isolda Moore.

Tina meneó la cabeza lentamente.

—¿No lees los periódicos? —pregunté.

—¿Y por qué iba a hacerlo? De todos modos todo es mentira... —dijo—. ¿Por qué dejarse engatusar por las mentiras del hombre blanco?

—Porque a lo mejor lees algo que tiene relación contigo —le dije—. Por eso.

—No sé qué decirle, señor Rawlins. He estado en casa de diferentes amigos desde la noche en que la policía entró en la reunión. El señor Strong decía que debíamos irnos trasladando porque la policía nos tenía en una lista, y que los líderes serían asesinados. Sólo he venido aquí esta noche para recoger mis cosas y trasladarme a otro sitio. La señorita Latour siempre ha sido muy amable conmigo. Me ha dicho que debía hablar con usted, pero en realidad yo no sé nada de armas ni de crímenes.

—¿Por qué crees que fue la policía quien mató a Strong? —le pregunté.

—Porque él era muy importante para el movimiento. Nos dijo que la policía intentaría eliminar a nuestra élite o bien tendiéndoles una trampa o bien mediante el asesinato.

Antes de visitar al coronel Lakeland yo me habría burlado de la posibilidad de una conspiración semejante, pero entonces ya no.

—¿Y qué hay de Aldridge? —le pregunté—. ¿Por qué le mató la policía?

—Pues no lo sé. Nunca vino a nuestras reuniones ni nada. Sólo venía a recoger a Brawly a veces y nos llevaba a tomar un café.

—¿Pero él y Brawly se llevaban bien?

—Sí —dijo ella—. Bueno, habían tenido un mal rollo, como ya le he dicho. Pero todo aquello había pasado ya. Aunque Brawly todavía seguía un poco distante.

Retuve aquellas palabras. Era un rompecabezas con demasiadas piezas. Aunque una de ellas pareciese encajar, siempre quedaba algo suelto.

—¿Y tú y Strong? —le pregunté.

—¿Qué quiere decir?

—Ya sabes lo que quiero decir. ¿Te visitó alguna vez sin que Xavier lo supiera?

—Algunas veces. Pero no había nada malo en ello. Los hombres y las mujeres son libres de conocerse y verse entre sí y...

—¿Cuánto le diste a conocer al señor Strong? —le pregunté.

—¿Para qué quiere saber eso?

—Porque después de esta conversación voy a pedirte que vengas conmigo a ver a Xavier. No quiero decir algo que le ponga tan furioso que le haga perder los estribos.

—¿Y por qué quiere que le lleve a ver a Xavier?

—No he dicho que quisiera que tú me llevases a verle. Ya sé dónde vive. En Hoover. —Le di la dirección—. Lo que necesito es que me allanes un poco el camino para que la conversación sea tranquila. Pero ¿cómo vamos a tener una conversación tranquila si de repente sale el tema de que tú te acostabas con el maestro?

La intensa mirada de Tina me dijo que las sospechas de Liselle estaban fundadas.

—No fue nada —dijo Tina—. Estaba muy solo aquí, y quería hablar. Un día me puso la mano en la nuca...

No quería saber los detalles. No me importaba si habían estado juntos o no.

—¿Dónde? —pregunté.

—En la nuca.

—No, digo que dónde le... bueno, dónde le besaste por primera vez.

—En su habitación.

193

—¿En el hotel Colorado?

—No. —Me dio una dirección en Watts, no lejos de Central Avenue.

—Bueno —dije—. No tenemos por qué hablar de esto con Xavier. Pero ¿te dijo algo más Henry, aparte de la idea de que iba a ser asesinado?

—No.

—Le dispararon en una urbanización en Compton —dije—. ¿Fuiste alguna vez con él allí, o te habló de aquel sitio?

—Brawly estaba allí —dijo ella, recordando dubitativa—. Creo que Henry fue con él allí una vez, o a lo mejor más veces.

—¿Por qué?

—A Henry le gustaba Brawly. Decía que era un revolucionario en bruto. Me dijo que le estaba cultivando para el movimiento.

«Sí, lo mismo que hacía contigo», pensé yo.

—¿Quieres ir a ver a Xavier? —le pregunté.

—¿Por qué?

—Porque sé algunas cosas que él debería saber. Alguien está matando a gente próxima a ti, y estaría bien averiguar quién es.

—Yo sé quién es —dijo entonces ella.

—Tú crees que lo sabes —dije—. Pero no puedes identificarlos. Crees que lo sabes, pero ¿por qué iba a matar la policía a Aldridge Brown? ¿Por qué matar a Strong? Era de Oakland. El jefe es Xavier. ¿Por qué no matarle a él, o a ti... o a Anton Breland?

—¿Cómo puedo confiar en usted? —Su pregunta se abrió camino hasta lo más hondo de mi interior. Pensé en el Ratón, que un día salió y no volvió más. Y era amigo mío.

—No puedes —afirmé—. ¿Por qué ibas a hacerlo? No me conoces. No sabes quién soy. Lo único que sabes es que yo sabía dónde encontrarte a ti, y que sé dónde encontrar a Xavier. Ven conmigo, vigílame, y a lo mejor consigues averiguar si puedes confiar en mí o no.

28

*J*asper Xavier Bodan vivía en el tercer piso de una pensión en Hoover. Su habitación se encontraba al final de un largo vestíbulo iluminado por una sola bombilla.

Una raya de luz asomaba a los pies de su puerta.

—¿Quién es? —preguntó, al llamar Tina.

—Tina —dijo ella—. Y el hombre que me sacó del local la otra noche. Easy Rawlins.

La puerta se abrió hacia dentro. La habitación que había detrás parecía vacía. Seguí a Tina con las manos visibles, a la altura de la cintura. Xavier estaba de pie detrás de la puerta con una pistola extraordinariamente pequeña en la mano.

Cerró la puerta y nos miró, ceñudo.

—¿Por qué le has traído aquí? —preguntó a Tina.

—Ya sabía tu dirección —respondió ella—. Me ha invitado a venir con él.

—¿Y por qué has hablado con él?

—Encontró mi dirección, y la señorita Latour dijo que se le daba muy bien ayudar a la gente negra con problemas —dijo Tina. Era una joven negra más que rogaba a su novio negro que atendiese a razones—. Le he traído porque dice que quiere ayudar.

—No necesito su ayuda —me dijo él—. Debí dejar que Conrad le disparara la otra noche.

Cuando colocó la pistola frente a mi cara ya no me pareció tan pequeña, en absoluto. La proximidad del cañón afectó a mis pulmones. Inhalaba bastante bien, pero la capacidad de exhalar parecía haber quedado paralizada.

—Baja esa pistola, Xavier —dijo Tina—. Ha venido aquí sólo a hablar contigo.

—No necesito hablar.

—Sí, sí que lo necesitas —dije yo. Obligar al aire a salir de los pulmones era una de las tareas físicas más difíciles que había llevado a cabo jamás. Me moría por un cigarrillo—. Hay cosas que debes saber. Cosas que harán que veas todo este asunto de forma muy distinta.

—Escúchale, cariño —dijo Tina. Se acercó al flaco muchacho. Cuando ella puso la mano en el brazo que sujetaba el arma yo temblé, temiendo que él apretase el gatillo y me disparase por error.

Cuando Xavier dejó la pistola a un lado, todo mi cuerpo se relajó. Me di cuenta de que tenía que ir al baño, pero decidí que no era un buen momento para preguntar dónde se encontraba.

—¿Puedo sentarme? —pregunté.

—Ahí. —Señaló una solitaria silla de madera.

Me senté y busqué en el bolsillo, recordando que había tirado mis cigarrillos.

—¿No tendréis un cigarrillo?

Tina buscó en su bolso y sacó un paquete de tabaco con filtro.

—¿Qué tiene que decirme? —dijo Xavier, mientras Tina me encendía una cerilla.

Inhalé profundamente y mi garganta y pulmones notaron un extraño frío ardiente que los recorría de arriba abajo. Durante un segundo temí haber sido envenenado, pero entonces me di cuenta de que se trataba de un cigarrillo mentolado.

—La policía —dije, atragantándome con el extraño humo.

—¿Qué pasa con ellos?

—Han venido a verme y me han pedido que te espíe —le dije.

—¿Por qué quieren espiarme? —preguntó Xavier.

Me encogí de hombros.

—¿Y por qué ha venido a contármelo?

—Eres tú quien cree que la policía mató a Strong.

—Dice que el padre de Brawly está muerto también —añadió Tina.

—¿Aldridge? ¿Y por qué iban a matar a Aldridge?

—Es una buena pregunta —dije—. Pero tengo otra mejor aún.

—¿Cuál?

—Fui a ver a la policía y les dije que estaba dispuesto a ayudarles, a compartir información...

—¿Cómo? —El arma de Xavier se elevó de nuevo, pero yo ya no tenía tanto miedo, aunque tampoco las tenía todas conmigo.

—Vamos, hombre —dije—. Ya te he dicho que estoy intentando ayudar a Brawly. Cuando la policía vino a verme y empezó a hablar del Partido Revolucionario Urbano, quise averiguar qué pasaba.

—Eso es lo que usted dice. —Xavier mantenía la pistola apuntando a mi pecho—. Pero yo no lo sé en realidad. A lo mejor planea delatarme.

—Ya sabía tu dirección, cariño —dijo Tina—. Te lo he dicho. No tenía que venir aquí para hacer que te arrestasen.

—Entonces, quizá haya algo más.

A Xavier le sudaba el labio superior. No debía de tener más de veintidós años, pero aguantaba bastante bien la presión de la situación. Miré a mi alrededor mientras él pensaba en mi posible duplicidad. Aquello parecía más un compartimento que un apartamento. La característica más importante era una pequeña ventana que daba a un letrero

197

de neón rojo: MERRIAN'S. Tenía un sofá de vinilo color agua en el cual seguramente dormía también, y una mesa llena de pilas de libros y papeles.

—Os han asignado una brigada especial —dije—. La llaman brigada D. Está dirigida por un hombre llamado Lakeland. Es del ejército, pero le han asignado para que os vigile.

Aquello era demasiado, él ya no podía seguir con sus dudas o sus bravatas.

—Oh, no —dijo Tina, mirando a su hombre.

—No sabemos si lo que está diciendo es verdad —dijo Xavier.

Me sentí orgulloso de él por intentar controlar los problemas, que iban en aumento.

—Pero Henry dijo que intentaban matarnos —razonó Tina.

Si yo hubiera planeado imponerme, aquel hubiese sido el momento. Xavier volvió los ojos hacia Tina. Quizá fue porque llamó a Strong por su nombre. Quizá por su furia al ver que ella quería creer en lo que yo estaba diciendo.

—No mataron a Henry —dije yo.

—¿Y cómo demonios sabe eso?

—Porque yo estaba allí, en su despacho, cuando lo averiguaron. Se sorprendieron. Para ser polis, incluso parecían preocupados.

—¿Y dónde está su oficina? —preguntó Xavier.

—Tengo que ir a orinar —repliqué yo.

Tina soltó una risita. Estaba casi histérica.

—¿Qué? —me preguntó Xavier.

—Que tengo que ir al baño, tío.

—No —dijo Xavier. Había un gran poder en su voz, y las trazas de una sonrisa maligna en su labio sudoroso. Se acercó más a mí y dijo—: Se va a quedar ahí sentado hasta que tenga las respuestas que quiero.

Aquello ya era demasiado.

Le di un palmetazo en la mano con la que sujetaba la pistola con la izquierda, y le propiné un puñetazo sin demasiada fuerza con la derecha. Le agarré la muñeca, se la retorcí y le quité la pistola de sus dedos sueltos.

—¡Alto! —gritó Tina.

Me volví hacia ella con las manos en el aire.

—Sólo quiero ir al lavabo —dije—. Ningún puto negro me va a impedir que haga mis necesidades. ¿Dónde está?

Los ojos de Tina señalaron hacia una puerta que se encontraba perpendicular a la ventana. Fui y me alivié sin cerrar la puerta detrás de mí.

Cuando volví, Tina había colocado a Xavier sentado en el suelo, pero él todavía estaba demasiado atontado para levantarse.

—Siento haberte golpeado, tío —dije—. Pero no se puede tratar así a la gente. No se le pone a uno la pistola delante de la cara cuando no te ha hecho nada.

Tina estaba demasiado asustada para hablar y Xavier todavía veía doble, preguntándose qué imagen mía de las varias que veía estaba hablando con él.

—¿Puedo coger otro cigarrillo? —le pedí a Tina.

Ella asintió y yo cogí el bolso donde ella lo había dejado caer, en el suelo.

—Deme uno también, ¿quiere? —me pidió ella.

Encendí dos a la vez y le tendí uno.

Xavier se quejaba y se llevó la mano a la cabeza.

—No tenía que haberle pegado —dijo Tina.

—No. Lo que tenía que haber hecho es mearme en los pantalones. Pero déjame que te diga una cosa, es una auténtica putada que tu chico me haya hecho esto.

—¿Qué quiere? —consiguió decir Xavier, antes de hacer muecas de dolor.

—Te lo he dicho desde el principio, tío —le dije—. La madre de Brawly me ha pedido que me asegure de que el chico está bien. Si no está demasiado metido, intentaré arreglar la situación. Lo único que me importa de los Primeros Hombres es que Brawly forma parte de ellos.

—No sé dónde está Brawly —dijo Xavier.

Se sujetó el brazo y Tina le ayudó a ponerse de pie. Dudo que pesara más que ella.

—Ya lo sé. Eso ya lo sé. Pero a lo mejor podrías ayudarme de otra manera.

—¿Cómo? —Xavier no tenía miedo, aunque yo le había quitado la pistola y había demostrado mi superioridad física.

En realidad, aquel chico me gustaba.

—En primer lugar —dije—, ¿qué estáis haciendo con las armas?

—¿Qué armas?

—Las armas que tiene la novia de Brawly en su casa. Armas como ésta. —Cogí la pistola del calibre cuarenta y cinco que había cogido de debajo de la cama de Bobbi Anne Terrell.

Ambos se mostraron impresionados por el tamaño y el peso del arma.

—¿Sacó eso de casa de Clarissa? —me preguntó Xavier.

—No, de casa de Bobbi Anne.

—¿Quién es Bobbi Anne?

Tuve con Xavier la misma conversación que había tenido con Tina. Ambos aseguraban que no conocían a ninguna chica blanca con la que fuese Brawly.

—Nosotros no obligamos a nadie a hacer nada, pero no se aprueba que uno del partido elija a una mujer blanca en lugar de una de nuestras hermanas negras —dijo Xavier—. No le diríamos que no puede estar con ella, pero si fuera así seguro que lo sabríamos.

—¿Y qué hay de Henry Strong? —pregunté.

Tina se puso tensa y Xavier preguntó:

—¿Qué pasa con él?

—¿Cuánto tiempo lleva aquí? La otra noche me pareció que acababa de llegar a Oakland para dar una charla en vuestra organización. Pero por lo que he oído desde entonces, parece que llevaba aquí al menos unas cuantas semanas.

—¿Por qué?

—Porque alguien le ha asesinado —dije—. Le han asesinado a menos de cinco manzanas de distancia de donde trabajaba Brawly hace unas semanas. Eso le une con Brawly, y me gustaría saber cómo.

—El señor Strong está relacionado con varias organizaciones políticas de la zona de la bahía —dijo Xavier—. Nos había estado observando desde hacía tiempo, y quería recaudar algo de dinero para nosotros. Ya ve, tenemos algunos partidarios en Berkeley a los que les gusta lo que hacemos. Lo más interesante que queremos hacer es inaugurar una escuela para niños desde primer curso hasta octavo. Queríamos comprar la vieja fábrica de pan Kleggman, en Alameda, pero necesitamos más dinero.

—¿Y Henry os lo iba a conseguir?

—Había ido viniendo durante los últimos meses y reuniéndose con algunos de los dirigentes de los Primeros Hombres —dijo Xavier.

—¿Y por qué conoció a Brawly? —le pregunté.

—Brawly dijo que él conocía a constructores y contratistas negros —apuntó Tina—. Cuando él llegó y le contamos que queríamos convertir la fábrica de pan en un colegio, nos empezó a hablar del novio de su madre y de las viviendas que estaba haciendo en Compton.

—¿Dijo que John os podía ayudar con lo del colegio?

—Al principio sólo presumía —dijo Tina—. Ya sabe, que él era contratista, y que podía reunir a un buen grupo de trabajadores negros. No le escuchábamos hasta que dijo que había una mujer negra que ayudaba a financiar la obra del

201

amigo de su madre. Cuando Henry se enteró de eso, empezó a hablar con Brawly.

—No me digas —musité yo.

—¿Cómo ha averiguado dónde vivíamos? —preguntó Xavier.

—Lakeland —dije—. Tenía tu foto, tu historial, todos tus datos, incluso los empastes que tienes en las muelas apuntados en un archivo.

Los amantes se cogieron de las manos.

—Contadme lo de ese colegio —dije—. Por todo lo que he oído y leído últimamente, yo pensaba que lo que intentabais era derribar el sistema, no educar a los niños.

—El que habla es su miedo —dijo Xavier, el peso mosca—. Si hubiese escuchado de verdad, si hubiese leído nuestro manifiesto, sabría que el colegio es nuestra prioridad. Queremos abrir un colegio, una casa pública, un centro comunitario, y un comedor para nuestros niños y nuestros ancianos.

Los ojos de Tina estaban clavados en el perfil flacucho de su novio. Me intrigaba ella... enamorada de dos hombres tan poderosos. Ella estaba en medio, en medio de todo aquello que amaba y tenía en gran estima.

Al cabo de un rato, ella se metió en la conversación. Dijo que las mujeres negras tenían que aprender a amar su propia belleza y a sus propios hombres.

—No podemos dejar que ellos nos dicten cómo vivir, cómo amar y cómo aprender —dijo—. Es nuestra responsabilidad, y si no tomamos las riendas nosotras mismas, nunca seremos auténticamente libres.

Me preguntaba a quién incluiría en ese «ellos». ¿Sería yo uno de los que reprimían a la raza negra?

29

*H*ablamos durante un buen rato. Xavier era un soñador, eso estaba claro. Vivía de las posibilidades que habían esbozado filósofos idealistas que se encontraban muy lejos de la primera línea de fuego y de los campos de batalla. Quería hospitales gratuitos, y colegios, y que no hubiese ninguna guerra. El Partido Revolucionario Urbano era el primer escalón de un plan global más amplio. Gente como el guapo Conrad y el idealista Brawly formaban parte de aquel plan, aunque quizá no comprendieran plenamente los objetivos.

Xavier era el portavoz y el visionario, pero Tina era, desde luego, la más lista de los dos.

—Si no hacemos algo —decía ella—, el mundo dejará a un lado a los negros. Seguiremos yendo en autobús cuando las demás personas vayan en cohetes a la luna.

Su argumento me recordó a Sam Houston hablando de mi automóvil traqueteante.

—Esa Bobbi Anne me dijo que Conrad y Brawly habían llevado las armas a su casa —dije yo—. ¿Creéis que ellos podrían ser tan distintos de vosotros que hubiesen planeado hacerlo con armas en lugar de colegios?

—Otra vez ese rollo de Bobbi Anne —se quejó Xavier—. Brawly no tiene más novia que Clarissa.

—Ni siquiera me deja que le dé un beso para despedirme —añadió Tina—. No hay ninguna otra chica en su mente.

—Una chica grandota —dije yo—. Con el pelo rubio tirando a pelirrojo y pecas en la nariz...

Xavier meneó la cabeza, pero Tina dijo:

—Podría ser la chica que iba rondando a Conrad. ¿Cómo dice que se llamaba?

—Sí. La amiga de Conrad —dijo Xavier—. Venía por aquí hace un par de meses. Bueno, más bien se quedaba sentada en el coche esperándole. No creo que él nos llegara a decir nunca su nombre.

—Yo sé dónde vive —dije.

Eran cerca de las cuatro de la madrugada.

La puerta principal del edificio estaba cerrada por la noche. Llamamos al timbre pensando que Conrad o Bobbi Anne podían abrir al secretario del Partido. Pero no hubo respuesta.

Abrí la puerta con mi truco de la carta y de nuevo subí por la escalera sin aliento. Intenté ocultar mi debilidad ante Xavier, pero no tenía que preocuparme por él. Estaba tan concentrado en las acrobacias de su mente que dudo de que se hubiese dado cuenta si yo me hubiese parado y apoyado las manos en las rodillas.

No hubo respuesta cuando llamamos a la puerta de Bobbi Anne.

Las armas habían desaparecido y los armarios estaban vacíos, pero ella no se había llevado la foto de sí misma con Brawly cuando ambos eran adolescentes.

—¿Es ésta la chica? —pregunté a los revolucionarios.

—Sí. Sí, es ella —dijo Xavier—. Pero es una foto muy antigua.

—¿Crees que es una coincidencia que esta chica sea la

novia de Conrad ahora y que yo viese una caja llena de armas debajo de su cama?

—Ahora no hay armas —dijo Tina.

—¿Así que si no las veis, no importan? —pregunté.

Por el rabillo del ojo me pareció ver que se movía el picaporte.

Y entonces se abrió la puerta.

Cuando vi girar el picaporte, una docena de ideas acudieron de golpe a mi mente. La primera era que se trataba de Anton/Conrad con Bobbie Anne y Brawly, todos armados hasta los dientes y preparados para acabar con nuestras vidas. Y entonces pensé en sacar mi pistola, pero no había tiempo. Por entonces, el primer policía uniformado había entrado ya en la habitación y yo me alegré de no haber intentado disparar a través de la puerta. Incluso me alegraba de que el Ratón no estuviese allí, porque ciertamente habría matado a aquel hombre y probablemente a todos sus acompañantes. Entonces recordé que el Ratón estaba muerto y que yo llevaba un arma oculta. Esta última idea acabó con toda mi voluntad de resistencia.

—¡Policía! —gritó el segundo poli que entró.

—¡Manos arriba! —dijo el cuarto.

Nos empujaron contra la pared, nos desarmaron, nos esposaron y nos arrastraron escaleras abajo.

—¿Qué significa todo esto? —preguntaba Xavier, intentando resistirse—. No tienen derecho... —empezó antes de que le dieran un golpe en la cabeza con una porra.

Christina Montes maldijo a aquellos policías con un lenguaje que yo no imaginaba que pudiera salir de su boca. Me obligaron a ponerme de rodillas. Me quedé quieto, porque sabía muy bien cuándo recoger velas.

Sostuvieron a Xavier entre dos policías y continuamos nuestro viaje hacia abajo.

A Tina la sacaron a rastras del edificio y la metieron en la parte trasera de un coche patrulla. A Xavier y a mí también nos hicieron entrar en el asiento trasero. Él, sin sentido por segunda vez en una sola noche e intentando comprender todas las fuerzas que estaban en juego en aquellos momentos.

Los policías no hablaban demasiado. Xavier era completamente dócil, y yo hacía lo que me decían.

Nos separaron en la comisaría del centro. A mí me llevaron a un despacho y me esposaron a una pesada silla de metal.

A través de las cortinas de listones vi a varios policías de uniforme y detectives de paisano sentados en sus escritorios, tomando café y hablando por teléfono. Nadie me miraba. A nadie le importaba si tenía que ir al baño o no. Veía un reloj a través de las rendijas. Habían pasado dos horas. En alguna parte debía de haber una ventana, porque podía notar que el sol iba saliendo.

Habría pagado una multa de quinientos dólares sólo por un cigarrillo.

Al fin entró un hombre achaparrado. Llevaba un traje color arándano con una placa en la que se leía: «TTE. J. PITALE». No sabía cómo pronunciar aquel nombre, así que no lo intenté. No le pedí ir al lavabo, ni un cigarrillo, ni le pregunté el motivo por el cual estaba encadenado allí sin haberse presentado cargo alguno contra mí.

—Rawlins... —dijo el hombrecillo del traje feo.

—Teniente... —repliqué.

—Posesión de un arma ilegal —dijo, como si yo le hubiese preguntado qué cargos se me imputaban—. Allanamiento de morada. Resistencia a la autoridad. Agresión a un agente...

Supongo que fruncí el ceño al oír la última acusación, porque Pitale dijo:

—El agente Janus se ha hecho un esguince en el pulgar al tratar de dominar a su compañero con la porra.

Dejé escapar una risita.

—¿Cree usted que esto es divertido, Rawlins?

—No, señor —dije, sencillamente.

—Entonces, ¿de qué se ríe?

—Acusar a un hombre de agresión cuando uno se rompe un dedo golpeándole... —dije—. Usaré esta historia para enseñar a mis hijos a sobrevivir.

—¿Tiene usted hijos?

No contesté.

—Porque no creo que sus hijos vean a su padre durante mucho tiempo.

Yo suspiraba por un pitillo.

—El oficial Janus todavía puede usar la porra —me advirtió Pitale.

—¿Qué quiere de mí, teniente?

—¿Por qué entró en ese apartamento?

—La puerta estaba abierta —dije.

—¿Qué iba a hacer con el arma?

—Encontré el cuarenta y cinco en la mesa del salón. Me preocupaba mucho que estuviera allí al alcance de cualquiera, de modo que la cogí. Cuando oí que entraba alguien por la puerta me la guardé en los pantalones, porque no sabía qué esperar. Lo que pensaba hacer era llamar a la policía y decirles que vinieran e investigaran dónde estaba Bobbie Anne y por qué había un arma allí. —Dos horas encadenado a una silla le dan a uno la oportunidad de pensar mucho.

Esta vez fue Pitale el que sonrió. Estaba acostumbrado a las historias urdidas por los malhechores.

«Vi las llamas desde la ventana, oficial. Y subí por la escalera de incendios para ver si tenía que salvar a alguien. Y... bueno... ya sabe, cuando vi ese televisor nuevo tan bonito, pensé que el propietario seguramente querría que yo lo salvara...»

La historia que yo había tramado era consistente. No creía que ningún juez tuviera que llegar a oírla nunca, pero siempre es mejor asegurarse por si acaso.

207

—¿Y qué hacía usted con miembros de una organización comunista? —me preguntó.

—¿Comunista?

—Ya me ha oído.

—Sí —afirmé—. Ha dicho comunista. Es la primera vez que oigo eso de comunista. Xavier y Christina son amigos de mi hijo adoptivo. No sabía que eran rusos.

—Puede usted morir en esta habitación, Rawlins —me dijo.

La amenaza no me preocupó demasiado, pero cuando sacó un Pall Mall me puse al borde de las lágrimas.

—¿Puedo hacer mi llamada de rigor, teniente?

Pitale accedió a marcar el número que yo le dijese, y sujetó el auricular junto a mi oído.

Tenía dos cosas a mi favor: la primera es que tengo muy buena memoria, y la segunda que estaba bastante seguro de que la brigada D estaba de servicio las veinticuatro horas. Llamé al número de Vincent Knorr y al responderme un hombre, dije:

—Soy Easy Rawlins, y llamo a Knorr. Dígale que yo mismo, Xavier Bodan y Christina Montes hemos sido arrestados y que nos tienen en la comisaría central. Y dígale que a Lakeland no le gustaría que yo me pudriese aquí. Pudriese. —Repetí la palabra, porque el policía de guardia aquella madrugada parecía no comprenderla bien.

—¿Knorr es su abogado? —me preguntó Pitale cuando me quitó el receptor del oído.

—Digámoslo así —dije.

—Es muy curioso que un hombre inocente tenga un abogado dispuesto a saltar en su defensa a cualquier hora del día o de la noche.

—¿Ha sido usted blanco toda su vida, teniente? —le pregunté.

—¿Qué demonios quiere decir con eso?

—Quiero decir que la señorita Escarlata no necesita ningún abogado. Pero que Mammy debe disponer de uno. Sabría a qué me refiero si alguna vez en su vida hubiese estado encadenado a esta silla de aquí.

Me pareció ver un destello de comprensión en el rostro de Pitale. Creo que me entendió, cosa que no era necesariamente buena. La única ventaja que siempre hemos tenido los negros sobre los blancos es que estos nunca han comprendido de verdad nuestras motivaciones. Pero aunque un hombre te comprenda, eso no significa que sea amigo tuyo.

—No importa lo que yo sienta o lo que sepa —dijo Pitale—. Lo que importa es lo que estaba haciendo usted en ese apartamento y de dónde ha salido el arma.

—Ya he respondido a esa pregunta —dije—. Y no quiero decir nada más hasta que venga mi abogado.

—Para entonces no será capaz de hablar... —respondió Pitale.

No hice la pregunta, pero creo que mis ojos traicionaron mi miedo.

—... porque le faltarán todos los dientes. —Pitale acabó la frase con una sonrisita.

Me preguntaba cuándo llamarían al oficial Janus para que el cargo por agresión fuese doble cuando sonó el teléfono.

Era un teléfono grandote y negro con cinco o seis luces en la parte posterior. Pitale volvió la cabeza esperando el siguiente timbrazo. Cuando éste llegó, una de las luces centrales parpadeó. El teniente refunfuñó y cogió el receptor.

—¿Sí? —dijo, y luego se quedó callado. Mientras escuchaba, su rostro se iba ablandando, hasta volverse casi sumiso—. Pero capitán, les hemos cogido con las manos en la masa en B y E. Pero... Sí, señor. Inmediatamente, señor.

Colgó el teléfono y me miró.

—¿A quién acaba de llamar?

—A mi agente de seguros —dije.

—¿Qué mierda está pasando aquí? ¿En qué están metidos?

—¿Puedo irme, agente? —pregunté.

No pude evitar sonreír.

30

—Olympic con South Flower —dije en la cabina telefónica—. ¿Puedes venir a recogerme?

—Claro, cariño —dijo Bonnie—. Estaré ahí en cuanto pueda.

—Y no te olvides de traerme unos cigarrillos del armario —le pedí.

Esperé en un banco de la parada de autobús hasta que Bonnie pudo pasar a recogerme. Allí sentado, notando el helado rocío matinal, pensé en lo solo que había estado durante la mayor parte de mi vida. El Ratón había sido mi amigo más íntimo, pero estaba loco. Los niños y yo teníamos unos lazos de unión muy profundos, pero ellos eran niños todavía, con necesidades y deseos que les impedían comprender el mundo adulto.

Pero Bonnie era en todo mi igual. Ella se enfrentaba a la vida cara a cara, y aunque la conocía sólo desde hacía unos meses, sabía que podía confiar en ella, por muy mal que fuesen las cosas.

Ella apareció y detuvo el coche junto a la acera, y yo subí enseguida a su pequeño Rambler azul. Tenía que ir con las rodillas apoyadas en el salpicadero y sólo parecía tener espacio para un brazo, pero no me importó. Bonnie me dio un beso profundo y tierno, y luego arrancó sin saber ni preocuparse por lo que estaba pasando.

Lo primero que hice yo fue abrir el paquete de Chesterfield y encender uno. Qué bien. Seis meses después recordaría aquella primera calada con hondo placer.

—Anoche me detuvieron —dije al cabo de unas manzanas.

—¿Tendrás que volver para el juicio?

—No. No tenían nada contra mí y me han soltado.

—¿Adónde vamos?

—Tengo el coche aparcado en Grand —dije—. Siento todo esto.

—¿Valen la pena todos los riesgos que estás corriendo por ese chico? —me preguntó ella.

—Pues no estoy seguro —dije—. Pero no lo hago por él.

—Entonces ¿por quién?

—En parte por John. Ya sabes que somos amigos desde hace más de treinta años. Algunas veces tuve que ir a John y pedirle que me escondiera. Él nunca me preguntó por qué, y nunca me dijo que no.

211

—¿Y cuál es la otra parte?

—Tenías razón cuando decías que había estado triste. Sé que tengo que salir y averiguar qué pasó después de que Etta Mae sacara a Raymond del hospital. Pero me resulta muy difícil hacer eso. Mientras voy buscando a Brawly de alguna manera me distraigo con su problema, me pierdo, y quizá cuando todo acabe pueda recuperar al antiguo Easy y sea capaz de averiguar la verdad.

Bonnie no dijo nada. Al cabo de un rato llegamos al edificio de apartamentos de Bobbi Anne.

La volví a besar.

—Llama al trabajo y di que estoy enfermo —dije, abriendo la puerta.

—¿Easy?

—¿Sí?

—Has dicho que te perdías a ti mismo.

—Sí...

—No es verdad —dijo—. Lo que deberías hacer es encontrarte a ti mismo, no a ese chico.

Fui directamente adonde John. Sabía que él estaría trabajando, pero eso era precisamente lo que quería.

Alva abrió la puerta con la esperanza reflejada en los ojos. Pero cuando me vio, la esperanza se convirtió en miedo.

—¿Qué ocurre? —me preguntó.

—¿Puedo entrar?

Cogí el taburete en el que me había sentado unos días antes mientras Alva ponía agua a calentar para el té.

Después de recobrar la compostura ante los fogones, vino a sentarse frente a mí.

—¿Qué ocurre, señor Rawlins?

—Tenemos que hablar claro, Alva.

—¿Está herido Brawly?

—No que yo sepa, pero estoy bastante convencido de que está metido en problemas. Tiene problemas —repetí, para obtener mayor efecto—, y sólo diciéndome la verdad me ayudará a ayudarle.

—¿Qué tipo de problemas?

—El tipo de problemas que proceden de ser un joven exaltado que va con mujeres alocadas y armas por ahí.

—Ah.

Fue la breve exclamación que precedió a un gran derrumbamiento. No quería herirla. Desde el principio mi trabajo había consistido en apartarla de un dolor insoportable. Pero a veces hay que sentir dolor antes de mejorar. Esperaba que aquélla fuese una de esas ocasiones para Alva Torres.

—¿Por qué está Brawly tan enfadado con usted? —le pregunté.

—Cree que no le quiero —susurró—. Cree que le abandoné cuando era pequeño.

—¿Por qué piensa eso?

—Porque le envié a vivir con su padre. Era muy testarudo, y también muy fuerte físicamente. Si le decía que se fuera a la cama o que volviera a casa, me empujaba a un lado, sencillamente me daba un empujón, como si yo fuera uno de los niños con los que jugaba. Y entonces... —Ella dejó su frase sin concluir y miró a algún lugar que estaba más allá de mí.

—¿Sí? ¿Y entonces qué?

—Su tío murió en un intento de atraco a un banco.

Alva se derrumbó en la silla. Se echó a llorar. Quería tocarla, consolarla, pero no lo hice. El dolor que sentía estaba más allá de mi alcance.

—¿Cuándo fue eso?

—En mil novecientos cincuenta y cuatro —dijo ella—. Era el Banco Americano, en Alvarado. Fue con una media en la cabeza y le dispararon en la calle. Llevaba cuatro mil doscientos dólares en el bolsillo.

—¿Estaban muy unidos él y Brawly?

—Sí, lo estaban. Cada vez que venía Leonard, Brawly se portaba bien. Brawly y yo queríamos mucho a Leonard.

—¿Y qué ocurrió cuando él murió? —pregunté.

—La policía vino una y otra vez preguntando qué sabía yo de Leonard y su socio.

—¿Qué le ocurrió a su socio?

—Huyó con la mayor parte del dinero. Y la policía pensaba que yo sabía algo de eso. Siguieron viniendo hasta que yo no pude soportarlo y tuvieron que llevarme al hospital. —Alva juntó las manos y las apretó.

—¿Prefirió ponerse así de enferma antes que entregar a Aldridge?

—No supe hasta mucho después que era Aldridge —dijo—. No habría enviado nunca a Brawly a vivir con él de haberlo sabido.

213

—¿Cómo lo averiguó?

—Aldridge se lo dijo a Brawly y se pelearon.

—¿Cuando Brawly tenía catorce años?

Alva asintió.

—Me lo dijo cuando vino a vivir aquí.

—¿No se lo dijo cuando estaba en el hospital?

—Creo que no. Pero no lo recuerdo todo —dijo ella, lastimosamente—. Me daban drogas. Brawly decía que vino a verme y que yo le dije que no era su madre y que debía irse. Pero yo no me acuerdo de eso. Entonces él se fue a vivir con Isolda.

El odio reemplazó al dolor en la voz de Alva.

—¿Y qué ocurrió entonces?

—Ella le dio la vuelta —dijo Alva—. Le hizo cosas feas y le volvió contra mí.

—¿Por qué hizo tal cosa?

—Porque es mala, por eso.

No parecía que fuese a sacar mucho más por aquel camino, de modo que cambié de táctica.

—¿Cuándo se fue Brawly de casa de Isolda?

—Cuando tenía dieciséis años se metió en problemas con la policía. Dijeron que había robado una radio de una tienda y le llevaron a juicio. Si hubiese sido un chico blanco, le habrían asustado un poco y le habrían mandado a casa. Pero como era negro, le llevaron a juicio y le condenaron. Tuvo que vivir en una residencia para delincuentes e informar a su centro de detención juvenil hasta que cumplió los diecinueve. Estuvo en libertad condicional hasta los veintiuno. Entonces le dije que podía venir aquí y que le ayudaría a sacarse el título de graduado en el instituto, y a ir a la universidad. Cuando abandonó los estudios, John dijo que podíamos alquilarle una habitación en este mismo edificio y darle trabajo.

—¿Robó la radio en realidad? —pregunté.

—Sí. Pero fue sólo un error de crío. Brawly no es ningún ladrón. Aunque se enfada con facilidad. Pero al fin y al cabo es normal. Le arrebataron su niñez.

—¿Por qué se separaron Aldridge y usted? —le pregunté.

—¿Qué tiene que ver con todo esto?

—Bueno —dije—, ése es el motivo por el que Brawly perdió su niñez, ¿no? Quizá sea la clave para que pueda hablar con él cuando finalmente le encuentre.

Alva me miró fijamente entonces. Antes de aquel momento, siempre había pensado que un hombre o una mujer que tenían una crisis nerviosa eran más débiles que los demás. Pero yo veía en aquellos ojos una fuerza capaz de soportar más dolor del que yo podía imaginar.

—Es la misma historia de siempre —su voz vaciló—, lo mismo de siempre. No podía apartar sus manos de otras chicas. Finalmente, encontró a alguien que le gustaba tanto que ni siquiera venía a casa la mitad del tiempo. Dejé sus cosas delante de la puerta una noche, y por la mañana habían desaparecido.

Muchos pensamientos cruzaron mi mente, pero me los guardé para mí.

—Puede usted salvar a mi hijo, señor Rawlins.

Extendí las manos y cogí las suyas.

—Si es posible, se lo traeré de vuelta aquí, Alva —dije—. Aunque tenga que atarlo de pies y manos y ponerlo encima de mi coche.

Ella soltó una risita y luego sonrió.

—Gracias —dijo—. Siento haberle juzgado mal, señor Rawlins.

Sonreí y le di unas palmaditas en las manos. Luego asentí, aceptando sus disculpas, pero sabía que en realidad ella no me había juzgado mal. Me había visto tal como yo era en realidad. El único error que había cometido era pensar que nunca necesitaría el tipo de ayuda que yo podía proporcionarle.

215

$\mathcal{M}$e dejé caer por la oficina del coronel Lakeland más o menos a las diez de la mañana.

A la señorita Pfennig no le hizo ninguna gracia, pero me envió adonde Mona, a la que hacía menos gracia si cabe mi presencia. Sin embargo, Mona llamó a su jefe y él me hizo entrar de inmediato.

El detective Knorr estaba sentado a la mesa, en la misma silla que yo había elegido para evitar ser el centro de atención.

—Sí, señor —dije, sin que me preguntaran nada.

Tomé asiento, sin que me invitaran tampoco.

Knorr me dirigió una sonrisa asesina. Lakeland se mostró más honrado y sencillamente frunció el ceño.

—¿Qué tiene usted para nosotros? —me preguntó Lakeland.

—No demasiado —dije—. Nada consistente.

—¿Cómo le han detenido? —me preguntó Knorr.

—Tal y como les he contado —dije—. Jasper, Christina y yo habíamos ido a ver a Bobbi Anne, pero ella había salido y la puerta estaba abierta. Últimamente he tenido la vejiga un poco floja y...

—Deje esa mierda, Rawlins —dijo Lakeland. Sacó una pistola del calibre cuarenta y cinco que me era muy familiar de alguna parte de debajo de su escritorio—. ¿Qué demonios es esto?

—Lo encontré en la mesa del salón de esa mujer, Bobbi Anne —dije.

—¿Eso es lo que le contó a Petal? —dijo.

Sabía que se estaba refiriendo a Pitale. Quizá fuera esa la forma de pronunciar el nombre.

—No es ningún cuento —dije—. Estaba allí, a plena vista.

—¿Qué le parecería pasar treinta y cinco años en una prisión federal, señor Rawlins? —preguntó Lakeland.

—No, gracias.

—Porque esta, esta pistola en concreto, fue robada de unas instalaciones federales en Memphis, Tennessee, y ésa es la condena por el robo.

—Creo que mi abuelo paterno era de Tennessee —dije—. Se cuenta que mató a un hombre blanco y tuvo que irse a Louisiana por motivos de salud.

Los ojos claros de Knorr me miraron como un niño miraría el ala de una mosca que estuviera a punto de arrancar.

—Estaba en una mesita —dije—. La cogí, me la metí en el bolsillo y entonces entró la policía. Por cierto, ¿por qué fueron allí?

—Petal trabaja para el capitán Lorne. También vigilan a los miembros de los Primeros Hombres —dijo Lakeland.

—¿Estaban acampados fuera del apartamento de Bobbi Anne? —pregunté.

—Al parecer, así fue —dijo Lakeland—. Cuando vieron a Bodan y a Montes entrar, pensaron que podían cogerlos con algo entre manos y desarticular su organización. Pero la pregunta más importante es: ¿qué estaban haciendo ustedes allí?

—Averigüé que Bobbi Anne era amiga de Brawly en el instituto en Riverside, de modo que fui allí con Xavier y Tina para hablar con ella.

—¿De qué? —preguntó Lakeland. Tanto él como Knorr se inclinaron hacia delante, casi imperceptiblemente, para oír con mayor claridad mis mentiras.

—Estaban asustados —dije yo.

—¿Asustados de qué? —inquirió Knorr.

—De quienquiera que matase a Strong. Tina se había estado trasladando de un lugar a otro, y Xavier se escondía detrás de la puerta con una pistola en la mano.

—¿Y qué tenía que ver todo eso con Bobbi Anne? —preguntó Knorr.

—Les dije que el padre de Brawly, Aldridge Brown, también había sido asesinado, y que yo pensaba que su muerte tenía algo que ver con la de Strong, y que Bobbi Anne sabía algo, a causa de su conexión con Brawly.

—¿Y qué tenía que ver ella con la muerte de Strong? —preguntó Lakeland.

—No tengo ni idea —dije—. Como ya le he dicho una docena de veces, lo único que me interesa es Brawly. Tina y Xavier conocían a Bobbi Anne, de modo que yo pensé que podían hacer que me llevara hasta Brawly.

—Pero ¿qué tiene que ver todo esto con los tiroteos? —preguntó Knorr.

—¿No acabo de contestar a esta misma pregunta?

—¿Así que usted no sabe nada de la muerte de Strong? —preguntó Lakeland—. Les mintió a ellos para que le llevaran a ver a Brawly.

—Sí, les mentí —dije—. Pero eso no quiere decir que no sepa nada.

Esperé, queriendo que pensaran que me estaban sacando la información en lugar de dársela toda digerida.

—¿Qué? —preguntó Lakeland.

—Lo mismo que sabrían ustedes si hubiesen estado escuchando —dije—. Tina tiene un miedo cerval, y también Jasper. Los dos querían a Strong y creen que fue asesinado por el gobierno, la policía o ambos. Seguramente no tuvieron nada que ver con ello. Lo único que quieren es construir colegios para los niños negros.

—En los colegios es donde enseñan a los niños a odiar —dijo Knorr.

Lakeland volvió la cabeza hacia Knorr como si sus palabras fuesen una alarma contra incendios. Luego se volvió hacia mí.

—¿Es todo lo que sabe?

—Hasta ahora.

—Así que entra usted aquí y nos dice que no cree que esta gente esté metida en ningún crimen —anunció Lakeland—. Entonces, ¿quién le mató?

—Alguien que estaba asustado, algún estúpido —dije—. Alguien a quien él conocía, y a quien podía hacer daño. Siempre pasa lo mismo, ¿no es así, coronel?

Los representantes de la ley se sentían perplejos al ver que yo usaba su mismo lenguaje.

—¿Va usted a seguir con esto? —me preguntó Lakeland.

—Si lo que quiere decir es si voy a seguir buscando a Brawly e intentando que vuelva a casa con su madre... la respuesta es sí.

—Le hemos sacado de la cárcel —dijo el coronel.

—Y ya les he contado todo lo que sé de Xavier y Tina.

Lakeland cogió la pistola y movió la mano.

—¿Era ésta la única arma que había en el apartamento?

—Sí señor.

—¿Necesita saber algo más de nosotros?

—Me gustaría tener una dirección más —dije.

—¿Cuál?

—¿Dónde vivía Strong cuando andaba por aquí? —Había oído la dirección que habían dado en las noticias. No era la misma que había obtenido de Tina.

—En el hotel Colorado —dijo Knorr—. En Cherry. Pero no tiene que preocuparse por ir allí. Ya lo hemos registrado.

—¿Le importa a usted para algo el sitio donde él vivía? —preguntó Lakeland.

—No. Quiero decir que pensaba ir y preguntar si Brawly Brown había aparecido por allí. Ya saben que él es mi objetivo principal.

—Pensaba que era usted conserje —dijo Lakeland—. Pero más bien parece un detective.

—¿Sabe usted coser, oficial? —le pregunté, como respuesta.

—¿Cómo?

—No me refiero a dar puntadas —dije—. Quiero decir cortar una prenda entera y coser las costuras de una falda o unos pantalones.

—No.

—¿Sabe usted cocinar un pastel, o colocar el suelo de una habitación? —continué—. ¿O poner ladrillos, o curtir el cuero de un animal muerto?

—¿Adónde quiere ir a parar? —dijo el coronel.

—Yo sé hacer todas esas cosas —dije—. Y puedo decirle cuándo un hombre va a volverse loco, o cuándo un matón es un cobarde o un fanfarrón. Puedo echar una mirada a una habitación y decirle si debe preocuparle que le roben. Todo eso lo aprendí por ser pobre y negro en este país que usted está tan orgulloso de salvar de los coreanos y vietnamitas. En el lugar de donde yo procedo, no hay detectives privados negros. Si un hombre necesita que le echen una mano, acude a alguien que lo haga como trabajo extra. Yo soy ese hombre, coronel. Por eso usted envió al detective Knorr a mi casa. Por eso habla conmigo cuando vengo a verle. Lo que hago, lo hago porque me sale de dentro. Yo estudié en las calles y los callejones. La mayoría de los polis darían cualquier cosa por comprender lo que yo sé. De modo que no se obsesione por la forma en que llegué aquí o cómo explicar lo que hago. Escúcheme y a lo mejor aprende algo. —Cerré la boca entonces, antes de decir algo más de lo que yo había aprendido en un mundo que ya había sobrepasado a aquellos policías.

Ambos me miraban. Yo me di cuenta de que cualquier posibilidad que hubiese tenido de que me subestimasen había pasado también.

—Entonces, ¿quién cree usted que mató a Strong? —me preguntó Lakeland.

—No sé nada de eso, agente —contesté—. Podría ser alguien de los Primeros Hombres, pero esos dos chicos seguro que no.

32

—*E*ntonces nuestros clientes eran gángsters judíos y chicas blancas que querían ser estrellas —me contaba Melvin Royale—. Ahora tenemos una clientela muy mezclada, con mucho menos pedigrí.

Melvin era un negro grandote y ampuloso, justo como me gustan a mí. Había trabajado como botones en el hotel y residencia Colorado durante veintisiete años. Doce de aquellos años como jefe de botones.

Conocí a Melvin después de preguntar en el mostrador principal si tenían trabajo como portero de noche o botones. Todos los hoteles necesitan personas para el turno de noche, de modo que el recepcionista pelirrojo me envió a la oficina del sótano, a ver al señor Royale.

La zona de recepción del hotel era pequeña pero elegante a su manera, algo raída pero cómoda. Había dos helechos en macetas a ambos lados de la escalera alfombrada que conducía a las habitaciones. La barandilla era de caoba, con un remate de latón brillante en el primer rellano.

Pero las escaleras que bajaban al sótano estaban mohosas y húmedas. La oficina de Melvin era apenas lo bastante grande para contenerle a él y la mesita auxiliar que orgullosamente llamaba su escritorio. La silla en la que me hizo sentar tenía dos patas negras sobresaliendo fuera de la puerta.

—¿Ha trabajado alguna vez como botones? —me preguntó Melvin.

—Sí, señor —afirmé—. En el DuMont de Saint Louis, y en el Mark Hopkins de San Francisco.

—Viaja usted mucho, ¿eh?

—Procedo de Mississippi —dije—. Al principio fui a Chicago, pero ya sabe que el viento es frío de cojones allá arriba. Saint Louis estaba mejor, pero seguía habiendo nieve tres meses enteros, y me gastaba el sueldo entero en carbón. En San Francisco no nieva nunca, pero aun así tienes que llevar un jersey grueso la mitad del tiempo en agosto. L.A. tiene un tiempo mucho mejor y se ve gente de color casi en todas partes adonde uno va.

—A lo mejor no hay ningún cartel que nos prohíba pasar, pero será mejor que se dé cuenta de que hay lugares adonde es mejor no ir.

—Ah, sí, claro —afirmé yo—. Ya lo sé. No soy ningún idiota.

Melvin se echó a reír. Nos llevábamos muy bien. Como viejos amigos.

—Es usted un poco alto para ser botones, ¿no, Leonard? —me preguntó, llamándome por el nombre que le había dado.

—He trabajado muy duro en mi vida, señor Royale —repliqué—. Levantando piedras muy pesadas, y sacos de algodón de cuarenta kilos. Una maleta o dos bastan para mí ahora.

De nuevo Melvin se echó a reír.

—Ésa es la actitud adecuada —dijo—. No hay motivo para romperse los cuernos por esa gente blanca. Mierda. Te haces daño en la espalda o te rompes una pierna y te echan a un lado así. —Chasqueó los dedos con un sonido intenso—. No les importa. Yo tenía a un chico que estuvo trabajando aquí conmigo más de veinte años, se llamaba Gerald Hardy. Gerry hacía todo lo que le pedía esa gente. Una vez recuerdo que trabajó treinta y dos días seguidos, sin parar. ¡Trein-

223

ta y dos días! Y la mitad de ellos, con turno doble. Estuvo trabajando así durante años. Siempre contento, y deseoso de hacer cosas que no eran legales, y pasando por alto cosas que eran totalmente equivocadas.

»Un día, Gerry cogió la gripe. Llamó y dijo que estaba enfermo y que no podía salir de la cama. El jefe, Q. Lawson, dijo que muy bien, que se lo tomara con calma. Pero al día siguiente ya estaba al teléfono gritando que dónde estaba Gerry. Tenían una recepción aquella noche y confiaban en las horas extra de Gerry. Bueno, para no alargar la historia, pasaron cuatro días y Gerry fue despedido. Le presté algo de dinero para el alquiler de dos meses, pero como comprenderá, no podía hacer más.

»Gerry había muerto al cabo de cinco meses. Le echaron de su casa y cogió alguna enfermedad. Todas las doncellas, porteros, botones y camareros de este hotel fueron a su funeral, pero ¿cree usted que Q. Lawson envió aunque fuesen unas flores a su tumba? No señor. Así que no pienso joderme la espalda ni perjudicar mi salud por él ni por ningún otro hombre blanco.

—Pero usted tiene huéspedes de color aquí ahora mismo, ¿no?

—Un par —dijo Melvin—. Pero son casos especiales. Algún bailarín de claqué de las películas de Hollywood, o algún delegado de una nación extranjera. A veces, cuando un blanco rico se aloja en algún hotel de Beverly Hills, envían lo que llaman su «personal no esencial» a alojarse aquí. Quiero decir que las cosas están cambiando, de eso no hay duda. Marion Anderson o James Brown pueden alojarse donde ellos quieran. Pero a los negros normales y corrientes todavía les dan con la puerta en las narices.

—Pero ¿no vivía aquí el hombre que mataron en Compton? —le pregunté—. Por eso he venido aquí a pedir trabajo. Cuando he leído que es un bonito hotel con huéspedes de color, he pensado para mí: Leonard, ése sería un buen lugar para trabajar.

—No, hermano —dijo Melvin, con un tono amistoso pero condescendiente. Cuando inclinó su silla hacia atrás, su rostro brillante resplandeció bajo la luz eléctrica. Su piel tenía el color y el brillo de la madera resinosa—. No, hermano. Aquí sólo se alojan algunos negros especiales. Y es menos probable que se les escape una palabra amable o una moneda extra que a los huéspedes blancos.

—Entonces ese hombre... ese...

—Henry Strong.

—Sí, ése era su nombre. Henry Strong. ¿Era un actor de cine o algo así?

Melvin arrugó sus grandes labios marrones y frunció el ceño, aunque ligeramente. Yo estaba un pelo por encima de la raya, nada más. No bastaba para encontrarme fuera de lugar. Él seguía pensando que yo no era más que Leonard Lee, aspirante a botones de un hotel en el que a veces se alojaban negros famosos.

—No —dijo Melvin Royale—. Ése era una especie de gángster que se había convertido en soplón. Quiero decir que en los periódicos decían que era un político comunista o algo así, y que trabajaba con un grupo de manifestantes negros. Pero las únicas personas que vinieron aquí a verle eran hombres blancos con trajes baratos y prostitutas blancas.

—¿Sí? —dije, abriendo mucho los ojos como si la idea fuera demasiado extraña para comprenderla.

—Ajá. Sólo gente blanca. Ese hombre pagaba el alojamiento... en efectivo.

—¿Y por qué ha dicho que era un soplón? —le pregunté.

—Porque los hombres que le trajeron aquí llevaban insignias, y dijeron que querían mantener a Strong oculto.

Yo lancé un silbido y Melvin sonrió ante mi ingenuidad pueblerina.

225

—Demonios —exclamé—. Un mes de alojamiento en un lugar tan bonito como éste debe de costar mucho dinero.

—¿Un mes? —dijo Melvin—. Henry Strong llevaba aquí más de un año... yendo y viniendo.

—Ah —exclamé yo, pensando en Alva y en la cantidad de información que podía contener una sola palabra.

Rellené el formulario de solicitud que me entregó Melvin. Anoté un número de la Seguridad Social, una dirección, un número de teléfono, tres referencias, un historial laboral que se remontaba a siete años atrás. Todo falso. Le dije que volvería a las once aquella misma noche, dispuesto a trabajar. Dije que lo único que necesitaba era un gorro rojo del número siete y tres cuartos. Le dije todo aquello y me fui.

El edificio de pisos donde Strong sedujo a Christina estaba en la calle 112, a cuatro manzanas de Central. Era un edificio de madera, con acabados de yeso y pintado de forma que simulaba unos muros de ladrillo. El apartamento de Henry daba atrás, y su puerta estaba enfrente de un pequeño caminito de cemento medio ensombrecido por unos arbustos agrestes. No había ningún lugar donde esconderse en torno a aquella puerta. Estaba seguro de que había alquilado aquel lugar sólo por ese motivo.

La cerradura era demasiado sofisticada para abrirla con una carta, pero la puerta era tan barata que mi hombro de cuarenta y cuatro años bastó para romperla.

La habitación parecía tener forma ovalada. Creo que se debía a un fallo del diseño arquitectónico. Había una cama y una mesita baja, una mecedora y un fregadero. Ninguno de los muebles pegaba entre sí, y una fina capa de polvo lo cubría todo. El hombre tenía tres trajes buenos en el armario y seis pares de zapatos. Un sombrero Stetson negro y marrón colgaba de un clavo en la pared, y en el suelo se encontraba una caja de puros habanos junto a un vaso que en tiempos contuvo bourbon. También había una pequeña caja de metal con una cruz roja pintada, debajo de la cama. En el interior estaba la botella de bourbon a medias, un paquete con tres condones (faltaba uno) y una navaja de afeitar.

No había nada en ninguno de los bolsillos, ni tampoco debajo de la cama. Tampoco había libros ni papeles, ni siquiera un cajón donde se pudiera haber escondido alguna nota. Registré todo aquello en menos de diez minutos. Y entonces, no sé por qué motivo, volví a la cama. Estaba bien hecha, como el catre de un soldado. La sábana bajera bien ajustada al colchón, la encimera y la manta dobladas por debajo de la almohada, de modo que se veían claramente las dos capas de ropa de cama.

Pasé la mano por la manta bien colocada, de arriba abajo. Había algo entre las sábanas y el colchón.

Quité la manta y no noté nada más que la sábana encimera. Quité ésta y no apareció nada más que la blancura inmaculada de la sábana bajera. Pero debajo de ésta encontré algo que hubiera sido la mejor ayuda para el sueño que pudiese desear cualquier pobre: hileras de billetes de veinte dólares bien colocados debajo de la sábana. Debajo de los billetes de veinte había otra capa de billetes de cincuenta y de cien. Cuando acabé de contar, resultó que en total había algo menos de seis mil dólares.

Debajo del dinero encontré un sobre y una libretita muy fina. El sobre contenía dos billetes para el barco de la Royal Northern que llevaba a Jamaica.

Los billetes estaban a nombre del señor y la señora Tourbut, y la fecha de salida era el viernes por la tarde. Aquel nombre no me decía nada. La libretita sólo contenía una anotación garabateada en una de las páginas centrales.

«Sábado, a. m. 6:15, 6:45.»

Aquella hora tampoco significaba nada para mí, pero el día me recordó algo que había dicho Conrad mientras le golpeaban. El dinero era bonito. Tenía su propia matemática especial. Podía ser el dinero que Strong estaba recaudando para el Partido Revolucionario Urbano y otras organizaciones revolucionarias. Pero también podían ser los ahorros del señor y la señora Tourbut... proporcionados por el hombre que había estado pagando su alquiler.

Me preguntaba si Tina sabría que tenía aquel dinero debajo del culo cuando Henry le tocaba la nuca.

Formé dos grandes rulos con el dinero y me los metí en el bolsillo de la cazadora. Cogí también los billetes y la nota. Luego me fui en mi coche color esmeralda y me dirigí hacia un lugar que la mayoría de la gente negra no conocía en 1964.

228

33

*D*e camino hacia Laurel Canyon pensé en el dinero que tenía ahora debajo de la alfombrilla de mi maletero. Probablemente procedía de los hombres blancos que pagaban también el alojamiento de Strong en metálico. A mí me olía a soborno de la policía. Podía ser que Strong quisiese donar aquel dinero a Xavier para fundar su bonito nuevo mundo... pero lo dudaba.

Yo ya había rechazado dinero de la policía, pero aquello era distinto. Aquel dinero no me lo habían dado a mí. Lo habían perdido apostando por un soplón. Decidí que esperaría a ver si encontraba a los herederos de Strong. Si no era así, entonces serviría para la matrícula de la universidad de Feather, y lo metería en un bote de pintura forrado de papel de plata escondido en el garaje.

Mofass y Jewelle vivían en un camino de tierra que se desviaba desde una carretera secundaria de la principal del cañón. Aquella pequeña carretera probablemente tendría nombre, pero yo nunca lo supe. A Jewelle le gustaba ser muy discreta, porque aunque apenas había salido de la niñez, se había hecho unos enemigos muy peligrosos. Había miembros de su propia familia que la odiaban por haber liberado a su novio, Mofass, mucho mayor que ella, de su control.

Jewelle había cogido las precarias inversiones de Mofass en propiedades inmobiliarias y las había convertido en algo parecido a un imperio. A través de la empresa inmobiliaria de Mofass ella controlaba y dirigía propiedades en todo Watts, incluyendo las dos pequeñas viviendas para seis familias que yo poseía. Había un grupo de hombres de negocios blancos, el sindicato Fairlane, que trabajaba con Jewelle, porque ella tenía el don de acertar siempre con el trato adecuado y sabía cómo ejercer sus influencias para acabar teniendo éxito.

No tenía más de veinte años, pero me había demostrado que el color era un impedimento menor en América si uno sabe cómo manejar la línea de crédito. Yo había acariciado la idea de convertirme en una especie de magnate del negocio inmobiliario. Pero en cuanto vi a Jewelle en acción, supe que no estaba preparado para competir.

Mofass abrió la puerta.

—Señor Rawlins —dijo, con aquella voz suya profunda y bronca.

Luego tosió durante medio minuto, se dobló casi por la mitad con su perpetuo batín medio abierto, mostrando un enorme vientre marrón y unos desvaídos calzoncillos bóxer azules. Cuando recobró la compostura, me condujo hacia el salón, con su suelo de mosaico, y hasta una pequeña mesa que tenía junto a una ventana que ocupaba toda la pared. Sentados a aquella mesa, veíamos toda la cuenca de Los Ángeles a vista de pájaro.

—¿Qué tal le va, William? —pregunté al que fue en tiempos mi gestor inmobiliario.

—Cada doce semanas el médico me dice que el enfisema va a acabar conmigo en tres meses —replicó Mofass. Su voz sonaba con su antiguo tono de barítono, pero como si tuviera una toalla metida en la garganta—. Luego, cuando llega el plazo, JJ me vuelve a llevar al médico y me mira otra vez y me dice: «Tienes doce semanas». JJ dice que vaya a otro médico, pero yo le digo, demonios, no. Podría vivir treinta años más con un médico como éste.

Yo me eché a reír y Mofass se atragantó. No le había visto fuera de aquella casa ni vestido desde hacía más de un año. Era como uno de esos caimanes viejos y duros que pueden sumergirse en el fondo de un río y no salir a la superficie durante semanas. Tú piensas: «Ya se debe de haber muerto», pero aun así, recorres el camino más largo y pasas por el puente en lugar de meter los pies en el agua.

—Señor Rawlins —me llamó una voz juvenil.

Jewelle todavía llevaba vestiditos rectos. Aquel en concreto era de un marrón claro, más o menos el color de su piel, y suelto. Llevaba coletas con cintas rojas en la punta. Pero también observé que se había puesto pintalabios en las últimas horas. Sus labios parecían más plenos, y había algo en sus ojos que desmentía su aspecto infantil.

—Jewelle —le contesté. Me puse de pie y la besé en la mejilla.

—Cuidado —gruñó Mofass—. Ésta es mi chica.

—Sólo ha sido en la mejilla, tío Willy —dijo ella con una risita—. ¿Puedo ofrecerle algo de beber?

Yo no necesitaba nada. Ni Mofass tampoco.

Nos sentamos todos en torno a la pequeña mesa y miramos hacia fuera, a la ciudad ahogada por el humo.

—Bueno, ¿qué se le ofrece, señor Rawlins? —me preguntó Mofass.

Jewelle lo hacía todo. Cocinaba y limpiaba, velaba para que se mantuvieran bien la casa y el coche. Llevaba los negocios y las cuentas bancarias. Lo único que hacía Mofass era dormir y comer, y disfrutar del calor del amor ciego de aquella muchacha.

231

Así eran realmente las cosas entre ellos. Pero en la mente de Mofass, todo era muy distinto. Él estaba convencido de que era el jefe del poblado, que Jewelle dependía completamente de él, y que sin él, ella hubiese estado completamente perdida. Ella nunca le contradecía. Jewelle se había enamorado de Mofass cuando tenía quince años, y se convirtió en su dios para el resto de su vida.

—Necesitaría saber algunas cosas de esas casas que está construyendo allí donde John —dije.

—¿Para qué? —preguntó él, con la solemnidad de un juez.

—Bueno... —Me quedé dubitativo un momento para obtener un efecto mejor—. La novia de John, Alva, tiene un hijo, Brawly Brown, que tiene problemas. Estaba trabajando allí para John, pero se enfadó y se fue... Alguna pelea con su madre.

—Los chicos de hoy en día no tienen ni idea de lo dura que es la vida —dijo Mofass—. Les veo ahí en la tele bailoteando y meneándose y quedándose sin seso. Tendrían que ponerse a trabajar.

—Tuvimos algunos problemas en una de las casas, señor Rawlins —dijo Jewelle—. Pero fue a un par de manzanas de la obra de John.

—¿Me interrumpes, JJ? —se quejó Mofass.

—Perdón —exclamó ella.

—Por eso estoy aquí —le dije a Mofass—. Me preguntaba si el problema que hubo más abajo tendría algo que ver con Brawly.

—Ya veo —dijo Mofass, rey de los ciegos—. Tengo que pensar en ello. Ya sabe, hum, yo superviso el conjunto de las operaciones, pero no los pequeños detalles. Estoy intentando enseñarle un poco a JJ para que algún día pueda llevar todo el negocio. Pero aún está aprendiendo.

—¿Cree usted que ella sabría algo? —le pregunté al león de papel.

—¿Puedes ayudar al señor Rawlins, JJ? —pidió.

—Sí, creo que puedo —dijo ella, con auténtica deferencia en la voz. Y luego a mí—: Los que están construyendo allí donde hubo problemas son Robert Condan y su primo Renee. Tienen una tienda de discos en Adams. Hubo un tiroteo hace un par de días, a las cuatro o las cinco de la mañana. La policía fue y nos echó durante todo el día. Pero no pasó nada. Supongo que fueron unos ladrones o algún drogadicto que usó aquel lugar como escondite durante la noche.

—Pero el hombre que mataron no era ningún ladrón —dije entonces—. Era un activista político.

—Ya sé que eso fue lo que dijeron en los periódicos, pero el capitán con el que hablé me contó otra cosa distinta.

—¿Qué capitán era ése? —le pregunté.

—¿A cuántos capitanes de la policía conoce usted, señor Rawlins? —dijo Jewelle, con una sonrisa desafiante.

—A más de los que me gustaría, la verdad —dije—. Por ejemplo, apostaría a que el capitán con el que hablaste era el capitán Lorne.

—Uau —dijo ella—. Pues sí. Era él. ¿Alto, con el pelo plateado?

—No le he visto en mi vida —admití—. Pero los chicos buenos mencionaron su nombre.

—Ajá —afirmó ella, sin entender nada, en realidad—. Pues es todo lo que sé.

Entonces se oyó un sonoro ronquido. Ambos nos volvimos y vimos que Mofass se había quedado dormido. Se le había caído la cabeza sobre el pecho y babeaba un poquito. JJ se levantó de golpe y salió corriendo de la habitación. Mofass roncó tres veces más y ella volvió con una manta y una toalla para secarle la cara. Tocándole ligeramente en los lados de la cabeza, consiguió que se echara hacia atrás en la silla. Le tapó hasta la barbilla, sonrió y le besó en la frente.

Yo conocía a mucha gente que pensaba que una relación amorosa entre una niña como ella y un hombre de casi se-

233

senta años era algo horroroso. Yo habría estado de acuerdo de no haberles conocido. Por muy brusco y prepotente que pudiera ser Mofass, yo veía que amaba a aquella muchacha con todo su corazón. Y JJ necesitaba a un hombre que fingiera que era él quien estaba a cargo de todo.

—¿Y la policía que patrulla la zona? —pregunté cuando ella hubo acabado con sus cuidados.

—¿O sea, los del coche patrulla?

—Ajá.

—Sobre todo van por la familia Manelli.

—¿Quiénes son ésos?

—Es el gran contratista. Tiene diecisiete obras en construcción en todo Compton. Construirán sesenta y dos bloques en los tres próximos años, y tienen más de seiscientos empleados.

—¿Y la policía trabaja para ellos?

—Sí —dijo JJ—. Los Manelli piensan que la gente les ha estado robando. De modo que hacen que la policía interrogue a todo el mundo que no esté en su nómina.

—Ya lo sé. Me registraron hace unos días.

—Lo lamento. Ya sabe, normalmente nos dejan en paz.

—¿Y eso por qué?

—Un par de veces, cuando Manelli tenía que trabajar horas extra para acabar sus pisos piloto, John y su equipo le echaron una mano. John lo hizo porque su presupuesto era muy ajustado, y a lo mejor tenía que despedir a Mercury y Chapman. Así que se los dejó a Manelli para que pagara él el salario durante un par de semanas.

—John siempre consigue que las cosas cuadren —dije yo. Y luego—: Bueno, será mejor que me vaya.

Cuando me levanté, Mofass abrió los ojos. Tuve la sensación de que había fingido dormir.

—¿Ha conseguido lo que quería, señor Rawlins? —me preguntó.

—Se puede decir que sí, William. Esa JJ será tremenda algún día.

—Sí, algún día —afirmó él—. Es mejor que salga solo. Ya sabe que por las tardes estoy algo cansado.

JJ me acompañó hasta la puerta.

—¿Habrá algún problema en las obras, señor Rawlins? —me preguntó, cuando le tendí la mano para estrechársela.

—Pues no lo creo, querida. Pero si es así, me llamará, ¿verdad?

—¡JJ! —llamaba Mofass desde el otro lado de la enorme habitación.

—Ya voy, tío Willy —dijo aquella mujer que fingía ser una niña.

34

*L*a siguiente parada que hice fue en casa de Clarissa. El correo de al menos dos días se acumulaba en su buzón, y no respondió a mi llamada.

—El problema de la guerra fría no es cuando está fría, sino cuando se pone caliente...

Sam Houston estaba haciendo los honores a algún pobre desgraciado que sólo quería llevarse el almuerzo a su casa en una bolsa de papel marrón. El hombre llevaba unos pantalones vaqueros y una camisa de cuadros roja de manga larga. Su escaso cabello era gris y rizado, y tenía la piel negra bajo una capa de fino polvillo blanco.

El restaurador de los ojos saltones estaba a punto de pronunciar alguna otra frase lapidaria cuando me vio.

—Perdón —dijo al silencioso trabajador.

Sam se quitó el delantal y levantó la trampilla del mostrador que daba a la cocina. Y entonces salió y se reunió conmigo en medio del local.

Nunca había visto a Sam salir de detrás del mostrador, de modo que me preparé para pelear.

Me sacaba cinco centímetros de alto, y su esbelto cuerpo podía ser mucho más fuerte de lo que aparentaba. Años atrás, cuando conocí a un hombre llamado Fearless Jones, aprendí que algunos hombres delgados pueden ser mucho más fuertes que los culturistas.

—Sabes que no está bien ir a algunos sitios y escabullirse a espaldas de alguien —dijo Sam, tocándome el pecho con un dedo largo y acusador.

Los hombres sentados a mi derecha abandonaron su conversación para contemplar el encuentro.

Yo no quería mirones, así que dije:

—¿Por qué no salimos fuera, Sam?

Eso le cogió desprevenido. Estaba furioso conmigo, pero no tenía motivos para pensar que yo pudiera volverme contra él. Por mi parte, no sabía cómo cerrar su enorme boca sin llevarle fuera. Y no sabía cómo llevarle fuera sin decírselo.

Sam se encaminó hacia la puerta muy ofendido mientras los clientes empezaban a cotorrear. Yo eché a andar dos pasos por detrás de él, dirigiendo una mirada de reojo hacia la cocina mientras salía. Clarissa no estaba a la vista.

Una vez fuera, Sam se volvió rápidamente y yo di un paso a la derecha. Él dio un saltito y me lanzó un gancho de derecha a la cabeza que falló por unos centímetros. Yo también lancé el puño y empujé ligeramente su hombro. La fuerza del empuje, unida al impulso de su oscilación, levantó a Sam del suelo y le hizo caer en la acera.

Cuando metió la mano derecha debajo del delantal, yo levanté ambas manos y dije:

—No estoy aquí para pelearme contigo, tío.

Él respiraba fuerte.

—Entonces, ¿por qué hemos salido a la calle? —Dejó de trastear.

Le ofrecí mi mano y él la tomó.

—No quería que nadie oyese lo que iba a decirte —le dije, ayudándole a ponerse de pie.

—¿Por qué no?

—¿Te gusta Clarissa?

—Pues claro que sí, demonios —dijo. Se sacudió un pol-

237

vo imaginario de los brazos y el pecho—. Por eso me he enfadado tanto al saber que tú ibas por ahí rondando y hablando de otras cosas, pero acechando a mi chica.

—¿Es tu novia? —le pregunté.

—No. Clarissa es mi prima. Todo el mundo que trabaja para mí es de mi familia, ya lo sabes.

—Escucha, Sam —dije—. Yo no sé qué es lo que te habrán dicho, pero yo no te he mentido. Buscaba a Brawly y le encontré... con ella.

—¿Qué quieres decir con eso de «con ella»?

—Es su novio. ¿No lo sabías?

Eso cerró la boca de Sam durante cinco segundos más o menos. Era la mejor conversación que había tenido nunca con él. Aunque yo estaba metido en una situación a vida o muerte, me quedé un momento callado, saboreando su confusión.

238
—Eso no es verdad —dijo, al fin—. Ella dice que tú la seguiste y que intentaste acosarla en su apartamento. Dice que no se atreve a venir a trabajar porque tiene miedo de que estés ahí esperándola.

—Fui a su casa, pero siguiendo a Brawly, no a ella. —La mentira no era tan mala. En realidad la había visto con Brawly en la reunión del Partido Urbano. Cuando la seguí fue sólo para acercarme a él.

—¿Me estás mintiendo, Easy Rawlins?

—Vamos, Sam, tú sabes que no.

—No, en lo que toca a las chicas, no sé nada —dijo—. Los negros trabajan ocho horas al día, seis días a la semana, y rezan a Dios el domingo, pero cuando pasa una chavala, se les va la cabeza.

Como ya he dicho, lo peor de Sam Houston es que casi siempre daba en el blanco. Tenía un buen cerebro, con el único problema de que no sabía a qué aplicarlo.

—Yo no voy detrás de Clarissa —dije—. Al menos, no de

la forma que tú insinúas. Dame una mujer y no tengo que ir por ahí rondando a ninguna niñata.

Mis palabras sonaban a verdad. Sam abrió mucho los ojos, que quedaron de un tamaño ligeramente inferior a los de un caballo.

—¿Y por qué me miente ella, entonces? —preguntó.

—Pues tú sabrás, Sam. ¿Te habrías preocupado mucho si hubieras sabido que iba con Brawly? ¿Habrías hecho algo al respecto?

—No. Quiero decir que a lo mejor la habría regañado. A lo mejor le habría dicho un par de cosas.

—Pero —dije—, si sabías que estaba con él, y yo venía a decirte que el chico tenía problemas, a lo mejor me habrías dado alguna información sobre ella.

—¿Qué estás diciendo, Easy?

—Digo que desde que hablé contigo por última vez, dos hombres han sido asesinados y Brawly está metido en todo eso, de algún modo. No sé en qué exactamente, pero sé que es algo malo.

—¿Asesinato?

—Sí. Dos hombres. Muertos y bien muertos.

—¿Quién?

—Henry Strong, el mentor de los Primeros Hombres. —Sam escupió al oír mencionar la organización radical— y Aldridge Brown —continué—. El padre de Brawly.

—¿Y quién los mató? —preguntó Sam.

—Es difícil decirlo. La policía cree que fueron los Primeros Hombres. Los Primeros Hombres creen que fue la policía. La prima de Brawly le acusa a él al menos de uno de los asesinatos. Todo está en el aire. Me limito a buscar un sitio donde resguardarme antes de que todo se venga abajo otra vez.

Sam se tiró del cuello de su camiseta gris y movió la barbilla como si no fuera capaz de aspirar suficiente aire. No estaba acostumbrado a encontrarse en el lado más silencioso de la conversación.

—Entonces, ¿qué quieres?

—Brawly Brown —dije por centésima vez, o al menos eso me pareció.

Sam se puso la mano izquierda en la cabeza y la mano derecha en la barbilla.

—Pero ella no es más que una niña —dijo—. Y él también.

—Sí, todos son niños, Sam. Todos ellos. Pero ya sabes que en la Edad de Piedra la mayoría de la gente sólo vivía hasta los veinte años. Eran viejos y viejas a los veinticinco.

Sabía que la explicación científica del problema con el que nos enfrentábamos animaría a Sam.

Éste sonrió y dijo:

—Sí, Easy. Tienes razón en eso. Seguro que sí.

Eran unas palabras que jamás había imaginado oír saliendo de la boca de Sam.

—Entonces, ¿qué estás haciendo aquí? —me preguntó.

—Tengo que encontrar otra vez a Brawly. Y creo que la mejor oportunidad de hacerlo es a través de Clarissa. He ido a su casa, pero no está. ¿No sabrás tú dónde está ahora?

—Me ha dicho que te tenía miedo, Easy. Se ha escondido.

—Ya te he dicho por qué la buscaba.

La cara de Sam se retorció de tal modo que parecía un fruto marrón muy arrugado a punto de caer del árbol. Al principio pensé que le iba a dar un ataque al corazón, pero me di cuenta de que ésa era la forma que debía de adoptar su cara cuando estaba pensando. Su boca se torció, llena de asco, y sus hombros se alzaron, de modo que parecía un ave carroñera bastante cómica. Finalmente se estremeció un poco como si fuera un cuervo enorme que se sacudiera el polvo de su corpachón emplumado.

—Sí —dijo—. Sí. Ya lo entiendo todo. Brawly siempre ahí sentado en la cocina, o yendo al baño que está en la parte de atrás. Y Clarissa siempre remoloneando por allí cerca. Ya. Ya. Ella se quedaba cada noche hasta tarde, hablando con su prima Doris y ayudándola a limpiar, aunque no tenía por qué hacerlo. Pero en cuanto Brawly empezó a aparecer por aquí, siempre se iba a su hora. Sí. Tienes razón, Easy. Clarissa lleva por lo menos tres meses saliendo con ese chico avinagrado.

—¿Y sabes dónde está ella ahora? —le pregunté.

—No. Pero hay alguien que sí lo sabe. Doris. Ella ha sido cómplice de Clarissa para ocultarme todo esto, desde el principio.

Me di cuenta de que Sam estaba furioso porque su empleada le había engañado, y mientras él se daba aires de superioridad, con sus conocimientos, sus lecturas y su capacidad razonadora, ellas guardaban un secreto delante de sus narices, a plena vista.

—Espera aquí, Easy —dijo, y volvió al restaurante.

Yo encendí un cigarrillo y recordé de nuevo lo bueno que resulta fumar cuando se te ha negado. Y luego me acordé de mí mismo corriendo con los pulmones doloridos, y de Henry Strong, que había recibido una bala en la cabeza. La silueta del asesino era de alguien pesado. Podría haber sido Brawly, pero no estaba seguro.

Pensé en el Ratón. Habría compartido conmigo toda aquella aventura, riéndose sin parar.

«—¿Qué haces perdiendo el tiempo con ese chico, Easy? Sólo está echando una canita al aire.

»—Pero tiene problemas, Raymond —le habría contestado yo.

»—Todos tenemos problemas, Easy —habría sido su respuesta—. Mierda. Si no hubiese problemas, la vida no sería divertida...»

241

Apagué el ascua de mi cigarrillo y lo devolví al paquete. Unos minutos después volvió a salir Sam.

—Ya sé dónde está —me dijo.

—¿Dónde?

—Espera un momento, Easy. Te creo y creo todo lo que me has dicho, pero no puedes ir a ver a Clarissa si no voy yo contigo.

—Tienes trabajo en el restaurante, Sam —dije—. Están matando a gente por ahí fuera.

—Clarissa es de mi familia —replicó Sam—. Y Doris también. Cuando le he preguntado a Doris cómo podía ver a Clarissa, le he dicho que no se preocupase porque era yo quien iba a verla.

—Vale —asentí—. Allá tú.

35

—¿*S*abes, Easy? —dijo Sam Houston—. Me sorprendió mucho verte aparecer el otro día.

—¿Ah, sí? ¿Y por qué?

Íbamos por la carretera 101 de camino hacia Riverside, ya en las afueras de L.A., viajando entre las colinas verdes y ondulantes del sur de California. Aquí y allá, unos robles salpicaban el paisaje. Me gustan los robles porque son árboles pensativos, solitarios. Crecen al alcance de la vista de sus congéneres, pero raramente se ve a ninguno unido a un compañero.

—Porque pensaba que ya debías de estar muerto —dijo Sam.

—¿Muerto? ¿Por qué muerto?

—Porque el único motivo de que un montón de hijos de puta que están por ahí fuera no fuesen a por ti era Raymond —dijo Sam—. Te odiaban, pero tenían más miedo aún del Ratón. Algunas personas venían a mi restaurante y te llamaban de todo, pero sabían que no debían meterse contigo. Mierda. Easy Rawlins tenía un ángel guardián del infierno, eso es lo que decían.

Parte del discurso que me estaba soltando Sam se debía a que se sentía celoso de mi amistad con el Ratón... igual que todo el mundo. Raymond Alexander era el ser humano negro más perfecto que se pudiera imaginar. Era buen amante, divertido y uno de los mejores cuentistas que jamás he oído.

No tenía ningún miedo de los blancos en general, ni de la policía en particular. Las mujeres que iban a la iglesia cada semana se saltaban la escuela dominical para quitarse sus limpias braguitas blancas por él.

Y yo era su único amigo. Aquel a quien él llamaba en primer lugar. El único que podía decirle que no. Si el Ratón iba a matar a un hombre, yo era el último tribunal de apelación del pobre diablo.

Pero eso no era todo lo que rumiaba Sam. Éste era un conversador, un pensador, un hombre que leía el periódico cada día... pero no un hombre de acción. Se quedaba detrás de su mostrador y miraba desde allí a los hombres malos que se acercaban a su local. En su restaurante, él era el rey. Pero en la calle sólo era uno más, un hombre negro asustado en un mundo donde el hecho de ser negro te coloca en el último escalón de la sociedad blanca.

No había negros de esmoquin tocando el violín en las orquestas sinfónicas, ni elegidos para el Senado, ni en la dirección de las empresas. No había negros en los consejos de administración, ni representando nuestros intereses en África, y muy pocos patrullaban arriba y abajo por la Central Avenue en coches de policía. Los negros, como norma, no eran científicos, ni médicos, ni profesores universitarios. Ni siquiera había un solo filósofo negro en toda la historia del mundo que constase en nuestras universidades, bibliotecas y periódicos.

Si querías ser un negro importante, tenías que arriesgarte y seguir un camino propio. Desafiar a hombres que te superaban en una proporción de diez a uno, y cada uno de esos diez armado con los últimos modelos de armas, mientras que tú sólo disponías de un tirachinas. Por eso David se convirtió en un personaje bíblico famoso entre la comunidad negra, porque, contra todo pronóstico, derribó al gigante.

Y eso era lo que soñaba Sam Houston: hacerse el chulo y

significarse. Se veía a sí mismo como un hombre importante e inteligente, pero tenía miedo, y con motivo, de sobresalir del rebaño y hacerse oír.

—Bueno, ya sabes, Sam —dije—. He pasado algunos malos ratos sin Raymond a mi lado. Quiero decir que pasé toda la guerra mundial y cinco años en L.A. cuando él todavía estaba en Texas. Y luego están los cinco años que cumplió por homicidio sin premeditación. No, tío. Esa gente que habla contigo ha tenido ya antes sus oportunidades.

No fueron las palabras sino el tono con que las pronuncié lo que impidió que Sam me dedicara una de sus cortantes réplicas.

—¿Qué quieres de Clarissa? —me dijo.

—Cualquier cosa que ella sepa y yo no.

La cara de Sam volvió a arrugarse de nuevo, y así supe que estaba pensando otra vez.

—¿Qué pasa? —le pregunté.

—¿Eso es lo que hacías antes? ¿Correr por ahí husmeando y buscando la información que pudiera tener la gente? ¿Meterte por todas partes?

—Antes de instalarme y coger un trabajo, sí.

—Pero alguien como John no puede pagarte. Quiero decir que John apenas puede cubrir el precio de los materiales que está usando para construir las casas.

—Eso es verdad —dije—. A veces iba a buscar a la esposa de alguien, por ejemplo, y lo único que sacaba era una revisión gratis de mi coche. Pero de vez en cuando, abría alguna puerta y ahí al otro lado había alguien que me ofrecía mil dólares sólo por volverla a cerrar.

—Qué locura —sentenció Sam.

—Sí, es mejor que lo creas así. Y más que eso: la palabra «locura» no es suficiente.

Sam me llevó a una pequeña casita en Riverside, en una calle llamada Del Sol. El césped crecía rebelde y los arbustos que se encontraban en torno a las paredes se habían vuelto salvajes. Por el diseño de la casa, estaba seguro de que había sido construida por sus primeros habitantes. Con arcos y con muchos niveles, tenía dos pisos a la derecha de la entrada, y sólo uno a la izquierda. Cuando Clarissa abrió la puerta delantera se echó hacia atrás y vi que había otra puerta tras ella. El cristal de aquella puerta dejaba ver un patio trasero con jardín. Era una casa con personalidad. Saqué un cigarrillo para acentuar aún más mi placer ante aquel diseño especial.

—¿Qué está haciendo aquí? —preguntó ella—. Acaba de llamar Doris, pero me ha dicho que sólo venías tú, Sam.

—No pasa nada —dijo Sam—. Ya sé que me has mentido, pero Easy me lo ha contado todo. Le he traído para que averigüe cosas sobre Brawly, y no le va a hacer daño a nadie, ni a ti tampoco.

Los hombros de Clarissa cayeron y nos llevó hasta el salón, que estaba en la parte de la casa que tenía dos pisos. La habitación había sido ordenada recientemente. Casi podía asegurar que la alfombra, que en tiempos estuvo blanca y limpia, había tenido un montón de manchas y agujeros de cigarrillo, pero lo habían limpiado todo y pasado la aspiradora para que ofreciera el mejor aspecto posible. Los muebles de palo de rosa eran antiguos y estaban bien cuidados, excepto en algunos lugares en que los vasos se habían derramado y se habían colocado encima de las superficies sin posavasos, y los cigarrillos, que luego habían caído al suelo, se habían colocado primero en las esquinas, dejando unas manchas negras en forma de bala alrededor de todo el borde.

Habían limpiado el polvo hasta donde alcanzaba la mano, pero el techo estaba lleno de telarañas y en la parte superior de las cortinas se amontonaba una buena capa de polvo.

Clarissa llevaba unos vaqueros y una camiseta blanca sin sujetador. Era una chica muy guapa. Su piel era oscura y tenía los ojos claros, grandes y translúcidos. Si hubiese tenido que adivinar sus pensamientos, yo habría dicho que esperaba cerrar los ojos y al volver a abrirlos ver que habíamos desaparecido.

—Siéntate, Clare —dijo Sam.

Ella obedeció.

También le habían pasado el aspirador al mullido sofá color tostado y las sillas. La boquilla de succión había dejado unas rayas muy visibles en todas las superficies de tela. Cogí una silla y Sam se sentó junto a su prima en el sofá.

—El señor Rawlins tiene que hacerte algunas preguntas —empezó Sam.

—No quiero hablar con él —dijo ella.

—¿Por qué no? —La voz de Sam adquirió un tono cortante.

—Porque no —declaró ella, recordándome a Juice.

—Mataron a Henry Strong —intervine entonces yo—. Lo sabías, ¿verdad?

Clarissa levantó la vista y me miró con los ojos llenos de odio.

—No, no fui yo, cariño —le dije—. Pero quien quiera que lo hiciera, sigue por ahí suelto.

—¿Y qué tiene que ver eso conmigo y con Brawly?

—El primero que murió fue su padre. Alguien le dio una paliza de muerte en la casa de Isolda Moore.

Durante un instante, la jovencita de ojos claros se quedó helada.

—Isolda Moore —repetí—. Es la prima de Brawly, él vivía antes con ella. La conoces, ¿no, Clarissa?

—Bruja —murmuró.

—¿Pero qué forma de hablar es ésa? —exclamó Sam.

—Que diga lo que quiera, Sam —le dije yo—. ¿Es suya esta casa? —me dirigí a Clarissa.

—No.

—Entonces debe de ser de Bobbi Anne —dije—. La casa de Bobbi Anne Terrell. ¿Qué pasó? ¿Murieron sus padres? ¿Se fueron para siempre? No pueden estar simplemente de vacaciones, con el desorden que había antes de que tú la limpiaras.

Clarissa se quedó estupefacta al oír mis sencillas deducciones. Sam también.

—¿Cómo sabes todo eso? —dijo.

—¿Trajeron aquí las armas? —le pregunté a Clarissa.

Ella meneó la cabeza.

—¿Qué armas? —quiso saber Sam.

—¿Cuánto tiempo estuvo Conrad viviendo aquí? —pregunté.

Clarissa se echó a llorar.

—Yo no dije nada —sollozó—. Nunca lo haría.

—Por supuesto que no lo harías —dije, con un tono tranquilizador—. Tú nunca traicionarías a tu hombre. Pero estáis muy metidos en este asunto, chicos. No importa que él piense que es invisible, que crea que la poli y el gobierno no saben lo que está haciendo. Él cree que ni siquiera saben que está ahí, pero la verdad es que está a plena vista, como un pez fuera del agua, con el culo al aire, con...

—¡Basta ya! —gritó Clarissa—. ¿Qué quiere de mí?

—Es lo que te dije desde el principio —insistí—. Trabajo para la madre de Brawly. Ella cree que tiene problemas, y yo creo que tiene razón. Lo que necesito es que me dejes ayudarle a sacarle del lío en el que está metido, aunque ni siquiera sabe que lo está.

—Me dijo que no hablara con usted.

Sam se irguió y abrió la boca, pero yo le detuve con una mano antes de que se echara a gritar.

—Ya lo sé —dije—. Ya lo sé. Tú le amas y crees que él te ama. Y si haces esto a sus espaldas, podría enfadarse tanto que se alejara de ti... y a lo mejor no volverías a verle nunca más. Pero eso no importa. Tú eres una chica muy guapa, y de buen corazón. Encontrarás otro novio, y Brawly seguirá respirando.

—Decía que usted era de la policía —fue su respuesta.

—Cariño —dijo Sam—. ¿Sabes aquel hombre de quien siempre te hablaba, Raymond Alexander?

—¿Al que llamaban el Ratón?

—Sí, ése. Ya sabes todas las historias que te conté de él. Que se enfrentó a tres hombres armados en Fifth Ward y los mató aunque lo único que tenía era un bastón. Y cuando la policía se enteró de que estaba escondido en una casa a las afueras de L.A., dijeron que no podían ir porque estaba al otro lado de la frontera del condado.

—Y cuando tres novias suyas —añadió Clarissa, haciendo una mueca— le hicieron una fiesta de cumpleaños con cintas en el pelo.

—Ése era.

Clarissa sonrió y dijo:

—¿Y qué?

—Este hombre de aquí, Easy Rawlins, era el mejor amigo del Ratón. Estuvieron juntos durante casi treinta años, desde que eran niños. Si hay algo seguro en este mundo es que el Ratón jamás habría ido por ahí con un hombre que fuese capaz de entregar a otro hombre negro a la policía.

—Pensaba que decías que el Ratón estaba muerto —dijo Clarissa.

—Nadie vio su cadáver ni asistió a su funeral —replicó Sam—. Y aunque lo hubiesen hecho, eso no convertiría a Easy en un mal bicho.

Clarissa pensó un momento y yo también. Me maravillaba ante la fuerza de carácter y de voluntad de un hombre como Raymond, que podía llegar más allá de la tumba y ayudarme en aquel escondrijo de Riverside.

36

—*No* —decía Clarissa—, él nunca me dijo lo que estaba haciendo. Lo único que sé es que empezaron a trabajar con el señor Strong en algo. Eran como un grupo especial dentro del partido, y sólo unos pocos de ellos sabían lo que estaba ocurriendo.

—¿Y qué era lo que hacían? —pregunté de nuevo.

—No lo sé. Conrad iba a buscar a Brawly a todas horas. Salían y se reunían con el señor Strong...

—¿Se reunía con alguien más? —pregunté.

—Pues creo que sí —afirmó ella—. Pero nunca supe quién. Bueno, me imaginaba que era alguien del grupo, pero todo era muy secreto.

—¿Y por qué quieren mantener algo así en secreto? —preguntó su primo.

—Sam —dije—, ya te dejaré hablar luego, pero esto es cosa mía.

A él no le gustó que le dijera aquello, pero se echó hacia atrás en el sofá.

—Pero sabías lo de las armas —dije.

Ella se miró las manos entrelazadas y asintió.

—¿Cómo lo sabías?

—Un día, Brawly cogió el Cadillac de Conrad —susurró—. Había dejado a Conrad en algún sitio y no querían que su coche anduviera por ahí, de modo que lo cogió Brawly. Me llevó allí y me enseñó el baúl. Había seis o siete rifles envueltos en mantas del ejército.

—¿Y qué decían ellos que iban a hacer con aquello?

—Dijo que aquellos rifles dispararían los primeros tiros en la revolución. —Se echó a llorar.

Creo que mientras hablaba conmigo comprendió plenamente el sentido de las palabras de Brawly. A veces uno tiene que oírse a sí mismo diciendo algo en voz alta para entenderlo.

—¿Dijo cuándo planeaban hacerlo?

Ella negó con la cabeza.

—¿Te dijo qué hizo con esas armas después de sacarlas de casa de Bobbi Anne?

De nuevo negó.

—¿Qué relación había entre Bobbi Anne y Conrad? —pregunté, pensando que un cambio de tercio podía llevarme más cerca de lo que desconocía.

—Conrad se metió en problemas con algunos hombres con los que había estado jugando —dijo Clarissa—. Lo iban a agarrar, y entonces Brawly llamó a una amiga suya del instituto, y le pidió que le alojase. Tenía razón: sus padres murieron el año pasado. Él de un ataque al corazón, y ella simplemente se apagó.

—¿Y después de eso fue cuando Bobbi Anne se mudó a Los Ángeles?

—Sí —afirmó Clarissa—. Se trasladó para estar cerca de Conrad.

—¿Y crees que ella formaba parte de ese grupo especial que inició Strong?

—No —dijo Clarissa—. No hay ningún blanco en los Primeros Hombres. Los blancos no pueden pasar de la puerta, ésa es la norma.

La imagen de aquellos policías irrumpiendo por las ventanas apareció en mi mente.

—¿Y dónde está Brawly? —pregunté.

—No lo sé.

—¿Tienes alguna idea? ¿Cualquier cosa?

—No, señor.

—¿Y qué hay de Isolda?

—¿Quién? —intervino Sam.

Le ignoré, mirando la cara abatida de Clarissa.

—¿Qué pasa con ella? —preguntó.

—¿Por qué la odias?

—Por lo que le hizo a Brawly.

—¿Y qué le hizo?

—No soy yo quien tiene que decirlo.

—Si quieres que intente ayudarle, será mejor que me cuentes algo.

Clarissa me miró con auténtico rencor en los ojos. Ya veía que iba a contarme algo, y de algún modo creía que aquello me iba a hacer daño.

—Se lo llevó cuando su padre y él se pelearon, y luego intentó convertirlo en su marido —dijo.

252

—¿A quién?

—A Brawly —dijo ella, con desdén—. Iba por la casa sin ropa, y se metía en la misma cama que él, por las noches. Le ponía caliente, y le obligaba a que le hiciera el amor.

Me eché atrás en la silla.

—¿Qué dices? —preguntó Sam.

—Mantenía relaciones sexuales con él hasta que al final, él robó una radio en una tienda para que el condado se lo llevara de allí —dijo Clarissa.

—Mantenía relaciones sexuales con él. —Sam repitió aquellas palabras, como si fuesen un intrincado rompecabezas.

—¿Sabes dónde está Brawly ahora mismo? —le volví a preguntar.

Y de nuevo Clarissa meneó negativamente la cabeza.

—¿Va a llamar?

—No, hasta el domingo no —respondió.

—Será demasiado tarde —murmuré yo.

—¿Qué dices, Easy? —preguntó Sam.

Cogí aliento y me puse de pie.

—¿Te vas a quedar aquí? —le pregunté a Clarissa.

Era la primera vez que ella pensaba que quizá podía abandonar la casa donde Brawly la había escondido.

—Sí —dijo, dirigiendo una mirada a Sam.

—Vuelve con nosotros, querida —dijo Sam—. Puedes quedarte conmigo y con Margaret. Estarás a salvo allí.

—Ya han muerto dos personas —le recordé yo también—. Y ninguno de nosotros sabe quién lo ha hecho.

El camino de vuelta a L.A. fue casi completamente silencioso. Clarissa iba sentada detrás.

Cuando llegamos al alcance de las emisoras de radio de L.A., empezamos a oír la KGFJ, la emisora de *soul*. James Brown y Otis Redding acunaron nuestras mentes doloridas. En una ocasión Sam me preguntó si había sabido algo de Etta Mae, la mujer del Ratón y la madre de su hijo, LaMarque, y una de mis mejores amigas.

—No —dije—. Ha desaparecido.

No siguió haciendo preguntas y yo no ofrecí ninguna explicación más de mi culpa.

—Espera un minuto, Easy —me dijo Sam.

Yo había aparcado frente a su casa, al lado de Denker, más o menos a las ocho. Él llevó a Clarissa al interior de la casa y yo me recosté y cerré los ojos. Empezó a aparecer un esquema en mi mente. No era un cuadro demasiado bonito, ni demasiado claro tampoco. Todavía no sabía dónde encajaba Brawly en todo aquello, ni si podría salvarlo.

Tenía una vía de investigación muy clara, sin embargo. Sabía qué era lo que venía después, y también quién iría tras de mí.

253

Sam salió y subió al asiento del pasajero.

—¿Crees que puedes llevarme de vuelta al restaurante? —me pidió.

—Claro.

Pero no hice nada. Ni puse en marcha el coche ni me moví demasiado.

—¿Vamos o no? —preguntó Sam.

Encendí un Chesterfield.

—No son conversaciones de bar, Sam.

—¿El qué?

—Lo que has oído hoy —dijo—. Ni lo de la casa de Riverside, ni Brawly Brown, ni la mención a los rifles del ejército. Cada vez que alguien se ha ido de la lengua con esta mierda, ha acabado muerto.

Sam se llevó la mano a la larga garganta, intentando esconder su miedo con una postura contemplativa.

254 —Pueden matar a tu prima —continué—, y es una amenaza para mi paz mental.

Me volví hacia él con la cara terriblemente seria.

—Esta mierda puede hacer que te maten.

—Yo no voy a decir ni una palabra, tío —afirmó Sam.

Le miré hasta que él apartó la vista.

Sam no intentó volver a quedarse conmigo después de aquel día. Cuando yo iba a Hambones se mostraba muy amistoso, pero no había bromas malintencionadas ni superioridad alguna por su parte. A partir de entonces eché de menos nuestras antiguas peleas pero, por otra parte, me parecía bien que tuviera miedo.

37

Cuando llegué por fin a casa, los niños ya habían cenado y se habían ido a dormir. Bonnie estaba acurrucada en el sofá, leyendo una novela francesa con unos pantalones ajustados y una camisa de terciopelo azul abrochada sólo a medias por la parte delantera.

Cuando entré, ella vino a recibirme y me besó. No me preguntó por qué llegaba tarde, ni dónde había estado. Ya lo sabía. No tenía que disculparme por ser como soy. Sentí en aquel momento que Bonnie me conocía de toda la vida.

La cena me esperaba en la cocina. Pollo asado y arroz con salsa de melocotón, y coles de Bruselas de acompañamiento. Comimos y hablamos de sus viajes por África y por Europa con Air France. Ella era una azafata negra que trabajaba en tres idiomas en un país al que en tiempos pensé en irme a vivir, porque me parecía mucho mejor que Estados Unidos.

—Es mejor en algunos aspectos —me dijo Bonnie en una ocasión, cuando le sugerí que viviéramos juntos en París—. Pero sí que tienen prejuicios.

—¿Ahorcan a la gente de color en el campo? —le pregunté.

—No —respondió ella—. Pero es que en Francia no tienen miedo de los negros, porque están convencidos de que nuestra cultura es inferior. Somos interesantes, pero en resumidas cuentas, bastante primitivos. Al menos aquí en Estados Unidos los blancos que yo he conocido sí tienen miedo de los negros.

—¿Y eso es mejor?

—Así lo creo —dijo ella. Era una expresión que había aprendido hacía poco. Bonnie cogía cosas de la forma de hablar de la gente y luego las usaba a su manera—. Si tienes miedo de alguien, de alguna manera estás obligado a pensar que es tu igual. No te enfrentas a un niño, sino a un hombre.

Tenía unas ideas profundas, y yo era muy afortunado por el tiempo que iba a pasar con ella.

Aquella noche no hicimos el amor, sólo nos abrazamos. Escuché su respiración hasta que se fue haciendo más profunda y supe que se había dormido. Me dormí también junto a ella, y el crimen era sólo como un trueno distante en mi mente.

Yo podía acumular veintisiete días por enfermedad por aquel entonces, y pertenecía a un sindicato bastante bueno, de modo que llamé a la mañana siguiente, dije que seguía enfermo y me dirigí a ver a John a su obra.

Llevaba un mono blanco y unos zapatos viejos de piel de caimán, uno de los cuales estaba roto y dejaba asomar el dedo pequeño de un pie. También llevaba un cinturón de herramientas y un reloj de muñeca con una gruesa pulsera de oro, y estaba clavando un clavo de una forma algo extraña, con una sola mano.

—Eh, John —dije.

—Easy.

—Espero que uses los clavos suficientes en ese chisme —dije.

—He comprado tantos clavos que creo que estas casas se podrían llamar «hogares acorazados».

Ambos nos reímos y nos estrechamos la mano.

Supongo que estaba algo sensible por entonces. John y yo raramente nos dábamos la mano. Éramos amigos de verdad, y no teníamos necesidad alguna de expresar nuestras intenciones pacíficas. Pero aquel día había un obstáculo, o quizá más de uno, entre ambos. Nos sujetamos el uno al otro para asegurarnos de que nada nos separaría.

—Me han dicho que estuviste en casa ayer —dijo.

—Tenía que contarme la verdad, John. Y sabes que no podía hacerlo estando tú delante.

—¿Y esa verdad te ayudará a encontrar a Brawly? —Su voz tenía un tono agrio.

—Encontrarle no será ni muchísimo menos tan difícil como salvarle.

—¿Y qué significa eso, si se puede saber?

—Alva tenía razón —afirmé—. Brawly está metido en algo feo.

—Son ésos, los Primeros Hombres —dijo John.

—Algunos de ellos —accedí—. Pero hay más.

—¿El qué?

—No estoy seguro aún. Pero ¿sabías que ese tal Henry Strong, uno de los mentores de los Primeros Hombres, solía venir por aquí y ver a Brawly?

—No.

—¿Sabías que Aldridge Brown venía por aquí también a ver a su hijo? Almorzaban juntos muy a menudo.

—No lo creo. Brawly odiaba a Aldridge.

—¿Te dijo eso él mismo?

—Alva me lo dijo. Es su hijo. Ella debía saberlo.

—Tu madre todavía vive, ¿verdad? —le pregunté.

—Sabes que sí.

—¿Y le cuentas todo lo que te pasa? ¿Le dices siempre la verdad? Quiero decir que Brawly sabe perfectamente lo que siente su madre por Aldridge. ¿Por qué le iba a contar que habían hecho las paces y volvían a hablarse?

—Sí, quizá tengas razón —dijo—. Pero aunque sea así, ¿cómo lo averiguaste?

—Vine aquí un día que tú no estabas, y hablé con Chapman y Mercury. Me lo dijeron porque yo se lo pregunté.

—Y se suponía que eran mis hombres.

—No me habrían contado nada si no se lo hubiese preguntado, John. Sabes que nos conocemos desde hace tiempo. El Ratón y yo les sacamos las castañas del fuego cuando robaron a aquella gente de los muelles.

—Vale —dijo John—. O sea, que Strong y el padre de Brawly venían por aquí. ¿Y qué?

—¿Y si fue Brawly el que mató a Aldridge? ¿Y también a Strong? Vi de refilón al hombre que le disparó. Podría ser Brawly, no estoy seguro.

—¿Cómo? ¿Qué estás diciendo?

—Si Brawly mató a esa gente, esto es mucho más grave que ir diciendo cuatro tonterías por ahí o echar una canita al aire. ¿Qué queréis que haga, si resulta que ha cometido dos crímenes?

John me miró entonces respirando hondo y despacio. Conté hasta seis exhalaciones hasta que me preguntó:

—¿Cómo murió Strong?

—Una emboscada. Le pillaron como a un perro y le dispararon en la nuca.

A John no le gustó nada aquello.

—¿Y no podrías dejarlo, simplemente?

—Ya estoy metido en este lío, John. La policía sabe que lo estoy. Y ellos también lo están.

—Ya sabía que no tenía que haberte llamado, Easy. Yo no quería, pero Alva necesitaba tener la sensación de que estaba haciendo algo. Le perdió durante muchos años, y ahora otra vez le estaba perdiendo. —John se mordió los labios y meneó la cabeza lentamente—. Ella me pidió que te llamara, ¿qué podía hacer yo?

—No lo sé.

—Averigua lo que sea, Easy. Averigua lo que pasó.

—¿Y si ella pierde al chico?

—Todavía le quedaré yo —dijo.

El Ratón era mi mejor amigo desde niño, pero nunca respeté a ningún hombre como a John. Era taciturno, no tenía buen carácter, pero al final siempre se podía contar con que haría lo correcto.

—¿Mercury y Chapman están por aquí? —le pregunté.

—Chapman sí —dijo John—. Mercury se ha ido.

La fiebre que había notado ocasionalmente aquellos días hizo su aparición en aquel momento. La mitad del rompecabezas empezó a encajar, y me pregunté, como siempre se hace retrospectivamente, cómo era posible que no me hubiera dado cuenta antes.

259

Chapman estaba aplicando una buena capa de yeso a una pared con tres vigas cuando John y yo llegamos junto a él.

—John —dijo Chapman—. El señor Rawlins.

Tenía una salpicadura de yeso en un lado de su ancha nariz, y más yeso en el pelo. Chapman llevaba el pelo estirado, peinado bien tirante hacia la nuca. Con la piel clara que tenía, sus gruesos rasgos y el pelo liso, los desconocidos tenían problemas para adivinar cuál era su verdadera raza.

John se desplazó y se puso de pie junto a la pared, al otro lado de Chapman. Éste se dio cuenta de que le habíamos cortado cualquier posible vía de escape.

—He sabido que Mercury se ha ido —dije yo.

—Sí —afirmó Chapman—. Sí, es cierto. Hace tiempo que quería trasladarse a Texas, y creo que ha tenido la sensación de que debía hacer algo al respecto.

—¿Se ha ido de la ciudad?

—Eso es lo que me ha dicho.

—Pero es tu mejor amigo —dijo John—. Un buen amigo seguramente sabe dónde está su colega.

—¿Has llamado a su casa? —añadí yo.

—Dijo que se iba a Texas, a buscar trabajo. Me pagó una copa y me dijo que se iba al día siguiente. ¿Por qué le voy a llamar, si se supone que se ha ido?

—Se supone —contesté yo—. ¿Eso significa que no le creíste?

—Pero ¿qué es esto? ¿Un interrogatorio policial o algo así?

—Yo estuve en casa de Mercury el otro día —dije.

—¿Y qué?

—Pues nada, que tiene una casa muy bonita.

—¿Y?

—¿Dónde vives, Kenneth? —pregunté al antiguo ladrón.

260

—En la Ciento Dieciséis. En LaMarr Towers.

—Eso es una urbanización —repuse yo, con fingida sorpresa.

—Bueno, ¿y qué?

—¿Cómo es posible que tú fueras a parar a una urbanización, y Mercury consiguiese una casa en la parte más bonita del barrio?

—Heredó algo de dinero de un tío que se le murió en Arkansas.

—¿Conocías a su tío? —preguntó John.

—Sí. Fui con él al funeral.

—¿Y era rico? —le pregunté.

—Lo suficiente para dejarle a Mercury diez mil dólares, supongo.

—¿Y se compró la casa a tocateja? —pregunté.

—Eso me dijo —respondió Chapman. Ya veía que una antigua sospecha acababa de tomar cuerpo de nuevo en su mente.

—Me han dicho que han puesto más patrullas de la policía porque hay robos en las obras —dije.

—¿Y qué?

—A lo mejor vosotros dos no os habéis vuelto tan buenos como decíais.

—Escúcheme, Easy Rawlins —me amonestó Chapman—. Yo dejé mis herramientas de robo cuando usted y el señor Alexander nos quitaron de encima a aquellos tíos. Incluso cogí los quinientos que me dio y los doné a la iglesia de mi madre. Ya le he dicho de dónde dijo Mercury que había sacado su dinero. Y eso es todo lo que sé.

—Cuando fui a su casa, le pregunté por ti y por Henry Strong y por Aldridge Brown —le dije.

—¿Qué le preguntó?

—¿No solías ir tú con Brawly y con ellos?

—Sí, tomamos una copa un par de veces, pero era Mercury el que más iba con ellos. ¿Por qué? ¿Qué más le dijo?

—Que erais los tres como uña y carne —dije—. Que venían a buscarte después del trabajo y que salíais juntos.

—No, él sí, pero yo no. No. A mí no me gusta Aldridge, porque es un chulo. Y Strong parece siempre que guarde algún secreto. No me gustan los hombres así. Y por eso nunca voy con usted tampoco, Easy.

—¿Y eso?

—Nadie sabe qué es lo que está pensando —dijo Chapman—. Aquel día que fuimos a ver a la gente del sindicato, no sabíamos que iba a traer al Ratón también. Y entonces, cuando les hicieron pagar... No me quejo de la ayuda que nos prestaron, pero entonces supe que usted era demasiado para mí.

—¿Y tenías la misma sensación con Strong? —le pregunté.

—Eso es.

—¿Por qué?

—Tenía una forma especial de hacerte hablar de las cosas. A Merc y a mí no nos gusta presumir de los viejos tiempos, pero la primera noche que vimos a Strong, Mercury empezó a contar que cuando éramos niños entrábamos en las tiendas de golosinas. Strong empezó a sonsacarle. En cuanto vi eso, siempre estaba demasiado ocupado para ir de copas.

Eché una mirada al trabajo de yesería de Chapman. Era excelente. Usaba un movimiento circular de la llana para que cada aplicación quedase tersa y pulida. Los remolinos eran de idéntico tamaño y profundidad. Cuando llegase el momento de alisar la pared, quedaría perfecta.

—Blesta me dijo que Merc y tú salíais y jugabais al billar después del trabajo unas cuantas veces a la semana —dije.

—Sí, lo hacíamos —dijo Chapman—. Lo hacíamos, pero desde hace meses ya no.

—¿Y adónde crees que habrá ido él últimamente? —le pregunté.

—A darle una alegría al pajarito —dijo Chapman, y me miró a la cara.

—¿Con quién?

—Nunca decía ni una palabra de eso —replicó Chapman—. Simplemente, supe por la forma que tenía de comportarse que se estaba viendo con una chica.

Chapman me miró a los ojos por segunda vez, y luego bajó la vista.

—¿Es todo lo que necesitas, Easy? —me preguntó John.

—Sí.

—Entonces, yo sí que tengo una pregunta —le dijo el camarero a Kenneth Chapman—. ¿Por qué no me decíais nada cuando el padre de Brawly venía por aquí?

—Brawly es un hombre, John —contestó Chapman—. No puedes estar trabajando con él y luego tratarle como a un niño.

—¿Crees que Merc ha salido de la ciudad? —le pregunté a Chapman.

—No lo sé.

—Todavía sigues sin querer ayudarme, después de lo que te he dicho.

—Lo que ha dicho son sólo palabras, Easy. Y las palabras son baratas.

John me acompañó a mi coche después de nuestra conversación con Chapman.

—¿Qué opinas de Mercury? —me preguntó.

—El que ha sido ladrón...

—¿Y qué tiene que ver todo esto con ese grupo con el que está mezclado Brawly?

—Pues no lo sé —dije—. Nada, a lo mejor.

—¿Qué quieres decir?

—A lo mejor estamos viendo todo este asunto desde la perspectiva equivocada. Quizá tú tenías razón desde el principio. Es posible que Brawly esté liado con un grupo de matones y ladrones.

—¿Y qué es lo que van a robar?

—Si Mercury está metido en esto, es posible que sea una nómina. ¿Hay alguna importante por aquí?

—La de Manelli —dijo John—. Son peces gordos, y pagan una vez al mes... en efectivo.

—Ah, muy bien —dije—. Ésos son los primeros de la lista. ¿Sabes cuál es el próximo día de pago?

John se limitó a menear la cabeza y frunció el ceño.

263

38

Cuando llamé a la puerta de Mercury Hall más tarde, aquella mañana, puse la mano en la pistola calibre treinta y ocho que tenía en el bolsillo. Blesta abrió la puerta todo lo que permitía la cadena de seguridad. Metió la cara en la rendija, y lo mismo hizo el pequeño Artemus medio metro por debajo.

—¡Bu! —gritó el niño.

—Se ha ido —dijo Blesta.

—¿Y qué ha dicho?

—Que iba a Texas a buscar trabajo.

Tenía bolsas debajo de los ojos y su voz sonaba tensa.

—Ha dicho que enviará a buscarnos —añadió.

—¿Puedo entrar?

—Lo siento pero no, señor Rawlins —dijo—. Sabe que con Merc ausente, debo tener cuidado.

—¿Cuidado conmigo?

Su mirada fue la única respuesta que me ofreció.

—¿Qué problema hay, Blesta? —pregunté.

—Mercury me dijo que no hablara con usted —dijo. Era una joven honrada. La verdad era como un bálsamo para ella.

—Muchos hombres me dicen esas mismas palabras últimamente. ¿Crees que voy a hacerle algún daño a tu hombre?

—¿Dónde está papá? —preguntó Artemus. Quizá fuera entonces el primer momento en que se daba cuenta de que su padre se había ido.

—No, ahora no, Arty —dijo Blesta.

—Dile a Mercury cuando te llame que he salido a buscarle. ¿De acuerdo?

—No creo que vaya a llamar durante unos días —me dijo Blesta.

—¿Hasta el domingo no? —pregunté.

Blesta asintió, aunque creo que fue contra su voluntad.

—¿Dónde está papá? —preguntó Artemus, con voz ansiosa.

—Si Mercury te llama antes de ese momento, dile lo que te he dicho.

Blesta bajó los ojos para evitar los míos. Cerró la puerta.

—¿Dónde está mi papá? —gritaba Artemus detrás de la puerta.

Fui hasta mi coche, esperando que Mercury realmente estuviera de camino hacia el sur.

Isolda abrió la puerta de su destartalado apartamento vestida sólo con un albornoz. Eran las once de la mañana. Me pregunté cómo se las arreglaba para pagar el alquiler... o la hipoteca, lo que fuera.

Cuando me sonrió, las preguntas que asaltaban mi mente se diluyeron un tanto. El atractivo sexual actúa así con los hombres.

—Señor Rawlins.

—Señorita Moore.

Sus labios de beso se abrieron con una sonrisa incitante, y me encontré sentado en una silla de su pequeña isla de lujo en medio del desorden de la habitación. El aire estaba perfumado con aroma de lilas, y pronto me encontré en la mano un vaso escarchado de té helado.

—¿Ha encontrado a Brawly? —me preguntó.

—No lo comprendo —afirmé yo.

—¿Cómo?

—Por qué una mujer como usted, tan guapa, y capaz de crear belleza incluso en un agujero como éste... ¿por qué tiene que seducir a un niño de catorce años?

Isolda Moore no era ninguna incauta. Su sonrisa disminuyó un poco, su cabeza se inclinó ligeramente hacia un lado.

—Tiene razón —dijo—. Usted no lo comprende. —Con estas pocas palabras ella quiso expresar una confesión, una explicación y una absolución.

Pero yo no estaba dispuesto a aceptar su forma de actuar.

—No, no lo entiendo —continué—. No lo entiendo en absoluto. Yo tengo un adolescente en mi casa, ahora mismo, y puedo asegurarle una cosa: no soportaría de ninguna manera que una mujer de treinta años le metiera las manos debajo de los pantalones.

—No fue así —dijo Isolda—. No fue como usted dice.

—¿Y de qué otro modo podía ser? —le pregunté, airado. En realidad yo no estaba enfadado, al menos no por lo que le había ocurrido a Brawly hacía ya algunos años.

—Me llamó desde una cabina telefónica en Slauson. Que fuera a recogerlo. Yo estaba en Riverside, y él lloraba como un loco y farfullaba porque tenía la boca hinchada. Me salté todos los límites de velocidad al ir a buscarle. Lo encontré sentado en un banco del parque con lágrimas en los ojos todavía. La primera noche que pasó en mi casa ni siquiera quiso dormir solo en su cama. Me rogó que durmiera con él, y cuando le dije que no, vino y se metió a mi lado en la cama cuando pensó que yo me había dormido.

—¿Y por qué no le obligó a volver entonces? —pregunté yo.

—¿Volver adónde? Su madre estaba en el manicomio, y su padre casi le rompe la mandíbula. Si no hubiera sido por mí, le habrían metido en el orfanato por desamparo. —La voz de Isolda estaba llena de pasión, algo que no había mostrado antes—. Al cabo de un par de noches en la cama juntos, vi lo que quería. Sabía que estaba mal, pero él me necesitaba.

—Su novia dice que iba usted desnuda por la casa, y que le sedujo y se lo llevó a la cama

—Así es como debe de recordarlo él —dijo Isolda, asintiendo—. Porque después de un tiempo así, le dije que aquello tenía que acabar. Le dije que debía salir con una chica de su edad. Y entonces fue cuando empezó a verse con Bobbi Anne. Pero incluso entonces, cuando estaba con ella, volvía a casa y quería meterse en la cama conmigo. —Había orgullo en su voz—. Y al rechazarlo yo, se ponía furioso y me echaba la culpa de lo que sentía.

Era un argumento bastante convincente, lo bastante bueno para aparecer en una obra de teatro. A veces uno hace cosas malas por amor, y hace daño a las personas que más le importan. Quizá si Isolda hubiese sido una maestra de tercer curso con los dientes salidos yo la habría creído. Pero al ver que todas las partes de su vida cuadraban a la perfección, no me imaginaba que ella pudiera dejarse llevar por el torbellino de la pasión de otra persona.

—¿Y Alva está furiosa con usted por haberse acostado con su marido o con su hijo? —le pregunté.

—¿Por qué no se lo pregunta a ella?

—Se lo estoy preguntando a usted.

—No le conté ninguna de las dos cosas —dijo Isolda.

—¿Conocía usted a Henry Strong? —le pregunté.

—Nunca he oído ese nombre.

—Hum.

—¿Qué?

—Nada —dije—. Es que me parece que alguien me ha mentido.

—¿Quién?

267

—Pues quizá Kenneth Chapman.

Por primera vez ella vaciló. No fue más que un leve giro de su cabeza apartándose de mí, buscando algo fácil que decir. Luego volvió a mirarme, pero seguía dudando.

—¿Y qué dijo? —preguntó al fin.

—Que usted y él y un tal Anton Breland tomaban copas con Strong y Aldridge. —Mentí para obligarla a admitir algún tipo de conexión entre los hombres asesinados.

—No sé de qué me está hablando.

—Pero ¿conoce usted a Chapman?

—Una vez, cuando fui a buscar a Brawly para comer, se presentó y también me presentó a un hombre bajo y fuerte que se llamaba Mercury. Trabajaban con Brawly. Pero no salí con ellos. Y no conozco a ningún Henry Strong.

—Ya. Bueno. —Disimulaba mientras Isolda despertaba mis sospechas. Cuando decía que no había salido con Chapman decía la verdad, pero mentía acerca de Strong, de eso estaba seguro. Pero necesitaba más.

—¿Qué dijo ese Chapman? —preguntó ella.

—Sólo que había ido usted con ellos. Y cuando le pregunté por Aldridge, me dijo que Brawly y Aldridge se llevaban bien, incluso después de la pelea que usted dice que tuvieron.

—Sí se pelearon —protestó Isolda—. No le miento.

—Sí —afirmé—. Bueno. Estoy seguro de que ese Chapman me mintió. Seguro. Ya sabe que él y Mercury eran ladrones, hace mucho tiempo. Yo pensaba que lo habían dejado, pero nunca se sabe con esa gente.

Isolda dejó que se abriera su albornoz, de modo que pude verle el pecho izquierdo. Tenía al menos treinta y cinco años, pero la gravedad todavía no le había afectado. Era el pecho de una veinteañera. Cualquier macho desde las seis semanas de edad hasta los noventa años habría tenido muchos problemas para resistirse. Si yo no hubiera tenido a Bonnie en mi vida, habría cruzado la línea... sólo por un beso. Pero me limité a sacar un Chesterfield y echarme hacia atrás, fuera del alcance de sus encantos.

Ella fingió que el albornoz se había abierto por casualidad y se tapó.

Yo inhalé con fuerza, con sentimientos contradictorios acerca de los beneficios y perjuicios de fumar. Por una parte, el tabaco me robaba el aliento, pero por la otra me ofrecía algo que hacer cuando el diablo me tentaba.

Me puse de pie.

—Es hora de que me vaya —dije, sin convicción.

—¿Adónde? —preguntó ella, levantándose y acercándose a mí.

—A hablar otra vez con Chapman, supongo.

—¿Y su socio? —preguntó Isolda—. Ese Mercury.

—Se ha ido de la ciudad —dije—. Probablemente sea el más listo de todos.

39

*J*ackson Blue también iba en albornoz.

Meneé la cabeza cuando salió a abrir la puerta.

—¿Qué narices te pasa, Easy? —preguntó.

—¿Es que no trabaja nadie hoy? —dije—. ¿Soy el único que piensa que hay que levantarse por la mañana y al menos ponerse unos pantalones?

Jackson sonrió. Los dientes blancos en contraste con la piel oscura siempre tenían un efecto tranquilizador para mí. Me hacían feliz.

Jackson me invitó a bajar las escaleras hacia su casa.

—Estoy trabajando —dijo, mientras caminaba—. He leído algo sobre un tío que se llamaba Isaac Newton. ¿Has oído hablar de él?

—Pues claro que sí —dije—. Todos los niños que van al colegio saben lo de la manzana de Newton.

—¿Sabías que inventó el cálculo?

—Pues no —dije, sin particular interés.

Tomé asiento junto a la mesa y él se sentó también en el pupitre escolar de una sola plaza. Se estiró en la silla como un gato o un adolescente arrogante.

—Sí —afirmó—. O sea, al mismo tiempo, ese otro tío, Leibniz, sacó los mismos cálculos, pero Newton los inventó también. Newton era un hijo de puta.

—¿Cuánto tiempo hace que vivió? —pregunté.

—Murió en 1727 —dijo Jackson—. Y era rico.

—Así que hizo su trabajo. Y tú te quedas aquí sentado, sin mover el culo.

—Pero Easy —dijo Jackson, sonriendo—. Estoy aprendiendo. Sé cosas. Sé cosas que el noventa por ciento de la gente blanca no sabe.

—Yo sí que sé lo de la gravedad, Jackson. Quizá no sabía lo del cálculo, pero ¿de qué me serviría saberlo, de todos modos?

—No se trata de eso, Easy. No se trata de saber o no una cosa. Es comprender al ser humano. Si lo comprendes, entonces ya tienes algo en que pensar en tu propio mundo.

Ahí me había atrapado. Igual que Sam Houston hablando de artículos de periódico, Jackson decía cosas que hacían que yo deseara pararme a pensar y comprender.

—Vale, hombre —dije, mirando mi reloj de pulsera—. Dos minutos para explicarme lo que quieres decir.

Esperaba que Jackson sonriese de nuevo, pero por el contrario, se puso muy serio.

—Las cosas son así —dijo—. Newton era un hombre religioso, lo que llamaban entonces arrianista...

—¿Cómo?

—No importa, el caso es que era un hereje en Inglaterra, pero no dejaba que nadie se enterase. También era alquimista. Intentaba convertir el plomo en oro y esas cosas. Vivió en los años de la peste. Y al final de su vida era presidente del club científico y jefe de la casa de la moneda nacional.

—¿Todo eso?

Jackson asintió, solemnemente.

—Como jefe de la casa de la moneda, estaba a cargo de las ejecuciones. Y todas las cosas que descubrió... se las guardó para él durante años, antes de dárselas a conocer al mundo.

—¿Y qué, Jackson?

—¿Y qué? Estamos hablando de la historia de los negros, Easy.

—¿Estás diciendo que en realidad Newton era un negro?

—No, hermano. Digo que todo lo que enseñan en el colegio es que una manzana le cayó en la cabeza a Isaac y eso es todo. No te enseñan que creía en la magia, ni que en su corazón estaba en contra de la Iglesia de Inglaterra. No quieren que sepas que sentado en tu habitación puedes descubrir cosas por ti mismo que nadie más sabe. Yo estoy aquí recogiendo conocimientos mientras algún otro negro está por ahí fuera, en algún sitio, dándole a un martillo. Eso es lo que digo.

—Darle a un martillo es más de lo que haces tú —dije, por puro reflejo. Realmente no lo creía. La interpretación que había hecho Jackson de Isaac Newton me recordaba a mí mismo, un hombre que vivía en las sombras la mayor parte de su vida. Un hombre que guarda secretos y esconde pasiones que podrían hacer que le mataran si los dejara asomar al mundo.

—Eres un idiota si crees eso, Easy.

—Y tú también eres un idiota, Jackson —dije.

—¿Por qué?

—Ese hombre del que hablas, que guardaba sus secretos... lo hizo durante un tiempo. Pero luego se los mostró al mundo. Y por eso los conocemos hoy en día. ¿Cuándo se los vas a mostrar tú al mundo?

—Un día a lo mejor te sorprendo, Easy. Ajá.

—Bueno —dije—, hasta que llegue ese día, necesito que hagas algo por mí.

—¿El qué?

—Antes de entrar en materia, ¿por qué no respondes a mi pregunta?

—¿Qué pregunta?

—¿Qué haces en casa en ropa interior por la tarde? O sea, ¿quién paga el alquiler?

—Alguien que cree que mis estudios son importantes.

Ya vi que no tenía intención de revelar quién era su gallina de los huevos de oro. Y en realidad no era asunto mío, así que volví al motivo por el que había acudido allí.

—Necesito que te presentes para un trabajo, Jackson —dije.

—¿Un trabajo? No sé qué cojones pasa contigo, hermano. Pero ya he trabajado más en mis cuarenta y dos años de vida que la mayoría de los hombres blancos que tienen el doble de mi edad. Y soy un hijo de puta perezoso.

Me eché a reír. Era divertido, y además era verdad. Celebré aquel momento de alegría encendiendo un cigarrillo.

—No te pido que vayas a trabajar. Bueno, a lo mejor un día, como máximo. Sólo quiero que pidas ese trabajo, y que luego lo cojas. Pero no tienes que sudar mucho ni nada.

—¿Qué tipo de trabajo?

—Construcción.

—¿Construcción? Maldita sea, Easy, es el trabajo más duro que hay. Tendría que pasarme todo el día por ahí fuera, al sol, y me dará una insolación.

—Doscientos cincuenta dólares por un día —dije.

—¿Dónde hay que firmar?

—Compañía Constructora Manelli, en Compton. Puedes citar a John como referencia.

—¿Qué quieres saber de ellos?

—Todo lo que puedas averiguar. Quién está al mando. Quién trabaja allí. Quiero saberlo todo sobre la nómina, los camiones del servicio de comidas, quién está de servicio y a qué horas. Quiero saber también qué seguridad hay, y si alguien sabe algo acerca del crimen de Henry Strong de hace tres noches.

Jackson asimiló las instrucciones y asintió.

—¿Esto tiene que ver con Brawly y los Primeros Hombres?

—Mataron a Strong allí. La gente de John trabajaba para Manelli cuando John no podía pagarles y ellos necesitaban ayuda. De algún modo, Mercury y Chapman tienen algo que ver con lo que le está pasando a Brawly. Y tengo que saberlo.

Jackson asintió de nuevo y luego extendió la mano. Dejé uno de los billetes de cien del señor Strong en su palma. Jackson sonrió.

Después de eso nos pusimos de acuerdo rápidamente. Él se iría a Manelli aquella misma tarde para trabajar al día siguiente. Como aquello le ocuparía dos días enteros, le prometí pagar sus gastos mientras no se pasara de la raya.

Después hablamos un poco más de Newton. Jackson me dijo que el tipo de cálculo que había inventado Newton se llamaba «cálculo diferencial». Intentó explicarme que las matemáticas eran el lenguaje mediante el cual funcionaban las cosas, que era el auténtico secreto que siempre habían buscado los hombres, hablar en el lenguaje de las cosas. Yo apenas le entendía, ni siquiera a un nivel rudimentario, pero comprendí que estaba diciendo algo que sería muy importante para mi vida.

274

40

*C*uando llegué a casa encontré a Jesus y a Feather en el patio delantero con Bonnie. Estaban recortando los rosales que yo había plantado a ambos lados de la puerta principal. A Bonnie le gustaban aquellas rosas del tamaño de una manzana, moteadas de rojo y de amarillo. Cuando accedió a venir a vivir conmigo dijo: «Sólo si me prometes que conservarás esas rosas junto a la puerta. Así pensaré que me regalas flores cada día».

Feather estaba cogiendo las rosas con un cubo de cinc que parecía demasiado grande para que ella pudiera levantarlo. Reía mientras Jesus cortaba uno de los arbustos con las podaderas. Casi había anochecido, y el cielo estaba lleno de nubes de un color naranja brillante y negro, con la luz por detrás.

—¡Papi! —gritó Feather. Corrió hacia mí y me abrazó las piernas—. He sacado otro notable.

—Qué bien, cariño. —La levanté por encima de mi cabeza y la volví a bajar para darle un beso en la mejilla.

Bonnie se estaba quitando los gruesos guantes de jardinería, pero Jesus siguió cortando el arbusto. Lo estaba haciendo muy bien. Le había enseñado cuando tenía la edad de Feather. Yo no tenía necesidad de que hiciera aquel trabajo, pero a él le gustaba. Quería trabajar conmigo, comer conmigo, caminar conmigo por la calle. Si él estaba por ahí en el mundo y tenía problemas, yo haría cualquier cosa para salvarle.

Para entonces Bonnie ya me estaba besando.

—¿Estás bien? —me preguntó, mirándome a los ojos.

—Sí —dije, y me volví mientras hablaba.

Entré en casa seguido por Feather. El trabajo con el que había obtenido otro notable era sobre Betsy Washington y la bandera.

Mientras yo preparaba unos bocadillos de queso a la plancha, Bonnie y Jesus vinieron también a la cocina. Les ofrecí bocadillos, pero Jesus nunca tenía demasiada hambre, y Bonnie no picaba entre horas.

—Ya sé —dijo Feather, cuando estábamos ya todos juntos—, podría leer mi trabajo en voz alta ahora.

—No, ahora mismo no, cariño —dije—. Primero yo tengo que decir una cosa.

Feather me dirigió una mirada enfurruñada. La mujer que sería en el futuro relampagueó un momento en su rostro. Hizo un puchero y miró hacia el suelo. Entonces cogió la mano de Jesus y se inclinó hacia él.

—Quiero hablar con la familia —dije—. Quiero decir algo a los chicos.

Todos me miraban. Di un mordisco a mi bocadillo. Sentía un poco de vértigo.

—El colegio es la cosa más importante del mundo —dije—. Sin educación, no se puede hacer nada. Sin educación, te tratan como a un perro. —Miré hacia el armario y vi el morro del perrito amarillo que olisqueaba mi rastro—. Quiero que vayas a la universidad, Feather. Puedes ser profesora, o escritora, o incluso algo mejor que eso. ¿Me oyes?

—Sí, papi —dijo.

Todos nos mirábamos unos a otros.

Jesus miraba al suelo con los puños apretados.

—Bien —dije—. Es muy importante, porque Juice va a aprender de una forma distinta. A partir de ahora, va a estudiar construyendo un barco. Ésa es su vocación, y yo no me voy a interponer en su camino. Pero si hace eso, tendrá que estudiar mucho más aún que si fuera al colegio. Conozco todas las materias del instituto, y voy a hacer que me leas en voz alta cada noche durante cuarenta y cinco minutos. Y después de leer, pasarás otros cuarenta y cinco minutos hablando de lo que has leído. ¿Me oyes? Y si alguna vez dejas de trabajar en ese barco, tendrás que volver al colegio. No me importa que tengas dieciocho años, tendrás que volver. ¿Comprendido?

Jesus levantó la vista entonces y me miró con esa convicción que sólo los muchachos jóvenes pueden tener. Si hubiera sido cualquier otro chico, yo no habría tenido en cuenta la dura mirada que se reflejaba en sus ojos. Pero yo conocía a mi chico. No sólo acabaría el barco, sino que sería apto para navegar, y también él podría salir a navegar. Y me leería cada noche. Y lo haría encantado. Me di cuenta de que no era el tipo de chico capaz de aprender de desconocidos blancos que no pueden ocultar su desdén natural por los mexicanos. Ya había visto aquello en el Sojourner Truth. La mayoría de los niños ignoraban las señales, o se limitaban a conectar con los dos o tres profesores que realmente se preocupaban de ellos. Pero Jesus no era así. Él estaba conectado conmigo, y era mi obligación asegurarme de que aprendía lo necesario para desenvolverse en la vida.

—Preferiría que siguieras yendo al instituto —dije—. Porque no será fácil aprender tú solo cada día. Algunos días a lo mejor es muy tarde. Otros días es posible que yo no esté, y entonces tendrás que trabajar el doble la noche siguiente.

Jesus sonrió y me di cuenta de que era precisamente aquello lo que había deseado siempre.

—Yo le ayudaré las noches que tú no estés en casa —dijo entonces Bonnie.

—¿Tienes esos papeles en tu habitación? —pregunté a Juice.

277

1WALTER MOSLEY

Él asintió.

—Déjamelos en la mesa. Los leeré cuando te vayas a la cama.

—¿De verdad vas a hacer todo eso, Easy? —me preguntó Bonnie cuando yo hube firmado los papeles y estábamos ambos en la cama.

—¿El qué?

—Leer con Jesus todas las noches.

—Claro. Ahora que se lo he prometido, tengo que hacerlo. Es nuestro trato.

—¿Qué quieres decir? ¿Qué trato?

—Cuando se vino a vivir conmigo. Ni siquiera hablaba, porque le habían pasado muchas cosas. Pero se sentaba a mi lado y escuchaba cada palabra que yo decía. Y si yo aseguraba algo, él se lo tomaba como el catecismo. Si yo le hubiera dicho que saltara de una casa porque no se iba a romper la pierna, él habría saltado. Y si se hubiese hecho daño, habría pensado que yo no le había mentido, sino que de alguna manera me había equivocado. Si le hubiese dicho que saltara otra vez... pues lo habría hecho de nuevo. Ese tipo de fe te convierte en una persona leal.

—Pero ¿y si no puedes hacerlo? —preguntó Bonnie.

—¿Si no puedo hacer el qué?

—Si no puedes mantener tu palabra.

—Mantendré mi palabra —dije—. Eso es lo que no entiendes. Tengo que mantener mi palabra con el chico.

—Pero ¿qué le enseñarás?

—Pues la *Ilíada*, la *Odisea*, *Veinte mil leguas de viaje submarino*, *La isla del tesoro*... Cualquier cosa en la que aparezca un hombre y un barco. Eso es lo que le enseñaré al principio. Y luego, le enseñaré todas las matemáticas que necesite para construir el barco, y lo probaremos todo, y me aseguraré de que lo entiende. Trabajar con lo que uno tiene, es lo que siempre he hecho.

—Pero ¿no sería mucho más fácil que siguiera en el instituto, sencillamente?

—No, cariño. Bueno, sí, comprendo lo que quieres decir, pero lo que hemos conseguido ese chico y yo ha sido muy duro y difícil en el pasado, y seguramente lo será siempre. Si Jesus no confía en ti o no le gustas, no te deja penetrar en su interior. Estoy completamente seguro de que no aprenderá nada de profesores a los que no respete. Y además, mientras iba por ahí buscando al hijo de Alva, he averiguado un par de cosas que me han ayudado a tomar esta decisión.

Bonnie ya estaba convencida. Lo supe por la forma en que apoyó la cabeza en mi hombro. Pero me preguntó:

—¿Y qué cosas son ésas?

—Primero, el propio Brawly. No he visto a ese chico más de cinco minutos, pero sé con sólo mirarle que es un desgraciado porque no tiene ni madre ni padre de la forma en que un muchacho necesita a sus padres. Le abandonaron y cuando al fin volvió, abusaron de él. Puede tener la mejor educación del mundo, que no le ayudará. Eso lo supe cuando vi los diplomas en el despacho de un policía asesino. Ése tenía educación, pero no había aprendido ni una maldita cosa.

Cuando Bonnie se durmió yo me levanté y llamé a Liselle Latour.

—¿Sí? —dijo, con voz soñolienta.

—Hola, Liselle. Soy Easy.

—¿Qué hora es?

—Las diez y media, más o menos —dije. En realidad eran las once menos diez—. Siento molestarte, querida, pero ¿ha vuelto Tina?

—La metieron en la cárcel.

—Dile que iré mañana por la mañana, a las ocho y media más o menos. Si no quiere hablar conmigo, quizá debería irse ya.

—Vale —dijo Liselle.

Resopló como si fuera a hacerme alguna pregunta, pero yo la corté con un «gracias» y colgué el teléfono.

41

*T*ina me esperaba en la puerta. Eso me gustó. Siempre he sido un hombre puntual. Se debe a mi instrucción militar. Si alguien te decía que fueras a las 7:59, era mejor que llegases a tiempo, porque a las ocho podías estar muerto.

Cuando abrió la puerta vi que tenía una magulladura en la sien derecha. Se había formado una pequeña costra en el centro de la contusión, rodeada de piel amarillenta.

—Vámonos de aquí —me dijo, bajando los escalones ante la puerta.

—¿Y adónde vamos? —le pregunté.

—No lo sé —dijo, despreocupada—. Por Central.

Subimos al coche y arranqué.

—¿Cuánto tiempo lleva fuera? —me preguntó.

—Me soltaron unas pocas horas después de detenernos —dije—. ¿Y tú?

—Un día. Me metieron en una celda con mujeres borrachas y de esas que viven en la calle.

—¿Así es como te has hecho lo de la cara?

Instintivamente Tina se tapó la contusión con la mano.

—Sí —dijo—. Sí, eso es. Me peleé con una mujer que se enfadó conmigo por no tener un cigarrillo.

—Lo siento —contesté yo—. No tendrían que haberte hecho eso.

—¿Y cómo consiguió salir tan rápido? —preguntó Tina.

—Llamé al hombre del ayuntamiento que iba detrás de vosotros. Él dio la voz arriba y me soltaron enseguida.

—Entonces, ¿trabaja con los hombres que nos detuvieron? —dijo ella, no acusándome, sino más bien verificando lo que ya creía.

—No —negué—. Los hombres que nos detuvieron creen que son los que están llevando este caso, pero en realidad hay una brigada secreta, esa de la que te hablé. La dirige un antiguo soldado de Vietnam. De esos tenemos que preocuparnos. Me soltaron porque creían que os iba a delatar.

—Y si eso es verdad, ¿por qué me lo dice?

—Por el mismo motivo que llamé a Liselle anoche —dije—. Porque no quiero agobiarte ni engañarte. Ya tienes a demasiada gente detrás de ti.

—¿A quién más tengo?

—Aunque ya haya muerto, estaba Henry Strong. Hiciera lo que hiciese, parecía que lo hacía por vosotros, pero en realidad lo hacía para que dierais un mal paso. Estoy seguro en un noventa por ciento de que era un soplón de la poli. Y luego está el grupo secreto con el que trabajaba, dentro de los Primeros Hombres...

—¿Qué grupo secreto? —preguntó Tina. Lo preguntaba con desgana, casi como si no le importara que yo respondiese o no.

—Conrad, Brawly y Strong son los únicos que sé con seguridad que pertenecían al grupo. Y lo que planeaban hacer, sea lo que fuere, tiene que ver con las armas que Brawly y Conrad escondían en casa de Bobbi Anne.

Christina Montes se quedó quieta un momento. Miró hacia fuera por la ventanilla del pasajero, a las tiendas de Central.

—Hicieron que les alquilara una casa —dijo.

—¿Cómo?

—Brawly y Conrad. Hicieron que alquilara una casa para ellos en la Ciento Treinta y seis.

—¿Cuándo?

—Ayer. Conrad me dio doscientos cincuenta y cinco dólares.

—Eso casi lo prueba todo —dije.

—Pero usted dice que Henry trabajaba para la poli —dijo.

—Sí. No sé lo que planearán, pero estoy seguro de que la policía conoce cada movimiento suyo, y que se proponen desacreditar a vuestro grupo.

—No me lo creo —dijo Tina.

—Pues deberías. Soy el único que te está diciendo la verdad.

—Es una locura. ¿Por qué iban a meterse en tantos problemas?

—Para que parezcáis unos locos criminales. Para que la gente, tanto negros como blancos, se alegre cuando os persigan como a perros y os metan en la cárcel el resto de vuestra vida.

Allí estaba yo, el veterano conservador, explicando una campaña de subterfugios a una revolucionaria.

—¿Dónde está la casa que has alquilado? —le pregunté.

—Yo... no sé si debería decirlo.

—Lo que deberías hacer —dije— es darme la dirección, hacer las maletas con tu novio Xavier y salir los dos a toda prisa de la ciudad. Id a San Diego o a San Francisco. A cualquier sitio menos aquí.

—Está intentando asustarme.

—¿Por qué has esperado a que viniera yo esta mañana, Tina?

—Porque... porque usted me lo pidió.

—Eso significa que de alguna manera confías en mí, ¿no es cierto? Quiero decir que has confiado en que vendría. Has confiado en que no traería a la policía.

—No —dijo ella, con un tono algo peculiar. Volví la cabeza y vi que me apuntaba a un lado del pecho con una pistola pequeña.

—¿Habías planeado dispararme? —le pregunté.

—Usted ha estado contra nosotros todo el tiempo —dijo—. Usted mató a Henry y probablemente al padre de Brawly también. Henry me llamó y me preguntó qué había dicho usted en la reunión, antes de que llegara la policía. Le dije que había hablado con Clarissa y ella me dio su número. Cuando estaba en la cárcel pensé en ello. Henry iba a verle la noche que le asesinaron. Por eso me he reunido con usted.

—¿Para matarme?

El hecho de que ella no respondiera hizo que el sudor brotara de mi frente.

—¿Qué piensas hacer? —le pregunté.

—Siga conduciendo.

Todavía nos dirigíamos al sur por Central, en la Sesenta. Respiré hondo por la nariz y rechiné los dientes.

Me había encontrado en unas cuantas situaciones difíciles a lo largo de mi vida, con y sin el Ratón. Y sabía que no es probable que uno pierda la vida en los peores momentos. Una chica menuda, con una pistolita como de juguete quizá no habría asustado a muchos hombres. Pero me di cuenta de que podía matarme o conducirme a la muerte con la misma facilidad con que el campeón de boxeo recién derrotado, Sonny Liston, podía dejarme inconsciente de un puñetazo.

—¿De modo que tú siempre has formado parte del grupo secreto? —le dije.

—No, Conrad y ellos simplemente me lo han contado al salir de la cárcel —dijo—. Me han contado lo suyo. Conrad me ha contado cómo usted llevó a Henry a Compton y le disparó en la nuca.

—¿Ah, sí? —exclamé yo—. ¿Y cómo lo sabía Conrad?

—Porque le vio. Estaba escondido en la casa. Dice que usted debió de engañarle para que le llevara hasta donde se reunían ellos, igual que nos engañó a mí y a Xavier para que nos arrestaran.

—O sea, que ellos te han dicho que me secuestres.

—No —dijo Tina, despectiva—. Usted me ha llamado. Yo me habría apartado de usted, pero ha metido las narices demasiadas veces.

—Así que ahora estás con la pandilla —dije—. Y ahora vais a usar todas esas armas que robaron Brawly y Conrad.

—Esas armas son sólo para defenderse.

—¿Sabe Xavier todo esto?

—No. Sólo me lo han contado a mí. Xavier es no violento. Ni siquiera llevaba balas en la pistola la noche que le vio.

—¿Y por eso te acostaste con Strong? —le pregunté—. ¿Porque necesitabas un hombre que fuese capaz de recurrir a la violencia?

—Usted no sabe nada de mí —dijo ella, encolerizada—. Hago lo que tengo que hacer.

—¿Mataron tus amigos a Aldridge Brown?

—Por lo que yo sé, fueron usted y sus amigos los polis quienes le mataron.

Bajábamos ya por la calle Diecinueve. Yo no tenía más que un plan algo tonto. Mi antigua casa estaba en la Ciento Dieciséis. Todavía era propiedad mía. Mi amigo Primo vivía allí gratis.

—¿Adónde vamos? —le pregunté.

—Siga conduciendo —dijo ella.

Dos semáforos en verde y cuatro en rojo después llegamos a la señal de la Ciento Dieciséis. Se estaba poniendo ámbar cuando yo me encontraba quizá a un metro del cruce peatonal. Aceleré para pasar el semáforo y de repente di un giro hacia la izquierda, cortando el tráfico. Con la mano izquierda seguí sujetando el volante, y con la derecha di un golpe a Tina en la cabeza mucho más duro de lo que un hombre debe golpear jamás a una mujer. Su cabeza dio contra la ventanilla y sonó un crujido. Esperaba que el ruido fuese el cristal que se había roto. Pasé a toda velocidad ante las bocinas que sonaban, yendo hacia la entrada y el patio delantero de mi antigua casa.

Primo estaba sentado en el porche con su esposa panameña del color del ébano, Flower. A su alrededor había niños y bebés, algunos suyos, otros hijos de sus hijos.

—¡Easy! —gritó mi viejo amigo.

—¡Ven, amigo! —le dije yo a mi vez.

Llevamos a la chica inconsciente a la casa, mientras los niños y bebés que hablaban español se arremolinaban a nuestro alrededor, queriendo formar parte del juego. El cráneo de Tina había roto el cristal, pero ella no parecía haber sufrido ninguna herida. Mientras Flower la metía en la cama, yo registré su bolso.

Era del mismo tipo de mentiroso que yo: mentía diciendo la verdad acerca de algo para distraer la atención mientras llegaba a sus propias conclusiones. El único problema era que sus conclusiones sobre mí eran erróneas.

Pero sí que guardaba el recibo de la casa que había alquilado, en la Ciento Treinta y seis. El propietario, Jaguar Realty, tenía las oficinas en Crenshaw.

Primo y yo estábamos en el exterior de la casa, junto a mi coche. Yo fumaba un cigarrillo y él un cigarro delgado.

Primo era más bajo que yo, y ancho de hombros y caderas. Era un hombre robusto, pero la única grasa de su cuerpo se le acumulaba en el vientre. Tenía una espesa melena negra que escondía una buena parte de su frente, y unos ojos muy negros, habitualmente llenos de regocijo... pero yo los había visto muy punzantes, hasta adquirir un brillo asesino.

Aquel día estaba serio, pero sus ojos seguían sonriendo.

—¿Ha intentado matarte? —me preguntó.

—Más bien secuestrarme —dije—. Llevarme con algunos hombres que me querían matar.

—¿Qué hombres?

—Revolucionarios —dije—. Como Zapata.

—Ah —exclamó Primo—. Hombres buenos para los libros, pero uno no desea tenerlos a su alrededor mientras viven.

Yo lancé una risita y luego solté una carcajada. Primo se rió conmigo un rato.

—¿Puedes quedártela aquí un día o dos? —le pregunté—. ¿Durmiendo?

—Desde luego —me dijo él sin preguntar o cuestionar el porqué—. Te llamaré si te necesito.

Nos estrechamos las manos y nos dijimos adiós.

42

*L*a casa que había alquilado Christina Montes a Jaguar Realty estaba en el centro de la manzana de una calle residencial. No había ningún rincón en las proximidades donde se pudiera esconder un espía para vigilarles.

Había un callejón al final de la manzana. Retrocedí hasta allí y me escondí detrás de un seto de arbustos que habían puesto los de la última casa para ocultar el callejón a la vista. Observé la casa de dos pisos blanca y azul mientras fumaba.

Llevaba más o menos una hora en mi puesto cuando Conrad apareció en su Cadillac. Brawly iba con él y también Bobbi Anne. También salió del coche otro hombre, a quien no reconocí.

Intenté imaginar lo que pasaba dentro. No las diabluras que estuvieran tramando, sino el entorno en el cual planeaban llevarlas a cabo. No había indicación alguna, en el recibo de alquiler, de que la casa estuviese amueblada. De modo que debían de encontrarse en una habitación vacía, sentados en el suelo, rodeados de comida preparada y botellas. Quizá las armas estuviesen apiladas en un rincón. Su plan, probablemente, estaba clavado con chinchetas en la pared, de modo que todos pudieran verlo mientras ensayaban la operación, fuese la que fuese, una y otra vez.

Como las habitaciones estarían vacías, sus voces seguramente formarían algo de eco, debido al fervor de sus convicciones. No habría teléfono ni televisión, pero probablemente sí una radio. ¿Escucharían música acaso? Lo dudaba. El dial estaría fijo en una emisora de noticias. Les preocupaba que les encontraran, y también debían de preguntarse dónde andaba Tina. ¿Sabrían que iba a llevarme a ellos, del mismo modo que Strong me llevó a la obra en construcción en Compton? ¿Estaría implicada ella en el asesinato de Strong? No. En su voz había amor por él. Ella amaba a los líderes, tanto los mayores como los jóvenes.

—Oiga, ¿qué está haciendo ahí? —exclamó una voz que venía de atrás.

No me preocupé. Si era uno de los revolucionarios, pronto estaría muerto o inconsciente.

El hombre que hablaba era bajito y llevaba unos pantalones y una camisa a juego de color ocre. Tenía el vientre abultado y las manos pequeñas, con los dedos gruesos. Sólo su voz sonaba algo amenazadora.

—Hola —dije yo, tendiendo la mano—. Me llamo Troy. ¿Es ésa su casa?

—Sí, así es —replicó el hombrecito. Cogió mi mano por puro reflejo, pero la soltó antes de que pudiera completar el saludo reglamentario.

—Debe usted de preguntarse qué estoy haciendo aquí fuera —dije.

—Pues sí —afirmó el hombrecillo.

—Es por mi chica... Royetta.

—No conozco a ninguna Royetta.

—Pues es mi novia —afirmé—. Al menos, eso es lo que ella me dice. Pero me ha dicho Lucas que se ve con un hombre en este edificio. Sí, todos los días, me ha dicho Lucas, viene en coche hasta este edificio a ver a un tío. No sabía la dirección, de modo que he decidido venir y esconderme detrás de estos arbustos tan bonitos que tienen para que no me vea ni vea mi coche cuando venga a ver a su amigo.

Me sentía bien mintiendo de nuevo. Era como si desapareciese detrás de una nube de tinta negra, como el calamar o la sepia.

El hombre con el que hablaba era de un marrón terroso, con la cara muy arrugada. La cabeza se iba ensanchando a medida que se acercaba al cuello. Con todas aquellas arrugas, la cabeza y la cara parecían una vela marrón que se fuese fundiendo lentamente hacia abajo, hacia los hombros.

—No quiero problemas —dijo el hombre—. Ésta es mi propiedad.

El callejón era público, no era de su propiedad, pero no se lo dije.

—Yo tampoco busco problemas —dije—. Pero es que Royetta tiene una hermana que se llama Cindy, y Cindy y yo hemos estado tonteando también un poco. Pero si puedo probar a Royetta que sé lo del tipo este, cuando la deje y me vaya con Cindy ella no se pondrá como una fiera.

—Pues que su amigo, ese tal...

—Lucas —dije yo.

Por el rabillo del ojo vi un Ford Galaxy color oro que pasaba. Me volví hacia la derecha para ver adónde se dirigía el coche.

—¿No puede decir Lucas que la ha visto con ese hombre, y ya está? —decía el hombrecillo.

Pero yo estaba observando a Mercury Hall que salía de su coche y echaba a andar hacia la casa de los revolucionarios.

—No —exclamé, volviendo a mi ficción—. Lucas no quiere meterse entre nosotros porque dice que no le concierne. No. Tengo que verlo por mí mismo.

—Bueno —dijo el hombrecillo—. Pues no quiero que se quede aquí.

—Le diré lo que vamos a hacer. ¿Cómo se llama usted?

—Foreman.

—Le diré lo que vamos a hacer, Foreman... —me metí la mano en el bolsillo y saqué un billete de veinte dólares—. Le daré este billete a cambio del derecho de quedarme aquí, en este callejón que es público, y esperar a ver pasar a mi novia.

Si me lo hubiese rechazado habría dado la vuelta hasta el otro extremo de la manzana, pero el dinero de Henry Strong era goloso. Foreman cogió el billete y se lo metió en el bolsillo.

—¿Cuánto tiempo se va a quedar aquí? —me preguntó.

—Dos horas como máximo.

Hablamos un poco más y luego él se retiró con su recompensa.

Estuve allí más de tres horas, hasta que la tribu volvió a asomar de nuevo. Mercury llevó a Bobbi Anne en su Ford mientras Conrad se subía al Cadillac con Brawly y el hombre al que no conocía. Pasaron a mi lado y se dirigieron hacia Central.

Cuando se fueron, tendría que haber llamado a John. Tendría que haber llamado a la policía. O haberme ido a casa y empezar las lecciones con Jesus, e irme a dormir temprano, para llegar al día siguiente puntual al trabajo.

Pero fui directamente hacia el escondite. Pasé por el camino de entrada y me dirigí hacia el patio de atrás. La parte trasera de la casa tenía un porche grande con paredes y puerta. Esa puerta estaba abierta. El porche contenía una lavadora y una secadora, lujos muy modernos en el gueto. También sonaba fuerte una radio, demasiado fuerte, de modo que el ruido que hice al forzar la cerradura no se oiría en caso de que dentro hubiese alguien susceptible de oírlo.

La entrada trasera de la casa era un vestíbulo alargado que también ejercía las funciones de cocina, con un fogón pequeño a un lado y el fregadero en el otro.

Había adivinado las circunstancias de los revoluciona-rios. El gran salón estaba vacío y sólo se veían envases de cartón blanco de comida y bandejas de papel usadas como ceniceros. En la pared, sujeta con chinchetas, se encontraba una hoja arrancada de una libreta, con pautas azules. Dibu-jado a lápiz se veía un cuadrado que simbolizaba un edificio, un camión que se acercaba y un coche aparcado al otro lado de la calle, frente a la puerta. Aquí y allá habían dibujado también unas X en posición dominante con respecto a los guardias.

Era un documento aterrador, sobre todo porque parecían las anotaciones de un escolar jugando a policías y ladrones sobre el papel.

En el armario que había junto a la entrada había unas bolsas del ejército. En el baño, cepillos de dientes y toallas. Y una pila de revistas guarras escondidas debajo del fregadero.

Una de las bolsas de lona pertenecía a Brawly. Dentro te-nía un par de zapatillas de tenis blancas y negras y una na-vaja, dos camisas, el libro *El lobo estepario*, de Hesse, y una libreta pequeña de espiral. Hojeando sus páginas, supe más de Brawly de lo que al parecer sabía cualquier otra persona.

Estrictamente hablando no se trataba de un diario, pero de vez en cuando contenía una anotación con fecha en la parte superior de la página. La primera anotación, que apa-recía en la tercera página de aquella libreta de doscientas ho-jas llevaba la fecha del 19 de junio de 1958... más de seis años antes.

Escribía acerca de Bobbi Anne y que sólo podía verla en el instituto porque él tenía que volver a Sunrise House, el cen-tro de reinserción social, a las cuatro de la tarde. También es-cribió: «Echo de menos a la tía Isolda, pero sé que es mejor que no la vea. Se pone furiosa cuando le digo lo que siento...».

Las primeras treinta páginas estaban escritas con una tinta de un azul muy oscuro, con el mismo bolígrafo. Las siguientes cuarenta páginas, más o menos, estaban escritas en negro. Después volvió al bolígrafo azul. Me sorprendía mucho que el muchacho sintiese tanto apego por aquella libreta, con las páginas cubiertas por su escritura diminuta.

Junto con las esporádicas anotaciones del diario había hecho dibujos de edificios, notas sobre deberes escolares, listas de propósitos para convertirse en un hombre mejor (algunas de ellas hablaban de ser «amigo» de Isolda), y a veces simplemente eran notas para recordar dónde ir, qué comprar o qué decir.

Menos de seis meses antes, había escrito una anotación distinta, en la mitad inferior de la página. La parte superior era una lista de requisitos para alistarse en los paracaidistas. Indicaba un peso ideal, el número de flexiones que debía ser capaz de hacer, y el nivel de lectura que se exigía a los nuevos reclutas. La parte inferior parecía ser una comparación entre superhéroes. En el lado izquierdo había colocado a Superman, Plastic Man y Batman. En el lado derecho a Thor, Míster Fantástico y Spiderman.

Tres meses después, escribía sobre la revolución negra en Estados Unidos. Henry Strong le había dado lecciones privadas, diciéndole que su fuerza e inteligencia habían colocado una enorme responsabilidad sobre sus hombros.

«Depende de nosotros, los jóvenes —escribía Brawly—, dirigir a los demás hacia la libertad. Debemos ser fuertes y estar dispuestos a morir por lo que es justo.»

Un poco más tarde, había recibido órdenes de «establecer contacto con amigos que pudieran ayudar a obtener fondos revolucionarios y al mantenimiento de refugios de emergencia.»

Brawly era de una generación muy distinta de la mía. Era inteligente y ambicioso, mientras yo había sido sólo astuto, y feliz si conseguía arreglármelas aquel día. Nunca me cuestioné la autoridad del hombre blanco... era un hecho.

Pero lo que nos separaba realmente era la necesidad de amor y su confianza en la gente. Él creía que había un lugar para él en este mundo, y que podía ser suyo. Yo sabía, al leer sus palabras, que la única forma de salvarle de verdad era destrozar sus creencias.

En una de las habitaciones había un catre de lona con sábanas y una almohada. Imaginé a Conrad y Bobbi Anne escabulléndose de vez en cuando para mantener relaciones sexuales en aquel catre. No sé por qué aquello me recordó a Isolda y las fotos de su dormitorio. Y fue en ese momento cuando comprendí dónde se habían tomado aquellas fotos.

Salí por la puerta trasera y crucé la calle hacia mi coche.

43

Jesus estaba sentado en el porche delantero esperándome cuando llegué a casa. Ya había preparado un sitio en el salón para que me sentara mientras él, de pie, me leía.

—Puedes sentarte, Juice —le dije—. Cuarenta y cinco minutos es mucho tiempo, y quiero que te concentres en las palabras, no en tus pies.

Jesus sonrió. Echaba de menos aquella sonrisa. Era una imagen muy breve, como la de un exótico pájaro rojo en lo más profundo del bosque. Un aleteo, y ya había desaparecido de nuevo.

Yo había conseguido un ejemplar en tapa dura de *Moby Dick* en la biblioteca Robertson para nuestra primera lectura. Mientras Feather y Bonnie se entretenían y jugaban en la cocina, Jesus empezó a leerme sobre Ishmael y su fatídico viaje.

La lectura era difícil. Muchas de las palabras tenía que buscarlas en el diccionario que guardábamos debajo de la mesa de centro. Pero cuando acabó, me sorprendió ver que Jesus comprendía toda la historia y sus implicaciones. Sólo llevábamos doce páginas de su educación y ya era todo un éxito.

Jackson llamó unos minutos después de cenar. Jesus y Feather estaban lavando los platos mientras Bonnie los vigilaba, asegurándose de que no dejaban ninguna mancha.

—¿Qué tal va todo, Easy? —me preguntó. Antes de que pudiera responder, dijo—: He tenido que trabajar como una mula para ganarme los doscientos cincuenta.

—Lo único que quiero saber es lo de la nómina.

—Manelli paga a sus hombres una vez al mes. Siempre en sábado —dijo Jackson. Hizo una pausa y añadió—: Excepto esta semana.

—¿Qué significa eso?

—He ido a ver a la secretaria auxiliar, en las oficinas, y nos hemos hecho amigos. Me ha dicho que estaba estudiando para sacarse el título de contabilidad, que son dos años, y le he enseñado un par de trucos para presentar una solicitud de deducción de impuestos a fin de año.

No me sorprendió que Jackson Blue supiera contabilidad. Era ambas cosas, inteligente y ladrón, de modo que resultaba razonable que hubiese estudiado el tema del robo desde dentro.

—Después, como la había ayudado tanto —continuó Jackson—, le he pedido si me podía hacer un cheque parcial mañana, porque debía el alquiler y el propietario necesitaba al menos una fianza. Ella me ha dicho que igual podía conseguirlo para el lunes, porque había oído decir que el pago de mañana se iba a aplazar hasta el lunes. Me ha dicho que no se lo contara a nadie, porque era un secreto. Estaba preocupada porque sabía que los hombres necesitaban el dinero, especialmente porque tenían que cuadrarlo todo según los costes mensuales. Le he preguntado el porqué de aquel retraso, pero no lo sabía. Pero tengo una sospecha.

—¿Qué?

—Bueno, Easy —dijo—. No sé en qué andas metido, pero si la nómina se cambia en secreto en el último minuto es porque va a pasar algo gordo. Ya sabes que los trabajadores de la construcción suelen alborotarse si no se les paga en efectivo. Creo que es un montaje, y me parece que tú ya sabes por qué.

—Gracias, Jackson —dije—. Te daré tu dinero dentro de un par de días.

—¿Qué estás haciendo, Easy? —preguntó—. ¿Vas a empezar a robar nóminas?

—Jackson, ¿cómo puedes ser tan listo y tan tonto al mismo tiempo?

Pasé en coche junto al escondite de la banda más tarde, pero parecía vacío. Paré y entré por el porche de atrás. Se lo habían llevado todo excepto las cajas de comida vacías... hasta las revistas sólo para hombres habían desaparecido.

Pero Isolda sí que estaba en casa. Todavía iba en albornoz, pero llevaba el pelo recogido y se había maquillado. Yo llevaba una pequeña cartera abierta, para poder sacar la pistola con rapidez.

—¿Señor Rawlins? —dijo ella, mirando la cartera de piel marrón—. ¿Qué es esto?

—¿Puedo entrar?

Sus labios gordezuelos se curvaron en una sonrisa, pero yo no sentí nada. Los jóvenes responden ante las mujeres puramente por instinto animal. Pero en la madurez, nuestra mente a veces es capaz de crear un cortocircuito para esos impulsos.

Fuimos hasta la ventana. Aunque el sol estaba bajo, una luz brillante procedía de un cartel luminoso de la calle. Ella me sirvió un té helado, que yo dejé en la mesita improvisada, cubierta con una sábana.

—Me sorprende que haya venido otra vez —dijo ella.

—¿Por qué? —pregunté. Inspeccioné los rincones de la habitación. No parecía haber ningún lugar donde pudiera esconderse un hombre adulto.

—Estaba usted tan enfadado... ya sabe, por lo mío y de Brawly.

—Sí —dije—. Brawly. Por eso estoy aquí.

—¿Qué pasa con él?

—¿Dónde está?

—Pues no lo sé, desde luego —dijo, revelando al elegir sus palabras que era una auténtica hija del sur.

—Ah, sí, cariño —dije yo—. Sabe perfectamente dónde está, o al menos sabe quién lo sabe. De modo que no me joda.

—Señor Rawlins... —protestó ella.

—He dicho que no me joda, Issy. Ya no es hora de evasivas. Es hora de hablar a las claras.

—Pero ¿qué está diciendo?

—Estoy diciendo que es usted la que lo controla todo.

—¿La que controla el qué?

—Es la única que conoce a todo el mundo. Brawly —dije, levantando un dedo—, Mercury...

—Ya le dije que sólo le conocía de pasada.

—... Henry Strong —dije, levantando el tercer dedo—. Y había estado saliendo con Aldridge intermitentemente durante años.

—Aldridge, sí —dijo ella—. Pero no tengo nada que ver con ninguno de los otros hombres.

—No es cierto —dije yo—. Usted estuvo con Henry Strong. Le conoció a través de Brawly y le dejó quedarse una noche o dos. Pero él no sabía que Brawly se lo había contado todo. Él no sabía que Brawly le había dicho que planeaba un robo, exactamente igual que su viejo.

—Está loco —dijo Isolda, y luego se puso de pie.

—Ya le he dado un puñetazo a una mujer hoy —dije—. Y ella me gustaba.

Al oír aquello, Isolda volvió a sentarse.

—Como decía —continué yo—, Brawly le dijo lo que estaba haciendo y apuesto lo que quiera a que averiguó que Henry era un espía. Iba a huir con usted el día antes del robo.

—Esto es una locura —dijo Isolda. Ni siquiera me miraba.

—Su bikini dice otra cosa.

Ella se volvió entonces, con una pregunta en la mirada.

—He visto las fotos —dije—. Usted con un bikini marrón en una cama que no reconocí durante unos días. Al principio no me llamó la atención, pero luego estuve en otro dormitorio y me acordé.

—¿Qué demonios está diciendo?

—Strong tomó fotos suyas en su dormitorio —dije—. Apuesto a que le hacía de modelo, y practicaba para cuando fueran a las islas.

—¿Quién se lo ha contado? —El cuello de Issy latía.

—El mismo pajarito que me ha contado que Aldridge era el compañero del tío de Brawly en aquel robo.

—¿Quiere decir que Hank era un espía? —preguntó ella.

—Ah, ¿no lo sabía? —pregunté. Y entonces—: Por supuesto que no lo sabía. Si lo hubiera sabido, ellos habrían aplazado el robo por ahora.

—Pero ¿de qué está hablando? —exclamó Isolda. Por entonces, ya eran sólo palabras. Sabía que la había cogido. Ahora buscaba, sencillamente, una vía de escape.

—Él se enamoró de usted. Planeaba huir con usted, irse para siempre a la playa. Pero no quería decirle que era un soplón. No. Un hombre orgulloso como el viejo Hank no haría tal cosa.

—No sé de qué está hablando, señor Rawlins.

—No. Pero ya va captando la idea. Lo veo en sus ojos —dije—. Strong le dijo que se iban en el barco el día antes del trabajo. Por lo que a él respectaba, usted no sabía nada de los planes que había hecho con Brawly y Conrad. No tenía que decirle que era un delator. Ni siquiera tenía que decirle que había tendido una trampa a los miembros de los Primeros Hombres para que atracaran una nómina, los cogie-

299

ran con las manos en la masa y así desacreditaran a toda la organización.

Mi pequeño discurso produjo mucha inquietud en Isolda. Quizá no fuera correcto al cien por cien, pero yo sabía demasiado para que ella se lo tomara a la ligera. Se retorció las manos y volvió la cabeza a un lado y otro. Luego, de repente, se quedó muy seria y calmada.

—¿Qué es lo que quiere? —me preguntó.

—Ya tengo el esquema general —dije—. Lo único que quiero es que lo llene con nombre y direcciones.

—¿Y qué sacaré yo de todo esto?

—En primer lugar, no llamaré a los contactos en la policía de Hank ni les diré que usted estaba metida en el plan. En segundo lugar, no llamaré a John ni le diré que usted intentó embaucar a Brawly para que matase a su padre.

—No me da miedo —mintió—. Soy inocente.

—No —dije yo—. Usted no es inocente desde que iba al colegio. Lo que usted cree es que se va a poder librar de esto. Pero está equivocada. Si no me dice lo que yo quiero saber, le daré un golpe en la cabeza, la ataré como un carnero y la llevaré a la comisaría de policía en el maletero de mi coche.

No mentía, e Isolda lo sabía muy bien. No me gustaba tener que ponerme tan violento, pero era la única posibilidad que tenía de averiguar todo lo que estaba pasando.

Debí de impresionar a Isolda, porque me dijo:

—Y si oye lo que quiere oír, ¿me dejará ir?

—Veamos qué tiene que decir.

Contemplarla era algo asombroso. La belleza se desprendió completamente de su rostro. Era como una máscara, una fachada. De pronto, se mostraba dura e iracunda... casi decididamente fea.

—Tenía razón en lo mío y de Hank —me dijo—. En cuanto le vi, supe que era el hombre adecuado para mí. Tenía esa voz, vestía tan bien. Ya sabe que la mayoría de los negros que corren por aquí son paletos de pueblo con agujeros en los vaqueros y mierda en los zapatos. Así les va bien.

—Pero a Henry no —la interrumpí.

—Brawly le trajo...

—¿De modo que usted y Brawly todavía se hablaban?

—Pues claro que sí. Yo fui casi una madre para ese chico. Se ponía celoso cuando había un hombre a mi alrededor. Por eso se pelearon él y Aldridge...

—Entonces, ¿eso ocurrió de verdad?

—Sí —afirmó Isolda—. Pero sólo fueron un par de empujones. Se llevaban bien otra vez. Fue el whisky, que los puso como locos.

—¿Y qué ocurrió con Henry?

—Decía que estaba cansado de intentar luchar por la igualdad de derechos, que llevaba muchos años de actividad en la política y que nada cambiaba, en realidad. Decía que iba a hacer un trato estupendo y luego retirarse a un país donde los hombres negros pudiesen ser banqueros y presidentes. Decía que quería que yo me fuese con él.

—¿No le dijo que su dinero en realidad procedía de la policía?

—No me dijo nada de eso, sólo que iba a hacer un trato. Pero ahora que lo dice, todo encaja. Tiene razón, yo sabía lo que estaba pasando porque Brawly me lo contó. Brawly me lo cuenta todo.

—¿Y qué tiene que ver Aldridge con todo esto?

—Brawly se lo contó a él también —susurró Isolda—. Sabía que Aldridge había estado con su tío en aquel robo, años atrás. Por eso se pelearon él y su padre entonces. Él se puso furioso con Aldridge, porque sabía que Alva se volvió loca por la muerte de su hermano. Durante mucho tiempo estuvo enfadado, pero luego le dijo a Aldridge que iba a hacer lo mismo. Iba a robar una nómina.

Hubo un momento de calma en la conversación. Isolda

estaba pisando una capa de hielo muy fina, y yo tenía miedo al pensar quién podía caer con ella.

Al final, le pregunté:

—Entonces, ¿lo hizo Brawly?

—No.

No pude evitar sonreír. Aunque Isolda estuviera mintiendo, al menos protegía a Brawly.

—¿Pues quién lo hizo? —pregunté.

—Mercury.

No me sorprendió. Mercury tenía la complexión física necesaria para el tipo de violencia que sufrió Aldridge.

No me sorprendió, pero le pregunté:

—¿Y cómo demonios se metió Mercury en todo esto?

—Iba por ahí con nosotros. Y un día encontré unas braguitas de algodón con el nombre de esa zorrita, Tina Montes, bordado en ellas... en el cajón de Hank.

—Oh.

—Él no me había regalado ningún anillo, de modo que cuando me decía que estaba muy ocupado o que estaba cansado, yo llamaba a Mercury y él venía.

—¿Así que le contó a Mercury lo del robo?

—No. Él ya estaba metido. Brawly le habló a Hank de Mercury y él le pidió que nos ayudara a planearlo todo. Entonces, Merc averiguó que Aldridge iba diciendo por ahí que no permitiría que Brawly participase en ningún robo. Me pidió que le hiciera venir a mi casa para poder hablar a solas con él.

—Así que usted estaba metida también en el plan para matarle —la acusé.

—No. Yo ni siquiera estaba en la ciudad. Estaba en Riverside, como ya le dije. No sabía lo que iba a hacer Merc.

—¿Qué pensaba que iba a hacer, pues?

—Hablar —protestó ella—. Como me había dicho. Pero después... después me dijo que Aldridge le había atacado. Que fue en defensa propia.

—¿Y lo de Henry Strong, fue defensa propia también?

—Le dije a Merc que Henry planeaba huir. Tenía que hacerlo. Henry no me dejaba participar en lo que estaban haciendo. Quería llevarme con él, pero no casarse conmigo. ¿Qué hubiera hecho yo si me hubiese dejado abandonada en Jamaica?

—¿Y qué pintaba yo en todo esto? —le pregunté.

—Mercury le dijo a Henry que usted iba siguiendo a Brawly y a Conrad. Dijo que querían darle una buena paliza, para mantenerle al margen hasta que acabara el trabajo. Entonces le dijo a Conrad que Henry y usted iban a traicionarles.

—¿Así que planeaban matarme a mí también?

Isolda desvió la vista.

303

44

—¿*D*ónde está Brawly? —pregunté, sólo para ver qué me decía.

—No lo sé.

—Si estaba metida en el plan, ¿cómo es que no lo sabe?

—Porque están todos muy preocupados por el follón que se ha armado. Con todo este escándalo, prefieren esconderse —dijo—. Mercury dijo que vendría a verme cuando todo hubiese acabado. Que debíamos ir a Texas y repartirnos allí su parte.

El hecho de que ella fuera capaz de decir aquellas palabras me asombró. Me quedé mirándola, preguntándome cómo podía hundirse tanto en el mal sin sentir ningún remordimiento en absoluto, por lo que parecía.

—¿Qué? ¿Qué pasa?

—¿Por qué quiso implicar Strong a Mercury? —pregunté—. Quiero decir que no es un hombre de raza.

—Henry no me lo contó. Ni siquiera sabía que yo estaba enterada de algo —dijo Isolda—. Pero Brawly me dijo que estaba interesado en el negocio de la construcción desde el principio. Habló con él de nóminas y de la policía. Y cuando se enteró de que Chapman estaba especializado en nóminas, Hank dijo que quería conocerle.

Yo meneé la cabeza.

—No es lo que piensa —dijo—. Sólo estoy tratando de solucionar esto.

—¿Entregando a Brawly?

—Intentaba salvarle.

—¿Salvarle cómo? ¿Echándole las culpas de un crimen?

—Sólo digo una cosa: yo sabía que él tenía una coartada. Estaba conmigo. Fue él quien me llevó a Riverside. Nos vio mucha gente. Pensaba que si les decía a John y Alva que él quizá había matado a Aldridge, se lo llevarían lejos o algo. No quería que se liara con Merc y con ellos. Sabía que sería peligroso.

—¿Y por qué estaba Brawly con ellos?

—Creía que se trataba de recaudar dinero para los Primeros Hombres —dijo—. Que iban a usarlo para construir su colegio.

—¿Y dónde está Brawly? —volví a preguntar.

—No lo sé. Se esconden, ya se lo he dicho. Estaban en una casa en Watts, pero se han asustado porque esa puta de Tina, que se suponía que debía ir allí, no ha aparecido. Pensaban que quizá usted la había cogido o algo.

—Entonces, ¿han suspendido el robo?

—Nunca le contaron a ella lo que hacían —dijo Isolda—. Me pidieron que les alquilara una casa, pero les dije que no. No quería verme envuelta en ningún robo. De modo que se lo pidieron a ella, pero no sabía para qué era.

—Si sabe dónde no están, ¿cómo es que no sabe dónde están?

—Pues no lo sé —se quejó—. Se han separado y se han escondido. Lo único que me han dicho es que iban a buscar refugio, que era algo de lo que Strong hablaba mucho. Sólo aparecerán cuando llegue el momento de hacer el trabajo.

Durante un rato quise abofetear a Isolda Moore. El deseo se iba haciendo más intenso a medida que pasaban los minutos. Al final, me puse de pie. Mi repentino movimiento la asustó tanto que se echó hacia atrás y se cayó con su silla.

No la ayudé a ponerse de pie.

—Será mejor que corra muy rápido —le dije—. Porque no voy a dejar que tenga lugar ese robo. Y cuando cojan a su Mercury, puede tener por seguro que la va a delatar.

Cuando bajé a la calle, ya en mi coche, no sabía qué hacer. Había resuelto un crimen que nadie me había pedido que resolviera. Mi trabajo no consistía en capturar a asesinos ni frustrar robos. Lo único que tenía que hacer era mantener a Brawly alejado de los problemas. Pero eso era imposible, porque ya estaba metido en problemas antes de que me llamaran.

Fui conduciendo en círculos, preguntándome qué podía hacer. Tenía miedo de ir a ver a John, porque a lo mejor había puesto su propia vida en juego intentando salvar al chico. Lakeland planeaba cogerlos a todos en el acto de cometer el delito, yo estaba seguro de ello. Eliminaba el problema tendiéndoles una trampa.

Tina no hablaría conmigo, ni tampoco Xavier.

Clarissa estaba en casa de Sam, pero se negó a ponerse al teléfono.

Finalmente decidí ir a la obra de John. Él y Chapman estaban trabajando en el refuerzo del porche de una casa de falso adobe. Me pareció absurdo que estuvieran trabajando mientras ocurrían tantas cosas malas. ¿Cómo podían esos hombres levantar los martillos, sabiendo que sus mejores amigos y sus seres queridos se habían descarriado tanto?

—Easy —dijo Chapman, que fue el primero que me vio.

—Ken, John...

—¿Qué quieres, Easy? —El tono de John era exasperado, como si fuera Job en conflicto una vez más con la deidad.

—¿Qué demonios te pasa? —dije.

—Alva está en el hospital.

—¿Qué ha ocurrido?

—Los nervios. La tienen sedada, porque está muy preocupada por Brawly y triste por Aldridge.

—Lo siento, John. Sólo intentaba hacer lo que tú me pediste.

Me dirigió una mirada dura. Los puños de John se apretaron, sus hombros se encorvaron. Chapman dio un paso atrás. Pero John no pensaba pegarme. Sabía que yo tenía razón.

—He venido para haceros unas preguntas más —dije.

—¿Cómo?

—Estoy buscando a Brawly. Creo que ha ido a esconderse a algún sitio para pasar el día y parte de la noche. ¿Tenéis alguna idea de dónde puede ser?

—Si lo supiera, estaría ya allí —dijo John.

Chapman miró al suelo.

—¿Sí? —le pregunté.

—Yo no sé nada de Brawly, Ease —dijo—. Te lo diría si lo supiera.

Yo no tenía ni idea de si Chapman me estaba mintiendo o no. Por lo que sabía hasta el momento, él y Mercury podían estar juntos en lo del atraco. Eran socios desde hacía años, desde niños.

No tenía ni idea de cómo había sido su niñez, de modo que cruzó por mi mente una imagen de mis primeros años. Mi madre había muerto, y mi padre había desaparecido. Mi media hermana y medio hermano mayores se fueron a vivir con unos primos maternos a El Paso. Yo fui a parar con un hombre llamado Skyles. Se había casado con una de las hermanas de mi madre y tenía una granja. Me cogió como esclavo.

Skyles me hacía sudar desde que salía el sol hasta que se ponía, y luego me alimentaba sólo con los restos de su cena.

Al cabo de tres semanas decidí huir. Me decidí un martes, pero el tren al que pensaba subir no pasaba hasta el jueves por la noche. Le robé un saco entero de comida a Skyles y me escondí en un granero abandonado al otro lado de la carretera, frente a su casa.

Aquellas dos noches le miraba por los huecos que había entre las tablas, chillando y dando golpes a sus cosas... le ponía como loco que yo le hubiese robado y huido.

—Ven conmigo, John —le dije a mi amigo.

Fuimos hasta mi coche, que estaba en la calle.

—Déjame las llaves de tu apartamento —dije.

—¿Para qué?

—No me lo preguntes, tío. Confía en mí.

Dudó un momento y luego sacó un aro de acero que contenía docenas de llaves. Sacó una Sergeant de latón y me la tendió.

Me llevé la llave al coche y fui conduciendo hasta la casa de John.

Encontré el número en la libretita de teléfonos que tenía John en el primer cajón de su escritorio. Lo marqué. Respondieron al segundo timbrazo.

—¿Diga? —La voz era entrecortada, pero inquietante. Casi podía ver la cara huraña del joven al oír sus palabras.

—¿Está Rita? —pregunté con una voz que esperaba que no sonara parecida a la mía.

—Se ha equivocado —dijo, y colgó.

No iba a casa de Odell desde hacía un año. Su esposa, Maudria, había muerto hacía dieciséis meses. Yo fui al funeral, y luego a su casa, y comimos bocadillos de salami y me senté junto a Odell.

Tenía casi setenta años, pero no parecía mucho mayor que hacía veinte. Sólo estaba un poco más blando y más bajo, y con las orejas un poco más grandes.

—Easy —dijo, a través de la frágil puerta mosquitera—. ¿Qué tal te va?

—Bien.

Me examinó un momento y luego dijo:

—Vamos, entra.

La casa se había convertido en un mausoleo. Las pesadas cortinas marrones estaban corridas. Los muebles estaban limpios, y en su mayor parte sin usar. Olía a naftalina y a whisky.

Me acompañó hasta una mesa de madera de arce llena de muescas y situada junto al fregadero, en la cocina. Las ventanas sucias apenas permitían el paso de una pequeña cantidad de luz solar, pero era suficiente. Me sirvió un vaso de limonada hecha con concentrado congelado y sacó una botella de whisky para él.

—¿Y qué tal te va? —le pregunté a mi amigo más anciano.

—Ah, bien —dijo—. Nada especial. Como solía decir Maudria, si no hay noticias son buenas noticias.

—¿Sales? —le pregunté—. ¿Ves a alguien?

—No. Ya no tengo a quien visitar. Sabes que cuando llegas a mi edad, todo el mundo se está muriendo. O se ha muerto ya. Si salgo por esa puerta con los vaqueros y dinero para el autobús en el bolsillo, significa que voy al hospital a visitar a algún amigo. Si voy con traje, significa un funeral.

Hablamos así durante un rato. Odell citaba sin parar a su mujer muerta, o hablaba de funerales y enfermedades. Era muy triste para mí ver a mi viejo amigo tan abatido. Me preguntaba por Brawly mientras hablábamos. Si salvaba al muchacho, ¿acabaría como mi amigo? ¿Triste y derrotado al final de su vida?

309

—Bueno, no has venido aquí para oír mis quejas —dijo Odell—. ¿Qué puedo hacer por ti, Easy?

—Necesito un par de tus guantes de caza de algodón fino y la escopeta de los conejos —dije.

—¿Para qué?

—Para algo que me pidió el Ratón —dije—. En sueños.

Él asintió como si mi respuesta fuese perfectamente razonable.

Le expliqué lo de John y Alva y el descarriado Brawly Brown.

—Brawly es grande como un oso gris —le dije—, y al menos igual de fuerte. No puedo detenerle ni obligarle. No creo que John y yo juntos pudiéramos sujetarlo. De modo que necesitaría que hicieras por mí una cosa más.

Odell dio un trago más al whisky mientras yo me bebía la limonada. Cuando nos acabamos la bebida me dio los guantes y la escopeta. Ésta se encontraba desmontada y guardada en un estuche de cuero. Le di el número de teléfono con un pequeño discurso que quería que recitase a las siete y media.

Aparqué en un callejón, detrás del edificio de oficinas vacío que se encontraba al lado del solar donde vendían coches usados, y frente al edificio de John. Abrí con la palanqueta la puerta trasera y entré en una oficina del tercer piso. Eran las 6:35.

Abrí la ventana y me senté allí en la penumbra, pensando que el Ratón me aconsejaba, aun después de irse.

Pensé en él y en Etta, en su loca vida. No había rencor ni condena en mis pensamientos. Todo lo que nos había pasado había sido por mala suerte. Cualquier niño negro pobre del sur que se despertaba por la mañana era muy afortunado si conseguía irse a la cama aquella noche. Estábamos destinados a que nos golpearan, apuñalaran y disparan al menos un par de veces. La cuestión no era si te asesinaban o no; era más bien si te iban a asesinar aquel día en concreto.

«Easy —me decía el Ratón— eres demasiado sensible. Crees que puedes evitar que ocurra cualquier cosa mala aquí o allá. Pero ese tipo de poder no está a tu alcance. Estaba todo decidido hace mucho tiempo. Lo que te ocurre (cuándo naces, cuándo mueres, a quién matas, quién te mata) todo eso estaba ya escrito en tus zapatos y en tu sangre. Mierda. Vas andando por la carretera, como un paria, esperando que Nueva Orleans esté ahí, justo detrás de ese bosque de robles. Pero no está. No, hijo, tú lo deseas, lo deseas desesperadamente, pero sólo hay más pantano después de esos árboles, y más pantano detrás...»

Mi respeto por Raymond era intenso porque nunca se preocupaba ni se anticipaba al mundo que tenía a su alrededor. Puede que de vez en cuando estuviera algo cansado, pero nunca se rendía. Cuando pensé en aquello, supe que tenía que ir a buscar su tumba.

A las 7:15 coloqué mi reloj de pulsera en el alféizar de la ventana y abrí la caja de Odell. Aquella escopeta para matar conejos del calibre veinticinco era su mayor orgullo. Atornillé el cañón y coloqué la culata de cerezo en su lugar. Lo mejor de aquella escopeta era la mira telescópica. Cuando llegué por primera vez a L.A., Odell salía a cazar y volvía con los suficientes conejos para alimentar a Maudria, él, yo... y dos o tres personas más.

Llené el cargador y apunté la boca del arma a través de la ventana hacia la puerta principal. Mantuve aquella postura, mirando al Gruen de vez en cuando. A las 7:30 supe que Odell estaba haciendo aquella llamada.

—¡La policía! —tenía que chillar Odell—. ¡Que viene la policía! —Y luego colgar.

A las 7:32, la puerta se abrió de golpe. Brawly salió avanzando pesadamente y con una bolsa grande de papel en los brazos. Cuando se volvió para cerrar la puerta, hice el primer disparo. Chilló de dolor y cayó al suelo. Volví a disparar. Salió Conrad por la puerta abierta. Gritó algo y quiso coger a Brawly por el brazo. Disparé de nuevo. La bala no dio a Conrad. Estaba tan asustado que dejó caer la bolsa que llevaba y salió corriendo por la calle.

Levanté la mira hasta el piso superior. Salió John. Cuando vio al chico postrado, corrió hacia las escaleras. Nunca había visto correr a John.

Me volví de espaldas, desmonté la escopeta, la volví a guardar y me dirigí hacia las escaleras. Al cabo de unos minutos ya estaba en mi coche y de vuelta a casa, con mis niños.

45

*J*esus me leyó un fragmento de *Moby Dick* y Feather presumió de la buena nota que había sacado en su examen de matemáticas. Bonnie me sirvió un trozo de pierna de cordero recalentado con salsa de coñac, y me reintegré a las tareas que llevaba varios días ignorando.

No llamó nadie. Iba a producirse un robo por la mañana, pero yo no podía evitarlo.

Antes de irme a la cama llamé a Primo.

—Hola, Easy. ¿Qué tal te va?

—¿Cómo está la chica? —pregunté.

—Todavía un poco mareada —respondió—. Flower le ha dado un té especial que la hace dormir.

—Podéis dejarlo ya mañana por la mañana —dije.

—¿Easy? —me preguntó Bonnie, echada a mi lado. Yo miraba al techo, preguntándome si dar una cabezadita o no.

—¿Sí?

—¿Ya has acabado con el asunto del hijo de Alva?

—Sí. Ya he acabado.

—¿Tiene problemas?

—No, ya no.

—John tiene mucha suerte de contar con un amigo como tú.

—Sí —dije—. Como el cerdo ganador de un concurso de feria.

Lo oí en la radio a las diez y media. Tres hombres negros y una mujer blanca habían caído en un tiroteo con la policía de la ciudad y los sheriffs del condado de Compton. Los hombres no identificados intentaban robar el dinero de la nómina de la Compañía Constructora Manelli. Intentaron sacar el coche blindado de la carretera, pero no sabían que la policía estaba avisada y que el coche iba lleno de agentes armados. Los aspirantes a ladrones murieron dentro de su vehículo. Los agentes abrieron fuego cuando resultó obvio que el otro coche les amenazaba.

Recordé el dibujo colocado en la pared del escondite temporal de los ladrones. No pensaban chocar contra el coche que llevaba la nómina. Iban a detener a los guardias de camino hacia la oficina.

En el trabajo, aquella tarde, me senté ante una máquina de escribir Underwood y escribí una carta para Teaford Lorne, capitán de la unidad especial anticrimen. En mi carta sin firma le contaba la existencia de Lakeland y Knorr y la unidad policial especial destinada a desmontar el Partido Revolucionario Urbano. Envié copias de aquella carta a la oficina regional de la Asociación Nacional para la Mejora de la Gente de Color, al *Los Angeles Examiner* y al despacho del alcalde.

Nunca lo leí en los periódicos, pero tres semanas después de enviar esas cartas fui al antiguo cuartel general de Lakeland. El edificio estaba en alquiler. Quizá hubiesen planeado cerrar el negocio después del asesinato de Mercury y su banda. Quizá yo tendría que haber hecho algo más para sacar su crimen a la luz pública, pero no se me ocurría nada que no pusiera también a mi familia en peligro.

Dos meses después llevé a mi prole a la nueva casa de John en Compton. Nos había invitado a cenar un domingo. Todo el mundo en casa de John estaba convaleciente. Él se había dislocado la espalda al caerse del tejado de la casa en la que estábamos cenando. Le estaba dando el último toque, la antena de televisión, cuando perdió el equilibrio y se cayó.

Alva había salido del hospital psiquiátrico hacía dos semanas. Cuando llegamos a su casa todavía iba en albornoz, con el pelo todo despeinado. Bonnie y Feather se la llevaron al dormitorio y cuando volvieron a salir iba vestida y se había peinado y maquillado. La única señal de deterioro que se veía en ella era su mirada dolorida.

Brawly todavía cojeaba por el disparo que recibió en el muslo y la nalga. John le llevó a todo correr al hospital y se quedó con él dos días.

—¿Qué tal te va en la escuela preparatoria? —le pregunté al chico.

—Bien —respondió—. Me dejan acabar las asignaturas del instituto. Empezaré las clases de historia en la universidad el próximo semestre.

Era una comida sencilla que había preparado Sam Houston y entregado Clarissa, que no pudo quedarse porque tenía que trabajar con su primo aquella tarde. Pollo y bolitas de masa, con guarnición de arándanos, naranja y ensalada campestre.

Jesus le contó a John lo de su barco y que tenía planes de navegar por toda la costa del Pacífico, de arriba abajo. Dijo que iba a vivir del mar, comiendo pescado y algas, igual que hicieron sus abuelos, según contaba el padre de su amigo

Taki Takahashi, cuando llegaron a América. Era más de lo que me había contado a mí nunca.

—El pastor dice que la oración debilita las garras del pecado en el mundo —dijo Alva, en un momento dado. Había estado leyendo la Biblia todos los días mientras John y Chapman acababan la casa.

Después de cenar, John y yo salimos a fumar un cigarrillo. Durante largo rato nos quedamos mirando el cielo. Él estaba apoyado en la pared delantera por su lesión y yo me senté en la escalera.

—Bonita casa —le dije, al cabo de unos minutos de silencio.

—Sí.

—¿Y dices que todavía trabajas con Chapman? —le pregunté.

John me miró.

—Sí. ¿Por qué?

—Ah, no sé. Quiero decir que como Mercury se había metido en ese intento de robo... No sé... Pensaba que a lo mejor le despedías.

—Él no ha tenido nada que ver con todo eso.

—¿Te lo ha dicho él?

—Me lo ha dicho Brawly —dijo John.

—Ah. —Era la primera vez que John insinuaba que sabía algo de los tratos de Brawly con Mercury y los demás—. Estaba metido en todo aquello —continuó John—. Alva tenía razón, iba con gente de esa.

—Supongo que el que le disparó en realidad le salvó la vida.

—Podían haberle matado —dijo John—. Ahora sólo cojeará durante el resto de su vida. El médico dijo que la bala de la nalga llegó a un centímetro del nervio principal.

—Mejor cojo que muerto —dije yo.

Un sonido áspero escapó de los labios de John. Alguien que no le conociera lo hubiese interpretado como una exclamación de desdén, pero yo reconocí un rudo humor en su tono.

—¿Y qué pasa con Isolda? —pregunté.

—¿Qué quieres decir?

—¿Sigue Brawly en contacto con ella?

—Dice que se ha ido de L.A. La policía la busca para hablar de Aldridge, y ella le pidió dinero para irse en autobús al sur.

John se irguió y pasó a mi lado, cojeando. Se detuvo junto a la puerta.

—Eres un buen amigo, Easy Rawlins —dijo—. Pero puestos a elegir, preferiría no tener que llamarte nunca más.

Se metió en casa y yo me quedé fuera, fumando en la penumbra, solo.

317

ESTE LIBRO UTILIZA EL TIPO ALDUS, QUE TOMA SU NOMBRE

DEL VANGUARDISTA IMPRESOR DEL RENACIMIENTO

ITALIANO ALDUS MANUTIUS. HERMANN ZAPF

DISEÑÓ EL TIPO ALDUS PARA LA IMPRENTA

STEMPEL EN 1954, COMO UNA RÉPLICA

MÁS LIGERA Y ELEGANTE DEL

POPULAR TIPO

PALATINO

* * *

* *

*

EL CASO BROWN SE ACABÓ DE IMPRIMIR EN UN DÍA

DE OTOÑO DE 2005, EN LOS TALLERES DE BROSMAC, S. L.

CARRETERA VILLAVICIOSA - MÓSTOLES, KM. 1

VILLAVICIOSA DE ODÓN

(MADRID)

* * *

* *

*